디리1

디리 dele 1

혼다 다카요시 지음 박정임 옮김

살림

| 차례 |

첫 포옹 First Hug

모구라*가 깨어나는 소리를 듣고 마시바 유타로는 퍼뜩 정신을 차렸다.

　내리쬐는 태양. 한여름의 마당. 호스가 뿜어내는 물. 희미한 무지개. 모자를 쓴 소녀. 돌아보며 살포시 웃는다. 어깨 너머로 흔들리는 해바라기.

　머릿속을 어지럽히는 기억을 떨쳐내기 위해 유타로는 누워 있던 소파에서 힘차게 일어났다.

　"일 시작이야?"

　책상에 앉아 있는 사카가미 케이시에게 물었지만 대답은 없었다. 도심의 오후 3시. 하지만 건물 지하에 있는 이 사무실에서 소음은 들리지 않는다. 케이시는 모구라를 끌어당겨 키보드를 두드리고 있다. '타닥타닥' 하는 소리만이 실내에 울리고 있었다.

　유타로는 책상으로 다가갔다.

* '두더지'라는 뜻의 일본어.

유타로가 누워 있던 소파. 케이시가 앉아 있는 책상. 키 큰 목제 책장이 벽에 세워져 있지만 책은 거의 꽂혀 있지 않다. 가구라고 할 만한 것은 그 정도뿐이어서 사무실은 휑했다. 처음에는 케이시가 지나다니기 편하도록 바닥을 비워두었나 생각했었다. 하지만 단지 물건이 필요 없는 사무실이어서 그렇다는 것을 이내 깨달았다. 이 사무실에서 가장 중요한 역할을 담당하는 것은 지금 케이시가 사용하고 있는 얄팍한 은색 노트북이다. 케이시는 그 노트북을 '모구라'라고 부른다. 모구라는 늘 케이시의 책상 한 구석에서 자고 있다. 잠에서 깨는 건 대체로 누군가가 죽었을 때다. 그리고 누군가가 죽으면 이 사무실의 업무가 시작된다.

"일 들어온 거지? 어떤 거야?"

책상 앞으로 다가가 다시 물었지만, 역시 케이시는 대답하지 않았다. 타닥타닥 소리만이 되돌아온다.

책상에는 한쪽 구석에 있는 모구라 외에 모니터 세 대가 더 있다. 정면에 있는 모니터를 양쪽에서 모니터 두 대가 여덟 팔八자 모양으로 감싸고 있다. 유타로에게는 그 모습이 특수한 비행체의 조종석처럼 보인다.

유타로가 이 살풍경한 사무실에 처음 발을 들인 건 석 달쯤 전이었다. 자신보다 예닐곱 살은 많아 보이는 고용주의 무뚝뚝함에도 이제는 꽤 익숙해졌다.

"자신이 죽은 뒤에 아무에게도 보이고 싶지 않은 데이터를 디지털 기기에서 삭제해주는 일. 그게 우리의 업무다."

고용된 첫날, 'dele. LIFE디리닷라이프'의 소장이자 유일한 직원인 케이시는 그렇게 설명했다.

"저기, 디지털 기기라는 게 뭐지?"

"주로 스마트폰, 컴퓨터, 태블릿."

"아무에게도 보여주기 싫은 데이터라면…… 아, 야한 거? 야동? 맞지?"

떠들어대는 유타로를 케이시는 앉은 채로 차갑게 올려다봤다.

"글쎄. 야한 거, 마음 아픈 거, 불쾌한 거, 그렇지도 않은 거 등등 다양해."

당신이 죽은 후, 불필요한 데이터를 삭제해드립니다

유타로도 사무실을 방문하기 전에 이런 문구가 메인 화면에 적힌 홈페이지를 확인했다. '유족에게 불필요한 걱정을 끼치지 않도록……' '관리자가 없어진 데이터의 유출 위험에 대비해서……' 등의 설명도 덧붙어 있었다. 조금 수상하기는 했지만 어차피 디지털 데이터와 관련된 일이다. 컴퓨터도 제대로 만질 줄 모르는 자신과는 무관한 일이라고 생각했다. 자신이 그런 회사의 명함을 왜 갖고 있었는지 유타로는 기억하지 못했다. 하지만 '일이 필요할 때를 위한 상자'에 명함이 들어 있었다. 지금까지 알게 된 다양한 사람들이 '돈이 필요하면' '일이 없을 때' '생각이 있으면' 등의 말을 덧붙이며 그럴 경우에 연락하라고 건네준 연락처가 상자에 가득했다. 대부분은 명함이나 간단한 메모였고, 흰색보다는 검은색에 가까운 회색의 세계로 이어져 있었다. 가상계좌로 돈을 인출하는 인출책들을 이용해서 돈을 수금하는 '수금 대행'이나, 선량한 시민으로 위장한 리사이클업자에게 장물을 운반해다 주는 '사업품 운송' 따위다. '프리랜서 잔심부름꾼'을 자칭하며 그때그때 일을 해왔던 유타로가 일을 고를 때마다 가장 우선시하는 사항, 그것은 '체포되지 않는 일'이었다. 가능한 한 불법이 아닌 일. 또는 불법이지만 잘 적발되지 않는 일. 또는 적발되더라도 쉽게 빠져나갈 수 있는 일. 그런 점에서 볼 때, 제대로 된 명함과 홈페이지가 있는 회사는 매력적이었다. 단기간에 치고 빠지는 회사라면 이렇게까지 하지 않는다.

"이거, 어떻게 생각해?"

반려묘를 무릎에 앉힌 채 다음 일을 찾고 있던 유타로는 그 명함을 고양이 코끝에 내밀었다. 쿵쿵거리며 냄새를 맡은 고양이는 마침내 유타로를 올려다보며 '냐앙' 하고 울었다.

"오케이. 다마 씨가 그러라고 했으니까."

명함을 청바지 주머니에 넣은 유타로는 그날 바로 살풍경한 사무실을 방문했고, 무뚝뚝한 남자에게 고용되었다.

그 무뚝뚝한 남자는 여전히 모구라를 조작하고 있다.

"노인이라면 그나마 괜찮지만." 유타로는 지난주에 끝낸 일을 떠올리며 중얼거렸다. "젊은 사람 일은 싫은데."

케이시는 역시 대답하지 않았다. 유타로는 지난번 업무를 회상했다.

의뢰인은 고미야마 다카시라는 24세의 남성. 그는 자신의 노트북이 닷새 동안 사용되지 않았을 때 모구라에 신호가 가도록 설정해두었다.

모구라에 신호가 온 순간부터 모구라로 의뢰인의 디바이스를 원격 조종할 수 있게 된다. 의뢰인의 사망이 확인되면 케이시는 원격 조종으로 의뢰인의 디바이스에 있는 데이터를 삭제한다. 보통 사망 확인은 의뢰인과의 관계를 적당히 둘러대고 전화를 걸어보면 간단하게 끝나는데, 고미야마 다카시의 경우에는 계약할 때 등록했던 휴대폰 번호로 걸어도 전혀 응답이 없었다. 모구라에 신호가 온 것만으로는 의뢰인이 정말로 사망했는지, 아니면 무언가 사정이 있어서 닷새 동안 노트북을 안 켰을 뿐인지 판단할 수 없었다. 케이시는 모구라로 고미야마 다카시의 노트북에 들어가 그의 주소를 찾아냈고, 더욱이 그가 온라인을 통해 알게 된 몇 명과 SNS에서 교류했다는 사실을 알아냈다. 케이시의 지시를 받은 유타로는, SNS에서 교류했던 사람들 중 한 명으로 사칭하고 고미야마 다카시의 집을 방문했다. 유타로를 맞아준 사람은 의뢰인의 형수였다. 그곳에서 유타로는 고미야마 다카시의 대략적인 인생사를 알게 되었다.

어렸을 때부터 난치병을 앓았던 고미야마 다카시는 긍정적인 성격의 부모님과 여섯 살 많은 활달한 형의 지지를 받으며 육체적으로 자유롭지 못한 삶 속에서도 유머를 잃지 않는 밝은 청년으로 자랐다. 이윽고 형이 결혼했고 형수가 된 여성은 가족과 똑같은 애정으로 이미 거동이 힘들어진 고미야마 다카시를 간호했다. 그러나 가족이 돌본 보람도 없이 그는 나흘 전에 사망했다.

발인식은 어제였다고 한다.

"다카시에게는 이 작은 방과 우리 가족이 세상의 전부라고, 그렇게 생각했어요. 하지만 아니었군요. 인터넷에서 친구를 사귀고 있었네요."

고미야마 다카시가 지냈던 방으로 안내해준 형수는 그렇게 말하며 눈물을 글썽였다. 고운 인성과 온화한 기품이 느껴지는 여성이었다. 신분을 속인 것이 미안해서 더 이상 견딜 수 없었던 유타로는 그녀에게 서투른 조의를 표하고 서둘러 그 집을 나왔다.

"그러면 사망 확인은 된 거지?"

사무실로 돌아온 유타로가 상황을 보고하자 책상에 앉은 케이시가 재차 확인했다.

"확실해. 분향도 하고 왔어." 유타로는 고개를 끄덕였다.

케이시가 모구라에 손을 뻗었다. 그 순간 유타로가 뻗은 팔을 잡았다.

"잠깐만! 데이터 지울 거야?"

"물론이지. 이 폴더를 삭제하는 게 계약 내용인데."

유타로는 케이시의 팔을 누른 채 책상 뒤로 돌아가서 모구라의 화면을 들여다보았다. 케이시가 삭제하려는 것은 'Dear'라는 이름의 폴더인 듯했다. 내용은 짐작이 가지 않는다.

"지우면 다시 못 살려?"

"못 살려. 이론적으로 안 되는 건 아니지만, 현재 인류의 디지털 기술로는 거의 불가능해."

"그러면 이 폴더의 내용 좀 보여주면 안 돼? 어차피 지울 거니까 보여줘도 되잖아."

"안 돼. 나도 안 볼 거고 너한테도 안 보여줄 거다."

케이시가 자신의 팔을 살짝 들어 올렸다. 유타로는 그 팔에서 일단 손을 뗐다가 다시 붙잡았다.

"아니, 잠깐만. 거기에 뭔가 중요한 내용이 있을 것 같아. 다카시는 어렸을 때부터 병에 걸려서 몸이 불편했었다. 최근에는 거의 거동도 못 하는 상황이었고. 그런데도 주위 사람들을 배려하고 농담도 잘하는, 착하고 재미있는 녀석이었대. 이건 그런 다카시가 남긴 데이터야. 분명 야동 따위가 아닌, 좀 더 소중한 게 아닐까 싶어. 내용을 확인하고 괜찮다 싶으면 다카시의 가족에게 전해주는 게 어떨까? 형수님도 분명 기뻐할 거야."

잠시 생각하던 케이시가 '흐응' 하고 콧소리를 내더니, 다시 팔을 들어 올렸다. 유타로는 케이시의 팔에서 손을 뗐다. 폴더의 내용을 확인해주는 줄로 알았지만 케이시는 주저 없이 그 폴더를 삭제했다.

"앗!" 유타로는 소리를 질렀다.

"이게 우리의 일이다. 의뢰인은 돈을 지불했고 우리는 그 돈을 받았어."

고미야마 다카시는 그 폴더를 삭제해주길 원했다. 알고는 있지만 석연치 않았다. 데이터가 사라진 그 순간, 고미야마 다카시까지도 세상에서 불현듯 사라진 것처럼 느껴졌다.

유타로가 그렇게 말하자 케이시는 이상하다는 듯 유타로를 마주 봤다.

"사라지고 말고가 어디 있어. 의뢰인은 이미 죽었는데."

그런 뜻으로 한 말이 아니었다. 유타로가 자신의 감정을 표현할 말을 찾지 못해 답답해하자, 케이시는 어린아이를 대하듯 천천히 말했다.

"데이터의 내용이 뭐였는지는 몰라. 그러나 자신이 죽은 후 이 데이터는 삭제된다. 그렇게 믿었기 때문에 의뢰인은 마지막까지 데이터를 남길 수 있었던 거다. 나는 의뢰인의 그 믿음에 응해줘야만 해."

그 말에 유타로는 반론할 수가 없었다. 하지만 그때 느꼈던 석연치 않은 감정은 지금도 제대로 소화되지 않은 채 유타로의 마음속에 가라앉아 있었다.

"공교롭게도 젊은 사람이네."

그때까지 계속 말없이 모구라를 조작하던 케이시가 마침내 고개를 들고, 화면을 유타로에게 돌렸다. 사이트의 의뢰 화면이었다.

"이름은 니무라 다쿠미. 28세."

의뢰는 대부분 'dele. LIFE' 사이트를 통해 직접 이루어진다. 니무라 다쿠미도 지난달에 사이트를 통해 의뢰했었다. 화면에는 이름과 생년월일, 메일주소와 휴대폰 번호 등이 적혀 있다. 결제 수단이 신용카드뿐이어서 이름을 속이기는 어렵다.

"컴퓨터와 스마트폰 양쪽 모두 48시간 이상 사용되지 않았을 때 양쪽에 있는 폴더를 삭제하도록 지정했어."

카드결제가 승인되고 계약이 성립하면 의뢰인은 사이트를 통해 케이시가 만든 애플리케이션을 해당 컴퓨터와 스마트폰 등에 다운로드해서 실행시킨다. 애플리케이션은 그들 디바이스에 상주하며 'dele. LIFE'의 서버와 교신한다. 의뢰인이 설정한 시간이 지나도록 그 디바이스를 사용하지 않으면 서버가 반응해서 모구라가 깨어난다.

"컴퓨터의 데이터는 삭제할 수 있는데, 스마트폰은 전원이 꺼져 있어서 데이터를 삭제할 수가 없어. 아마 배터리가 나갔을 거다."

"응? 전원이 꺼져 있으면 삭제하지 못해? 늘 하던 대로 이 컴퓨터로 뚝딱뚝딱하면 되는 거 아냐?"

케이시에게 고용되고 얼마 동안은 유타로도 되도록 존댓말을 쓰려고 노력했다. 하지만 이내 바닥이 드러났다. 케이시가 화를 낼 줄 알았지만 그러지 않았다. 케이시는 지금도 유타로의 말투에 신경 쓰는 기색을 보이지 않았다.

"못해. 전원이 꺼져 있는 디지털 기기는 그냥 물건이야."

이상한 주장이었다. 그러면 전원이 켜져 있는 디지털 기기는 물건이 아니라는 말일까. 물어보고 싶었지만 참았다. 따라갈 수 없는 화제가 될 것 같았다.

"그냥 꺼놓은 건 켤 수 있지만, 배터리가 나가서 꺼진 건 방법이 없어."

"방법이 없다니, 그러면 어떻게 해?" 유타로가 물었다.

"찾아서, 충전해서, 전원을 켜야지."

"찾다니…… 앗, 내가?"

그럼 누구? 하고 되묻는 눈빛으로 케이시가 유타로를 올려다봤다.

"해야죠." 유타로는 웃고 나서 물었다. "아, 근데 이 사람 정말로 죽었어?"

모구라가 깨어난다. 그 후에 케이시가 먼저 하는 일은 의뢰인의 사망 확인이다. 의뢰인에게 뭔가 일이 생겨서 자신이 설정한 시간보다 오랫동안 기기를 사용하지 못하는 상황이 일어날 수도 있다. 의뢰인이 정말로 사망했는가. 케이시가 가장 먼저 확인하는 것이 그 부분이었다.

"일단 사망한 걸로는 되어 있어."

손을 뻗어 터치패드를 조작한다. 브라우저가 열리고 뉴스 기사가 나타났다. 뉴스에 따르면 어제 새벽 아라카와구 하천부지에서 담요에 싸인 남성 시신이 발견되었다고 한다. 시신의 신원은 이타바시구에 사는 28세 청년으로 일정한 직업이 없는 니무라 다쿠미로 밝혀졌고, 신체 두 곳에 자상이 있어서 경찰은 사체유기 사건으로 보고 조사를 시작했다.

유타로는 짧은 기사를 읽은 후 다시 케이시를 바라봤다.

"이자가 의뢰인? 그럼 스마트폰은 경찰이 보관하고 있나?"

"경찰은 스마트폰을 가져가지 않았어. 시신 주변에 없었겠지."

"어떻게 알아?"

"유류품으로 남아 있었다면 수사를 위해서 스마트폰 속의 데이터를 봤을 거야. 시신이 발견된 건 어제 이른 새벽. 그로부터 아직 48시간이 지나지 않았어. 시신 발견 이후에 스마트폰이 조작되었다면 지금 모구라에 신호가 오지 않았겠지."

"앗, 그렇군."

"이런 타이밍에 동명이인일 리는 없겠지만, 혹시 모르니 이 사람이 정말로 의뢰인인지 확인해줘. 확인되면 스마트폰을 찾아서 전원을 켜. 잠깐이라도 전원이 켜지면 여기에서 삭제할게."

"뭐? 삭제할 거야? 하지만 기사를 봐. 경찰이 이 사건을 조사한다잖아. 협조해야 하는 거 아냐? 이건 분명 살인사건일 텐데?"

"우리에겐 무엇보다 의뢰인의 요구 사항이 우선이다."

"위험하지 않아? 이거 증거인멸인가 뭔가 하는 범죄 아니야? 난 경찰에 체포되면 안 된단 말이지."

"왜?"

"왜라니…… 집에 고양이가 있어. 내가 안 가면 다마 씨, 굶어 죽어."

"다마 씨?"

"다마사부로 씨. 최근에 눈이랑 다리도 안 좋아졌어."

케이시는 무슨 말인지 이해해보려는 듯 유타로를 가만히 올려다보았지만 이내 포기한 듯 한숨을 내쉬었다.

"우리가 경찰에 협조한다 해도 의뢰인은 불평조차 할 수 없다. 그래서 더욱 우리는 의뢰인을 위해 움직이는 거다. 거기에 대해 경찰이 항의하면 고이 들어주면 돼."

"항의만 한다고? 체포는?"

"문제없어. 쓸 만한 변호사를 붙일 거야."

케이시는 그렇게 말하고는 천장을 가리켰다. 이 건물 위층에는 변호사사무소가 들어와 있다. 'dele. LIFE'는 그 변호사사무소와 업무제휴를 하고 있으며, 두 회사의 홈페이지에도 그 사실이 명기되어 있다. 그 점이 'dele. LIFE'의 신용을 보증해주기도 한다. 그 변호사사무소, 곧 '사카가미 법률사무소'의 소장은 케이시의 누나, 사카가미 마이다.

"아, 쓸 만한 변호사를. 그렇군."

회사는 깔끔한 건물에 있고 변호사사무소와 제휴도 하고 있다. 그러나 겉보기에 신뢰할 만한 회사라고 해서 꼭 신뢰할 만한 일을 한다고는 단정할 수 없다. 애초에 제대로 된 일을 하는 회사라면 자신 같은 사람을 고용해줄 리가 없는 것이다. 그렇게 생각한 유타로는 단념했다.

"그래서 의뢰인의 집은 어딘데?"

"노트북에 인터넷쇼핑 내역이 있더군. 여기가 맞을 거다."

케이시는 이타바시구로 시작하는 집 주소를 모구라 화면에 띄웠다.

"SNS 계정도 있으니까 네 스마트폰으로 얼굴 사진을 보낼게. 의뢰인의 컴퓨터를 좀 더 조사해서 쓸 만한 정보가 있으면 그것도 같이 보낼 테니까 되도록 빨리 의뢰인의 스마트폰을 찾아줘."

케이시는 내쫓듯 손을 내젓고 휠체어의 방향을 바꿔 다른 세대의 모니터를 향했다. 익숙한 동작을 보면 휠체어와 인연을 맺은 지는 오래된 듯하지만, 정확하게 어떤 상태인지 원인이 무엇인지 유타로는 알지 못했다. 하지만 자신이 고용된 이유가 그 때문이라는 건 알고 있었다.

— 넌 내가 못하는 일을 하면 돼.

일을 시작한 첫날, 케이시는 유타로에게 그렇게 말했다. 그게 뭐냐고 묻는 유타로에게 케이시는 대답했다.

— 다리를 움직이는 일이야.

책상 앞에 서 있는 유타로를 케이시는 의아한 듯 바라봤다.

"왜?"

"아, 갑니다. 네. 다녀오겠습니다."

유타로는 다리를 움직여 사무실을 나갔다.

니무라 다쿠미가 살던 곳은 지하철역에서 도보로 15분쯤 걸리는 주택가의 다세대주택이었다. 사건 피해자의 집인 만큼 기자들이나 경찰들이 있을지도 모른다고 생각했지만, 그런 낌새는 없었다. 저명인이나 어린아이라면 몰라도, 무직의 20대 남성이 흉기에 찔려 살해된 채 담요에 싸여 강가에서 발견된 정도로는 세간의 이목을 끌지 못하는 모양이다.

다세대주택 앞에서 스마트폰을 확인하자, 케이시가 보낸 니무라 다쿠미에 관한 추가 정보가 들어와 있었다. 최근의 메일 발신 기록을 통해 니무라 다쿠미가 몇 곳의 입사시험을 보려고 했다는 사실을 알아냈다. 그중 한 회사에 메일로 보낸 간단한 이력서가 있었다. 그 이력서에 따르면 고향은 이바라키현. 그 지역의 고등학교를 졸업하고 중고차 판매점에서 근무했지만 21세에 상경. 상경한 후에는 몇몇 식당을 전전했고 마지막으로 일했던 식당은 2년 전에 그만두었다. 식당에서 일하던 당시인 4년 전에 SNS를 시작했지만, 직후에 두 번 갱신되었을 뿐 계정은 방치된 상태라서 SNS로 현재의 상황을 파악하기는 힘들다고 했다.

유타로는 새삼 사진을 바라봤다. SNS에 남아 있던, 스물네 살의 니무라 다쿠미다. 짧은 갈색 머리, 귀에는 커다란 은색 피어싱. 오른쪽 손목에 있는 타투를 보여주는 듯한 포즈를 취하고 있다.

사진과 이력만 두고 보면 한곳에 진득하게 붙어 있지도 못하는 한심한 양아치쯤으로 생각할 수도 있다. 하지만 유타로는 그렇게 생각하지 않았다.

니무라 다쿠미는 2년도 더 전에 경력이 멈춘 이력서를 회사에 보냈다. 그만큼 필사적이었던 걸까, 순진했던 걸까. 어느 쪽이든 니무라 다쿠미는 착실하게 일을 하려고 했다. 상경한 지 벌써 7년. 제대로 자리를 잡지 못해 애태우고 있었을 터다. 언젠가는 좋은 사람이나 좋은 직장을 만나 남들처럼 살았을 가능성도 있었다. 하지만 그렇게 되기 전에 흉기에 찔려 살해됐다. 직장에 다닌 이력이 없는 2년 동안 니무라 다쿠미가 무엇을 했는지는 모른다. 그러나 어디에 있었는지 유타로는 짐작이 갔다. 운이 좋은 사람과 나쁜 사람. 양지 사회에서는 그 양쪽을 구별하기가 쉽지 않지만, 검은색에 가까워질수록 명확해진다. 니무라 다쿠미가 있었던 곳은 짙은 회색에 속하는 사회였다. 그리고 니무라 나쿠미는 운이 나쁜 사람이었다.

유타로는 스마트폰을 주머니에 집어넣고 다세대주택 1층에 있는 니무라 다쿠미의 집을 찾아갔다. 어차피 아무도 없을 거라 짐작하고 열쇠 구멍의 모양을 확인하면서 초인종을 누르자 뜻밖에도 안에서 응답이 있었다. 문을 연 사람은 유타로와 비슷한 나이의 여자였다.

"아, 저, 여기가 니무라 다쿠미 씨 집입니까?"

"그런데요?"

여자는 거기서 말을 끊고 좁게 열린 문 틈새로 잠시 유타로를 관찰했다. 자다 일어난 듯한 얼굴이었다.

"뭐야? 기자 같은 거야?"

한순간 그렇다고 할까 생각했지만, 어떤 신문사나 잡지사에도 도저히 이런 꼴의 기자는 없겠다 싶어서 생각을 바꿨다. 티셔츠와 청바지에 스니커즈. 그 위에 걸치고 있는 건 낡은 파카다.

"아, 전 다쿠미 씨의 후뱁니다. 마시바 유타로라고 합니다만 다쿠미 씨에게 들은 적 없습니까?"

선배라고 하면 경계한다. 친구라고 하기에는 억지스럽고 거짓말 같다. 유타로로서는 가장 무난한 관계로 위장했다고 생각했지만, 그녀는 화장기 없는 희미한 눈썹을 찡그렸다.

"후배라니, 언제 적 후배? 직장?"

"직장? 아니요, 중학교 때 후뱁니다. 이바라키에 살았을 때. 최근에 우연히 만나 연락처를 교환했습니다."

눈썹의 주름이 사라졌다.

"잠깐만."

일단 문을 닫은 그녀는 이내 샌들을 신고 문밖으로 나왔다. 문을 닫고 그 앞에 선다. 헐렁한 니트를 커다란 가슴이 밀어 올리고 있었다. 유타로는 가슴골로 가려는 시선을 간신히 거두고, 그 사실을 감추기 위해 "안녕하세요" 하고 고개를 숙였다. "네, 안녕하세요" 하고 대답한 그녀는 다카기 유미라고 자신의 이름을 밝혔다. 니무라 다쿠미의 애인이며 동거했다고 한다.

"중학교 때 다쿠미 씨에게 신세를 많이 졌어요. 전 건방져서 선배들에게도 찍혔는데, 다쿠미 씨가 늘 감싸줬습니다."

"다쿠미가? 우와~"

그녀의 표정이 풀렸다. 웃음을 짓자 처진 눈꼬리가 강조되면서 애교 있는 얼굴로 바뀌었다.

"아, 다쿠미 씨가 평상시에는 그런 느낌이 아니라서 좀 이상하게 들리죠."

스무 살이 넘어서 상경하는 청년들의 대부분은 고향에서는 싹을 피우지 못한 자들이다. 중학생 때에도 화려한 활약을 했을 리가 없다. 도가 지나치지 않도록 유타로는 말끝을 흐리고 그녀의 반응을 지켜봤다.

"뭐, 그렇지. 머리가 좋지는 않았으니까. 요령도 없었고."

그녀는 예상대로 그렇게 말하고 쓴웃음을 지었다.

"늘 겉도는 느낌이었지."

머리도 안 좋고, 요령도 없고, 겉돌기만 하면서 도쿄의 낡은 다세대주택에 틀어박혀 있던 남자. 최근에 제대로 된 직장을 찾던 것은 동거 중인 그녀를 위해서였을까.

"하지만 착한 사람이었습니다." 유타로는 말했다.

"맞아." 그녀는 슬픈 표정으로 고개를 끄덕였다. "그랬어."

그녀의 눈에 눈물이 글썽였다. 덩달아 숙연해진 유타로는 그제야 이곳에 온 이유를 떠올렸다.

"다쿠미 씨가 살해됐다는 걸 인터넷으로 보고는 깜짝 놀라서. 정말로……."

"응. 나도 놀랐어. 아니, 그보다 아직 잘 모르겠어. 다쿠미가 정말로 죽었다니."

"아……" 하고 유타로는 고개를 숙였다. "역시 다쿠미 씨였습니까. 확인해보려고 몇 번이나 전화를 했지만 연결도 안 되고. 주소를 들은 기억이 나서 직접 와봤습니다. 그랬군요. 역시 다쿠미 씨였어. 전화를 안 받아서 불길한 느낌은 들었는데. 몇 번이나 전화했었지만."

제대로 연기했는지 유타로 자신도 알 수 없었으나 그녀는 의심하는 기색도 없이 의도대로 따라와주었다.

"아, 전화. 응? 그러고 보니 스마트폰이 어디 있지? 경찰한테 있나?"

"집에는 없습니까?"

"집에는 없어. 경찰도 전해준 적 없었고. 아니면 시신이랑 같이 돌려주거나 하는 건가?"

"다쿠미 씨가 스마트폰을 갖고 나간 건 확실해요?"

"응. 스마트폰은 항상 갖고 다녀. 업무에 필요하다고."

"저기, 업무라면…… 다쿠미 씨가 일을 했어요? 전 듣지 못했는데."

뉴스 기사에서 니무라 다쿠미는 무직으로 나왔었다. 그녀가 무언가 대답을 하려는 순간 집 안에서 날카로운 울음소리가 들렸다. 고양이 울음소리인가 했지만 이내 아기의 울음소리라는 걸 알았다. 그녀가 등지고 있던 현관문을 황급히 열었다. 유타로는 문이 닫히기 전에 손으로 밀고는 실내를 들여다봤다. 그녀는 주방 너머에 있는 장지문 안으로 사라졌다.

"아이가 있었습니까?"

현관에 서서 장지문을 향해 말을 걸었지만 대답은 없었다. 아기의 울음소리가 한층 커진다. 그 힘차고 앙칼진 소리에 유타로의 얼굴이 풀어진 순간, '쿵쿵' 하고 벽을 두드리는 소리가 들렸다. 그녀가 "미안합니다!" 하고 큰 소리로 말하자, 아기의 울음소리는 더욱 커졌다. 다시 벽이 쿵쿵 울렸다. 이번에는 끊이지 않았다. 옆집에서 항의해오는 것임을 알았다.

"제가 가볼까요?"

말없이 내는 짜증에 화가 난 유타로가 말했다.

"됐어, 하지 마."

그 뒤로도 벽을 두드리는 소리는 한참 동안 이어지다가 간신히 그쳤다. 끈기 있게 아이를 달래는 그녀의 목소리가 들렸다. 마침내 아기의 울음소리가 잦아들었고 그녀가 돌아왔다. 아기는 그녀의 팔 안에서 손가락을 빨며 잠들어 있었다.

"이 집은 다쿠미가 혼자 살 때 빌린 집이야. 다쿠미랑 얼른 이사하자는 얘기도 했었는데, 돈이……."

아기가 쪽쪽 소리를 내며 손가락을 빨고 있었다.

"귀엽네요."

유타로는 아기의 반들반들한 볼을 손가락으로 건드렸다. 아기는 눈을 떴지만 이내 눈을 감고는 다시 손가락을 빤다. 마침내 참지 못한 유타로가 말했다.

"잠깐만 안 될까요?"

"응?"

"잠깐만 안아보면."

"아, 응, 괜찮아."

유타로는 그녀에게서 아기를 받아 들었다. 아기는 다시 눈을 뜨고는 조금 귀찮다는 듯 유타로를 봤지만, 유타로가 미소 짓자 어쩔 수 없다는 표정을 짓더니 다시 잠들었다. 자신의 볼을 아기 볼에 문질러보고 싶은 충동을 간신히 억누르고, 그 보드랍고 따뜻한 체온을 충분히 즐긴 후 유타로는 아기를 돌려줬다.

"다쿠미가 아기 얘기는 안 했어?"

받아 든 아기를 조심스럽게 흔들면서 그녀가 말했다.

"네? 아, 아니요."

후배가 맞는지 의심하는 건 아닐까 하고 유타로는 불안했지만, 그녀에게 경계하는 기색은 없었다. 하지만 조금 쓸쓸한 표정을 짓고 있었다.

"그래. 이 아이는 다쿠미의 아이가 아니니까. 예전 남자의 아이야."

"아, 네. 그렇습니까."

"다른 남자의 아이를 낳은 여자와 산다는 말 따위, 쪽팔려서 후배한테는 못 했나봐. 우리가 이 집에 들어온 지 벌써 반년이나 지났지만, 다쿠미는 이 아이를 안아준 적이 없었어. 아이가 울어도 달래주지도 않고 늘 화를 내며 나를 불렀어."

유타로는 딱히 대답할 말이 없어서 '그렇습니까'만 반복했다.

"저, 그런데 다쿠미 씨는 무슨 일을 하셨죠?"

"나도 잘 몰라. 무슨 그룹에서 일했던 모양인데, 수시로 연락이 왔었어. 전화가 오면 다쿠미는 내가 듣지 못하게 몰래 통화했어. 아마 좋지 않은 일이었을 거야. 그래서 경찰이 물었을 때도 모른다고 대답했거든. 같이 사는 애인이 무슨 일을 하는지도 모르는 여자라니 참 한심하지."

"저기, 저도 이 모양이라 변변치 않은 일을 할 때도 있습니다. 그럴 때는 소중한 사람에게 말하지 않습니다. 걱정만 끼칠 테니."

그녀가 고개를 들고 싱긋 웃었다.

"고마워. 유타로는 상냥한 사람이네."

"아니요, 뭘."

"최근에는 그룹에서도 연락이 끊겼고 제대로 구직활동도 하길래 나도 안심했었어. 그런데 살해됐다니, 그래서인지 더 믿어지지 않아."

"그랬군요. 그러네요."

식탁 구석에 노트북이 있는 건 확인했다. 니무라 다쿠미가 데이터 삭제를 의뢰했던 노트북일 것이다. 또 하나의 의뢰품은 어디 있는지 알 수 없었지만, 이곳에 없는 것만은 확인했다.

유타로는 혹시나 하는 마음에 그녀에게 연락처를 알려주고 다세대주택을 나왔다.

유타로가 사무실에 들어서는 순간 갑자기 눈앞에 농구공이 떨어졌다. 튀어 오른 공을 잡아 케이시에게 던졌다. 공을 받은 케이시는 문 위쪽 벽에 슛을 하듯 공을 던졌다. 공은 벽에 그려진 원에 맞고 떨어진다. 케이시는 휠체어 바퀴에 연결된 핸드림을 돌려 휠체어를 전진시킨 후 공을 잡아 가볍게 앞으로 던지고 다시 핸드림을 힘차게 돌렸다. 휠체어가 매섭게 앞으로 나아간다. 원바운드로 공을 잡고, 재빨리 턴을 하고, 슛을 한다. 공은 다시 벽에 그려진 원에 맞고 떨어졌다.

케이시는 무언가를 생각할 때 운동을 하는 습관이 있다. 사무실에는 농구공도 야구글러브도 테니스라켓도 있다. 동작만 흉내내는 게 아니라 진짜 공으로 벽 치기를 할 때도 있다. 축구공도 있었지만, 유타로는 케이시가 축구공을 어떻게 사용하는지 본 적은 없다.

케이시의 휠체어는 유타로가 봐왔던 일반적인 휠체어와 조금 다르다. 무릎 아래 높이에 봉이 범퍼처럼 앞쪽을 덮고 있다. 무언가에 부딪혔을 때 보호해주는 역할을 할 테지만, 유타로는 그런게 붙어 있는 휠체어를 본 적이 없었다. 휠체어는 전체적으로 단순한 구조이고, 뒤쪽에는 다른 사람이 밀어주는 데 쓰는 손잡이가 없다. 신체기능을 보완해주는 도구라기보다는, 특수한 스포츠에 사용되는 전용 도구처럼 보인다. 케이시는 그 휠체어를 능숙하게 조작하면서 묵묵히 슛을 하고 있다. 힘차게 움직이는 단단한 상체 근육이 옷 위로도 충분히 느껴졌다. 유타로는 한참 동안 그 모습을 바라보고 나서 케이시의 책상에 엉덩이를 기댄 채 보고를 시작했다.

"발견된 시신은 의뢰인 다쿠미 씨가 분명해. 그리고 문제의 스마트폰은 다쿠미 씨 본인이 들고 나갔어. 경찰이 갖고 있는 게 아니라면 다쿠미 씨를 죽인 범인이 가져가지 않았을까."

다시 슛을 쏜 케이시가 돌아봤다.

"다쿠미 씨?"

"내 중학교 선배. 고향에 있을 때 도움을 받았어."

"그런 설정이야?" 케이시는 코웃음을 치고 다시 손에 공을 들었다. "범인은 왜 스마트폰을 가져갔을까?"

"중고로 팔 생각은 아닐 거고. 그 속의 데이터를 보려던 게 아닐까? 다쿠미 씨가 지우고 싶어 했던 파일."

케이시는 공을 바닥에 튕기면서 잠시 생각했다.

"살해하고, 곧바로 파일을 보고, 그 이후로는 스마트폰을 만지지 않았다. 말이 안 되는 건 아니지만 글쎄다. 수중에 있으면 만지게 될 것 같은데. 만졌으면 모구라에 신호가 안 왔을 테고. 아니면 파일만 확인하고 곧바로 처분했나."

케이시는 중얼거리면서 고개를 살짝 갸웃거렸다.

"어쩌면 본인이 어딘가에 숨겼을지도 모르지."

"본인이 숨겼다고?"

"아직 스물여덟밖에 안 된 니무라 다쿠미가 왜 우리에게 의뢰를 했을까. 질병이 있었던 게 아니라면 신변의 위협을 느꼈던 거겠지. 의뢰한 지 한 달도 안 돼서 살해됐어. 니무라 다쿠미는 자신이 습격을 당해도 데이터를 뺏기지 않도록 스마트폰을 어딘가에 숨겨둔 거야."

그럴 수도 있겠군, 하고 중얼거린 후에도 여전히 공을 바닥에 튕기던 케이시는 마침내 공을 유타로에게 던졌다.

"여하튼 사망 확인이 되었으니 컴퓨터 속의 데이터만이라도 지울까."

"지우는 거야?"

"그게 의뢰 사항이야."

책상 너머로 돌아간 케이시는 모구라를 앞쪽으로 끌어당겼다. 유타로는 황급히 농구공을 던져버리고 케이시가 열려던 모니터를 오른손으로 눌렀다.

"아, 아니, 잠깐만. 응, 이번에는 정말로 잠깐만 기다려."

케이시가 언짢은 듯 유타로를 봤다.

"다쿠미 씨는 살해됐어. 질병으로 사망한 거와는 상황이 다르잖아? 연인이 갑자기 살해돼서, 같이 살던 그녀는 엄청 당황하고 있어. 다쿠미 씨가 삭제하려던 데이터, 보여주면 안 돼? 살해당한 이유를 알 수 있을지도 모르잖아."

"살인사건 수사는 경찰에게 맡기면 돼. 우리가 할 일은 데이터 삭제다."

케이시가 유타로의 오른손을 밀어내고 모구라의 모니터를 열려고 했다.

"그렇다면" 하고 유타로는 다시 그 모니터를 눌렀다. "우리 일을 위해서도 데이터가 필요해. 스마트폰이 어디로 갔는지, 지금 삭제하려는 데이터에 힌트가 있을지도 모르잖아."

"너, 그냥 데이터를 보고 싶은 것뿐이지?"

"그 이유도 없다고는 말하지 못하겠지만."

케이시가 다시 유타로의 오른손을 밀어내자, 이번에는 왼손으로 막았다.

"그렇다고 다른 방법이 있어? 이 데이터를 삭제한 다음엔 어떡할 건데? 스마트폰, 어떻게 찾을 거냐고."

케이시가 유타로를 올려다봤다. 유타로는 의미도 없이 웃어 보였다. 그 웃는 얼굴을 차갑게 바라보며 잠시 생각하던 케이시는 마침내 살짝 고개를 끄덕였다.

"뭐, 이 상태로는 일을 해결할 수 없는 건 확실하겠군. 어쩔 수 없는 건가."

유타로가 손을 떼자 케이시가 모구라의 모니터를 열었다. 유타로는 책상을 돌아 옆으로 가서 화면을 들여다봤다. 삭제 의뢰를 받은 데이터를 보는 건 그때가 처음이었다.

폴더에는 '새 폴더'라는 이름이 붙어 있었다. 니무라 다쿠미는 폴더를 만들 때 따로 이름을 붙이지 않았을 것이다. 유타로는 그 폴더 속 내용에 대해 상상의 나래를 폈다. 소속했던 조직이 저지른 살해의 현장을 담은 영상. 다음에 저지를 범죄를 계획하며 나눈 대화를 녹음한 파일. 우연히 알게 된 검은돈의 은닉 장소.

유타로가 보는 앞에서 케이시가 폴더를 열었다.

"응? 헐. 뭐야, 이건!" 유타로는 자신도 모르게 소리쳤다.

상상했던 것만큼은 아니더라도 최소한 좀 더 자극적인 것을 예상했었다. 아무리 그래도 사람이 살해된 것이다.

"보이는 그대로지. 주소록." 케이시가 말했다.

네 장의 종이를 찍은 사진 파일이었다. 종이에는 이름과 주소와 전화번호가 나열되어 있다. 전부 해서 이삼백 명은 될 것 같았다. 주소가 도쿄도 내에 있다는 것 외에 연관성은 보이지 않는다. 남자의 이름도 여자의 이름도 있다. 단독주택도 있고, 공동주택인 듯한 주소도 있었다.

"뭔지는 모르겠지만, 이런 것 때문에 다쿠미 씨가 살해된 거야?"

"꼭 그렇다고 볼 수는 없지만……."

애매하게 끊어진 말은 이어지지 않았다. 케이시는 핸드림을 돌려서 휠체어의 방향을 바꿨다. 모구라가 아닌 다른 컴퓨터 화면을 향한다.

조사를 시작한 모양이다. 한참을 기다렸지만 케이시는 좀처럼 고개를 들지 않았다. 컴퓨터에 집중하고 있는 케이시에게 방해가 되지 않도록 유타로는 사무실을 나가기로 했다.

"편의점에서 과자 사 올게. 필요한 거 있어?"

케이시는 대답하지 않았다. 유타로는 살며시 사무실을 나왔다. 사무실을 나와 복도를 걸으면 정면에 엘리베이터가 있다. 그리고 복도 중간에 오른쪽과 왼쪽에 문이 있다. 오른쪽의 미닫이로 된 문이 나 있는 곳이 케이시가 거주하는 공간이다. 애당초 그렇게 듣기만 했을 뿐 유타로가 그 방 안에 들어간 적은 없다. 왼쪽은 케이시의 누나가 소장으로 근무하는 '사카가미 법률사무소'의 창고다. 그곳에도 들어간 적은 없다.

엘리베이터를 타고 1층으로 올라가자, 케이시의 누나인 마이와 마주쳤다. 외출했다가 사무실로 복귀하는 중인 듯했다. 직원으로 보이는 정장 차림의 두 남성과 함께였다.

"오, 신입. 일 나가나?"

한눈에도 사는 세계가 다름을 알 수 있는 유타로에게 마이는 거침없이 말을 걸어온다. 180센티미터 가까이 되는 유타로와 눈높이가 거의 비슷하다. 하이힐의 높이를 감안해도 170센티미터는 될 것이다. 작은 얼굴과는 달리 커다란 입이 눈길을 끈다.

"아니, 건너편 편의점에."

유타로가 말하자 마이는 그 커다란 입을 벌리고 '앗하하' 하고 웃었다.

"땡땡이치지 마, 신입. 일하라고."

"옙!"

경례하듯 손을 올린 유타로에게 마이는 가볍게 손을 흔들고 일행과 함께 엘리베이터를 탔다. 유타로는 위층으로 올라가는 엘리베이터 숫자판을 무심코 바라봤다.

'쓸 만한 변호사야.' 케이시가 누나에게 내린 평가다.

마이가 소장으로 근무하는 '사카가미 법률사무소'는 원래 기업 법무의 정예 변호사들이 모인 사무소로 유명했던 듯하다. 두 사람의 부친이 몇 년 전에 세상을 떠나면서 이 빌딩과 함께 법률사무소를 마이에게 남겼다. 하지만 전임 소장의 친딸이라고 해서 산전수전 다 겪은 정예 변호사들이 잠자코 따를 리가 없었다. 부친의 사망 후 얼마 지나지 않아 대부분의 변호사가 사무소를 떠났다. 그러자 마이는 대담한 사업전환을 꾀한다. 클라이언트를 기업에서 개인으로 바꾼 것이다. 부유층을 주요 고객으로 잡고 모든 상담에 응하는 원스톱 법률사무소로 변신시켰다. 마이의 말에 따르면 '성추행 누명부터 유산상속까지'다. 현재는 7명의 변호사와 20명 이상의 직원을 거느리고 있으며, 지명도도 업적도 순조롭게 상승곡선을 그리고 있다고 한다. 그렇게까지 개인 변호로 특화한 법률사무소가 드물다는 점도 있겠지만, 마이 자신이 법률가로서도 사업가로서도 능력이 뛰어나지 않으면 잘될 리가 없다.

쓸 만한 변호사야, 라는 케이시의 말은 그런 의미였다.

"단, 변태지만" 하고 케이시는 덧붙였다.

덕분에 유타로는 마이와 얼굴을 마주할 때마다 어찌할 바를 몰랐다. 이렇게 스타일 좋고 개성적인 미인인 데다가 30대 중반의 능력 있는 변호사가 대체 어떤 식의 변태라는 걸까.

유타로가 멍하니 엘리베이터 숫자판을 보고 있는 동안에 엘리베이터는 4층에 도착했다. 마이의 사무소는 2층부터 4층까지 차지하고 있다. 그곳에서는 오늘도 많은 사람이 일하고 있을 것이다. 유타로는 자신의 발밑으로 시선을 향했다. 지상과 지하. 누나와 남동생. 부유층 상대의 법률사무소와 디지털 기기로 구성된 비밀기지. 변태 여자와 괴팍한 남자.

편의점에서 초콜릿을 사서 사무실로 돌아가자, 케이시의 화난 목소리가 날아왔다.

"어디 갔다 와?"

"왜? 편의점 간다고 말했잖아. 여기 초콜릿. 먹을래?"

케이시는 어이없다는 듯 손사래를 치고는 모니터 한 대를 유타로 쪽으로 돌렸다.

"니무라 다쿠미가 삭제를 의뢰했던 그 주소록. 거기에 적힌 흔하지 않은 이름을 차례차례 검색했더니, 이런 게 나왔다."

어느 비영리단체에서 주최한 강연회의 기록이었다. 내용은 '사기 피해를 입지 않는 방법'. 노인을 대상으로 한, 입금 사기나 사모펀드 사기 등의 피해를 입지 않도록 대책을 알려주는 강연회다. 주소록에 있던 사쿠타 료지로 씨는 게스트로 나와 자신이 경험한 사기 피해에 대해 이야기했던 듯하다.

"이런 것도 있었어."

노인의 자살을 전하는 뉴스 기사였다. 시신으로 발견된 쓰게 다케토 씨는 최근 2년 동안에 여러 건의 사기를 당했고 거의 모든 재산을 잃었다. 이를 비관해 자살한 것으로 보인다고 기사는 전하고 있었다.

"이 주소록이 사기 피해자 명부라는 거야?"

"이 두 사람은 우연히 이름이 나왔을 뿐이지만, 일반적으로 사기 피해자 이름은 보도되지 않아. 특이한 이름을 지닌 두 사람이 모두 사기 피해자라면 이건 사기 피해자 명부로 봐도 될 거다."

유타로는 자신도 모르게 얼굴을 찡그렸다.

"호구 리스트인가. 들어본 적 있어."

한 번 사기에 걸려든 사람은 경계심이 많아져서 두 번은 사기에 걸려들지 않는다고, 보통은 그렇게 생각한다. 하지만 실제로는 다른 모양이다. 한 번 사기에 넘어간 사람은 두 번이고 세 번이고 넘어간다. 그들은 사기에 넘어가는 사람들인 것이다. 사기

꾼들에게 이상적인 고객을 리스트업한 명부는 업데이트를 반복하면서 암암리에 매매된다고 한다.

"다쿠미 씨가 하던 일이 사기였나?"

"우리를 증거인멸에 이용할 생각이었어. 48시간이라는 건, 그래, 검찰 송치까지의 시간이었군."

"검찰 송치?"

"경찰은 피의자를 체포하면 48시간 이내에 검찰로 송치해야 하지. 그게 안 되면 석방해야 한다. 니무라 다쿠미는 체포됐다가 검찰에 송치될 경우 결정적인 증거가 될 사기 피해자 명부를 없앨 생각이었겠지."

"그래도 사망 확인이 안 되면 삭제하지 않잖아?"

유타로의 말에 케이시는 눈길을 피했다.

"그렇긴 해. 하지만 그 부분을 제대로 이해하지 못한 의뢰인도 많아."

묘하게 애매한 말투였다.

"응? 그게 무슨 말이야?"

"대부분의 의뢰인은 우리 사이트에서 다운로드한 앱이 지정 시간이 지나면 저절로 기동해서 삭제를 요청했던 데이터를 지운다고 생각해. 그렇지만 실제로 앱은 지정된 시간이 지나면 디지털 기기를 원격 조종 가능한 상태로 만드는 기능을 할 뿐이야. 의뢰인의 중요한 데이터를 삭제하는 일이니, 우리도 신중할 수밖에 없는 거다. 그래서 의뢰인이 정말로 사망했는지 확실하게 확인한 후에 수작업으로 삭제하는 거고. 앱의 기능에 대해서는 계약서에

분명하게 적어놓았고, 계약서상으로도 의뢰인이 사망했을 때 데이터를 삭제한다고 되어 있어. 계약 위반은 아니지."

언짢은 듯한 말투가 변명처럼 들렸다. 생각해보면, 자신이 죽은 후에 존재를 없애고 싶은 데이터다. 의뢰인 입장에서는 아무에게도 보이고 싶지 않은 것이다. 그 심정을 고려해서 사이트에서는 마치 앱이 자동적으로 실행되어 데이터를 삭제하는 것처럼 표현하고 있는지도 모른다. 대부분의 경우 케이시는 내용을 보지 않고 삭제하기 때문에 결과적으로는 마찬가지고, 표현을 그 정도는 얼버무리지 않으면 의뢰가 크게 줄 것이다.

케이시를 좀 더 건드려보고 싶었지만, 고용주를 쓸데없이 자극해야 좋을 게 없겠다 싶어서 단념했다.

"그래서 결국 어떻게 된 거야?" 유타로는 원래 이야기로 화제를 돌렸다.

케이시는 책상 위에 있던 야구공을 들었다. 바닥에 툭 튕겨서 손으로 받는다. 그 동작을 반복하면서 케이시는 말했다.

"사기조직의 말단 조직원이었던 니무라 다쿠미는 어느 날, 조직에서 이용하는 명부의 존재를 알게 됐다. 그 호구 리스트가 니무라 다쿠미에게는 도깨비방망이로 보였지. 니무라 다쿠미는 스마트폰으로 그 명부의 사진을 찍었다. 조직에서 빠져나와 직접 사기를 칠 생각이었지. 하지만 그 사실이 들통났고, 조직은 니무라 다쿠미를 살해하고 스마트폰을 처분했다. 니무라 다쿠미가 명부를 컴퓨터에 복사해놓은 건 몰랐을 테고."

유타로는 케이시의 추리가 납득이 가지 않는 듯 '흐음' 하고 소리를 내며 반론했다.

"말은 되는데, 그건 뭔가 다쿠미 씨답지 않아. 조직을 배신하고 자기 혼자 사기를 치려고 했다니 다쿠미 씨에게는 너무 어려운 일 아냐?"

"네가 의뢰인에 대해 뭘 알아?"

"애인도 다쿠미 씨가 머리도 안 좋고 요령도 없다고 했어."

"애인이라고 해서 반드시 상대를 제대로 아는 건 아니지. 더구나 기억은 왜곡되지만 기록은 사실을 말해. 니무라 다쿠미의 컴퓨터에 이 명부가 있었다는 건 사실이다. 니무라 다쿠미는 돈이 필요했고."

유타로는 다시 한번 '흐음' 소리를 내며 팔짱을 꼈지만, 케이시의 주장에서 모순을 찾아내진 못했다.

"그러면 다쿠미 씨를 살해한 건 명부를 갖고 있던 사기조직이다?"

"그렇겠지. 니무라 다쿠미가 소속해 있었던 사기조직을 찾아내서 스마트폰을 어떻게 처분했는지 확인해줘."

"응? 뭐라고?"

유타로가 되묻는 순간, 책상 구석에 있는 프린터가 움직이기 시작했다. 프린터에서 나온 네 장의 종이에는 명부가 인쇄되어 있었다. 케이시가 모구라 화면에서 얼굴을 들었다.

"컴퓨터에 있는 건 지금 삭제했어. 스마트폰의 데이터가 제대로 처리됐다면 다행이지만, 어중간하게 스마트폰을 강에 버렸다거나 하면 성가셔져. 실물을 찾아서 데이터를 삭제해야 해. 시신이 하천부지에서 발견됐으니 찾을 가능성은 있어. 너, 잠수할 수 있나?"

"아니, 잠수라니. 그러니까 지금 데이터 이야기야? 살인사건 이야기가 아니라? 우린 지금 범인을 쫓고 있는 게 아니었어?"

"우리 일은 의뢰받은 데이터를 삭제하는 것. 살인사건은 경찰이 해결한다."

"하지만."

"지금 이 시간에도 경찰은 살인사건의 증거품으로 스마트폰을 찾고 있을지도 몰라. 경찰이 먼저 발견하면 어떻게 되겠나? 별문제 없이 전원이 켜진다면 다행이지만, 전원이 안 켜지면 경찰은 메모리에 직접 접속해서 안에 있는 데이터를 빼내려고 할 거다. 그렇게 되면 데이터 삭제는 불가능해져. 그러니까 경찰보다 먼저 스마트폰을 확보해야 해."

"데이터를 삭제할 필요가 있을까? 다쿠미 씨는 체포됐을 때를 대비해서 보험으로 사용할 작정이었잖아? 이제 그럴 필요 없는 거 아닌가?"

"의뢰받은 일은 끝까지 마무리한다. 의뢰인이 무슨 의도로 그랬는지 생각하면 안 돼. 우리가 움직일 때는 항상 의뢰인이 죽은 다음이니까."

"그렇다 해도 사기조직을 대체 어떻게 찾아? 더구나 경찰보다 먼저."

"실마리가 될 만한 지인들이 주변에 있지 않나?"

"뭔 주변을 말하는 거야. 있을 리가 없잖아."

"있을 것 같은 느낌이었는데. 너, 속 빈 강정이었냐."

"나한테 무슨 기대를 했던 거야?"

유타로는 그렇게 대꾸하면서 자신의 상자를 떠올렸다. 사기조직과 연결될 만한 연락처가 몇 개는 있을 것이다. 하지만 그것이 니무라 다쿠미의 조직과 연결돼 있기를 기대하는 건 역시 지나치게 자기중심적인 생각이다.

"뭐, 아는 범위 내에서 찾아보긴 하겠지만 너무 기대하지는 말아줘."

"거봐, 역시 있잖아."

반론하려는 유타로에게 케이시는 가볍게 손을 내저었다.

"알아봐줘. 기대할게."

더 이상 불평할 기분도 들지 않았다. 배에서 꼬르륵 소리가 나서 시계를 보니 7시가 되어가고 있었다.

"연락처가 집에 있어. 오늘은 퇴근할게."

"응, 사부 짱에게 안부 전해줘."

무슨 말일까 생각하면서 사무실을 나온 유타로는 엘리베이터 앞에 섰을 때 깨달았다.

"다마 씨라고!"

유타로는 네즈에 위치한 자택으로 돌아갔다. 낡은 목조주택이지만 도쿄대공습*을 겪었다는 주위 주택들에 비하면 아직 젊은

---

* 제2차 세계대전 말기인 1945년에 미국군이 도쿄도 지역을 겨냥해 전략적으로 행한 대규모 폭격을 총칭한다. 이로 인해 수많은 가옥이 파괴되었을 뿐만 아니라 10만 명이 넘는 민간인이 목숨을 잃었다.

편이다. 미닫이로 된 현관문을 열자 기다렸다는 듯 다가온 다마 씨를 안고 실내로 들어갔다. 다다미가 깔린 거실은 할머니랑 살 았던 때 그대로다. 유타로는 다마 씨를 조심스럽게 다다미 위에 내려놓고 싱크대 앞에 섰다. 요리는 좋아하지도 싫어하지도 않는 다. 하지만 할머니는 살아계셨을 때 유타로에게 매일 요리를 시 켰다.

"제대로 먹고 제대로 자면 인간은 그리 쉽게 죽지 않는 법이야. 이 집은 너한테 물려줄 테니까 잘 곳은 있는 셈. 먹는 것만 스스 로 해결하면 돼."

그 말이 할머니의 입버릇이었다. 정말로 손자를 생각해서였을 까, 단지 당신이 편하고 싶었을 뿐이었을까. 여하튼 아침과 저녁 에는 반드시 음식을 만들게 했다. 그 때문에 유타로는 언제나 저 녁 6시에는 귀가했다. 덕분에 크게 어긋난 길을 가지 않았다고, 지금은 생각한다.

"우리 집엔 할머니가 계셔. 내가 집에 가지 않으면 할머니 굶어 죽어."

저녁이 되면 그렇게 말하며 허둥지둥 집에 가는 남자를, 아주 못된 일에 끌어들이려는 사람은 없다. 그런 남자에게는 믿음도 가지 않고 의지하기도 힘들다. 유타로는 지금까지 의도치 않게 음지의 세계에 다가간 적이 몇 번 있었지만 거기에 빠져드는 일 은 없었다. 검은색과 회색의 중간에 있는, 잘 보이지 않지만 치명 적인 선. 유타로는 자신이 그 선을 넘지 않은 건 할머니 덕분이었 다고 감사했다.

그 할머니가 절친한 친구인 다마 씨를 남겨두고 돌아가신 지 벌써 1년이 넘었다. 지금은 다마 씨에게 매일 식사를 챙겨주는 일을 유타로는 자신의 사명으로 생각하고 있다. 만약에 집에 돌아오지 못할 때를 대비해 오랜 친구에게 집 열쇠를 맡겨두고 있지만, 실제로 다마 씨의 끼니를 부탁한 적은 한 번도 없다. 한편으로는 그 오랜 친구가 빈집에 들어와 유타로를 기다리는 경우는 한 달에 한두 번 있었다. 그 오랜 친구도 최근 한동안은 모습을 보이지 않는다.

자신을 위해 후다닥 만든 식사를 밥상에 올리고 다마 씨를 위해 고양이 사료를 접시에 담았다. 할머니에게 인간의 음식을 받아먹었던 다마 씨는 고양이 사료를 보면 늘 불만스러운 표정을 지었다.

"이거 먹고 설사 없어졌지? 근처 고양이들 사이에선 털도 고와졌다는 소문도 돌아."

접시에 담긴 고양이 사료를 손으로 집어 입가에 가져가자 다마 씨는 어쩔 수 없다는 듯 입에 넣고 깨작깨작 씹었다.

"맛없다는 듯 먹지 마. 그거 비싼 거라고."

직접 접시에 대고 먹는 걸 확인한 유타로는 찬장 위에 있던 '일이 필요할 때를 위한 상자'를 가져왔다. 식사를 하면서 안에 있는 메모지와 명함을 확인해간다.

"생각하기에 따라서는 전부 수상쩍은 곳들이지만 꼭 집어내기는 애매하군."

식사하고 있는데 스마트폰이 울렸다. 화면을 확인하자 발신번호 표시제한이 떴다. 유타로는 스마트폰을 들었다.

"네, 여보세요."

전화를 받고는 미소시루를 '후루룩' 하고 입에 머금는다.

"마시바 유타로 맞지?"

낯선 목소리였다. 유타로는 미소시루를 꿀꺽 삼키고는 "그런데?" 하고 되물었다.

"너, 뭐 하는 놈이야? 정말로 니무라의 중학교 후배야?"

"어? 뭐?"

"이 자식이 어디서 시치미야? 니무라의 여자한테 들었다. 중학교 후배라면 학교 이름 말해봐."

유타로는 니무라 다쿠미의 애인에게 연락처를 가르쳐줬던 걸 떠올렸다. 이 남자가 그녀에게 어떻게 해서 이 전화번호를 알아냈을지 짐작이 가자, 화가 치밀었다.

"당신, 아기를 울린 건 아니겠지?"

"뭐? 내가 왜 아기를 울려?"

"이 번호는 어떻게 알아냈지?"

"니무라가 죽은 걸 알고 집에 찾아갔더니 니무라의 여자가 그냥 알려주던데? 조금 전에 중학교 후배도 찾아왔다고. 고등학교 선배까지 와주다니 다쿠미는 역시 좋은 사람이었다며 감격해서 울기까지 하더군. 그 여자, 멍청해도 너무 멍청해."

"당신, 다쿠미 씨가 있던 조직의 일원인가?"

"조직?" 남자는 웃었다. "그거 좋네. 끈끈한 느낌이 들어."

"당신들이 다쿠미 씨를 죽였지?"

"이거 완전 또라이 아냐? 살인범이 조의금 들고 피해자 집에 가는 거 봤냐?"

"조의금?"

"니무라는 멍청했지만 나쁜 녀석은 아니었다."

"조직에서 명부를 훔쳤는데도? 당신들이 사용하던 명부를 다쿠미 씨가 복사했지? 알고 있을 텐데."

"복사?"

남자는 한참 동안 말이 없었다. 유타로의 목소리에 담긴 긴장감을 눈치챘는지, 다마 씨가 달래듯이 유타로의 무릎 위로 올라왔다.

"몰랐나?"

"뭐, 이미 사용 끝난 거니 상관없어. 네가 쓰고 싶으면 써도 되는데, 그거 엄청 오래된 거야. 넌 니무라한테 얼마에 샀지? 아, 그래서 항의하러 갔었군? 아!"

남자의 말투가 갑자기 변했다.

"이 새끼, 그래서 니무라를 죽였냐?"

위압적인 목소리였다. 지금까지 살아오며 갖은 상황에서 협박을 당해본 유타로도, 직접 얼굴을 맞대고 있었다면 곧바로 대꾸할 수 있었을지 자신이 없었다.

"뭔 소리야. 다쿠미 씨는 너희가 죽인 거 아냐?"

잠시 생각하는 듯 틈을 둔 남자는 원래 목소리로 돌아왔다.

"안 죽였어. 볼일도 이미 끝났었고. 나쁜 녀석은 아니지만 쓸만한 놈도 아니라서. 더 이상 연락할 생각은 없었다."

"이 명부는 필요 없나?"

"필요는 없다만 사용은 안 했으면 하는데. 네가 그걸 사용했다가 잡히기라도 하면, 우리 쪽 피해자까지 줄줄이 나올 위험이 있어. 여하튼 한번 만나지. 명부가 필요한 일을 할 생각이면 같이 할 수 있는 일도 있지 않겠나."

"알았다. 어디서 만나지?"

"이쪽에서 다시 연락하지."

유타로가 말릴 새도 없이 전화는 끊어졌다.

다음 날, 유타로는 다시 니무라 다쿠미의 집을 찾아갔다. 그녀에게 물어보니 어제 유타로가 돌아간 후 고등학교 선배라는 남자가 조의금을 들고 찾아왔었다고 한다. 그녀의 얘기로 추측건대 딱히 무언가를 찾으러 온 것은 아니고, 니무라 다쿠미의 죽음으로 인해 자신들에게 불리한 일이 생기지는 않을지 확인한 것뿐인 듯했다. 유타로에게 전화를 건 것도 같은 이유에서였을 터.

"그러니까 결국 니무라 다쿠미를 살해한 범인은 그 조직이 아니다?"

사무실에 돌아가 전화가 왔었던 일을 보고하자, 케이시는 왜 곧바로 알리지 않았냐며 투덜거리고는 물었다.

"그런 거 같아. 오히려 다쿠미 씨를 조금 불쌍해하는 느낌이 들었어."

잠시 돌변했던 남자의 목소리를 떠올리고 유타로는 덧붙였다.

"뭐, 배신자에게는 무자비할 것 같지만. 여하튼 다쿠미 씨가 명부를 복사한 것도 몰랐던 거 같고."

"그러면 누가 죽였다는 거지? 스마트폰은 누가 갖고 있고?"

"글쎄." 유타로가 대답했지만, 케이시는 대답을 원했던 건 아닌 모양이다. 유타로가 고개를 갸웃거리고 있자 케이시는 종이 한 장을 내밀었다.

"분담한다."

유타로는 엉겁결에 받아 든 종이를 살펴봤다. 폴더에 있던 명부였다. 어제 니무라 다쿠미의 컴퓨터 속 데이터를 삭제하기 전에 인쇄했던 종이다.

"전화를 걸어. 이곳은 경시청 범죄 피해 대책실입니다. 사기 피해자들의 이후 상황을 조사하고 있습니다. 최근에 수상한 전화나 방문 같은 건 없었습니까."

"응? 무슨 말이야?"

"조직에서는 불필요해진 이 명부가 니무라 다쿠미에게는 의미가 있었다. 니무라는 이 명부를 이용해 뭔가를 하려 했고, 그렇다면 이 명부 속의 누군가와 접촉했겠지. 그 사람을 찾아."

유타로와 케이시는 전화를 걸기 시작했다. 대체 얼마나 많은 전화를 걸어야 할까. 유타로는 시작도 하기 전에 넌더리가 났지만, 걱정할 필요도 없었다. 첫 번째 전화에서 반응이 있었다.

"아, 또 합니까?"

케이시가 시킨 대로 경시청을 사칭한 유타로의 말에 상대는 그렇게 대답했다. 명부에 맨 처음으로 기재된 사람이었으며 주소지는 고토구, 이름은 나카무라 가즈오였다.

"아, 맞다. 요전에는 후카가와 경찰서였지. 이건 다른 건인가요?"

노인의 목소리였다. 목이 쉰 데다가 발음이 불분명해서 알아듣기가 무척 힘들다.

"저는 경시청 사람입니다. 범죄 피해를 당한 분이 같은 피해를 또 당하지는 않았는지 확인하고 있습니다. 관할서에서는 뭐라고 하던가요?"

"관할?"

"아, 그러니까 후카가와 경찰서 말입니다. 후카가와 경찰서에서 무슨 말을 했습니까?"

"에휴, 뭔 피해품이 발견됐다던가 했는데 우리 집 물건이 아닌지 확인하는 전화가 왔었지만, 아무래도 우리와는 관계가 없지 싶어서, 그래서 전 그렇게 말했지요, 네. 우리 집에도 그런 자가 왔었지만 우린 아무것도 뺏기지 않았다고 말이죠, 네. 그래요 그래, 몇 번이나 몇 번이나, 여보, 맞죠?"

그 후 인내심을 발휘해 통화를 계속한 결과, 유타로는 간신히 상황을 이해할 수 있었다. 지난달 후카가와 경찰서 직원이라는 젊은 남자에게 전화가 왔다. 남자의 말에 따르면 악질적인 강매사기를 저지르던 일당이 적발됐고 피해품이 압수됐다고 한다. 경찰은 피해품의 주인을 찾는 중이었고 피해품은 낡은 상자였다.

"반짝반짝하는 세공품이 붙어 있는 까만 상자라고 들었대." 유타로가 케이시에게 말했다.

"반짝반짝하는 세공품이 붙어 있는 까만 상자? 자개세공이 들어간 칠기문갑을 말하는 건가? 니무라 다쿠미는 그 문갑을 사취 당한 피해자를 찾고 있었군. 왜일까?"

"글쎄."

"니무라 다쿠미가 속했던 조직은 이 명부에 있는 사람들을 겨 냥해 강매사기를 벌였다. 그리고 니무라 다쿠미는 우연히 사취한 문갑에 무언가가 들어 있는 것을 발견했다. 예컨대 협박거리가 될 만한 무언가를. 니무라 다쿠미는 그걸 이용해 공갈하려고 했 다. 하지만 그게 누구에게 빼앗은 물건인지 알 수 없었다. 그래서 명부를 뒤져보고 있었다."

정말 그럴까. 유타로는 고개를 갸웃했다.

"강매로 빼앗아온 물건은 어차피 곧바로 팔아치우니까 품목별 로 보관할 거야. 귀금속이면 귀금속, 명품이면 명품 식으로. 그래 서 원래 소유주를 알 수 없게 된다는 추리는 앞뒤가 맞아. 그렇지 만 공갈이라니, 뭔가 다쿠미 씨답지 않은데."

"네가 의뢰인에 대해 뭘 안다고 자꾸 그러지?" 케이시가 말했 다. "의뢰인이 강매사기단의 일원이었다면 공갈을 한다 해도 이 상할 게 없어."

"뭐? 강매와 공갈은 다르잖아?"

"다르다고?"

"달라. 강매나 보이스피싱 같은 걸 하는 일당들은 그 나름의 논 리라는 게 있어. 일본에 있는 돈의 대부분은 노인들이 쥐고 있고, 노인들이 돈을 안 쓰니까 우리 젊은 사람들이 힘든 거다, 그러니 까 젊은 사람들이 노인들에게 금품을 뺏는 건 사실 그렇게 나쁜 일이 아니다, 따위의. 아니, 당연히 해선 안 되는 일이지. 하지만 말단들을 세뇌하기 위한 논리는 확실하게 준비되어 있어. 나도 멍청한 인간이라서, 정말 그런가 하고 설득당한 적도 있거든. 다쿠미 씨도 그랬던 게 아닐까. 범죄조직의 말단은 어차피 미끼로 이용당하는 거라서, 어찌 보면 가해자보다 피해자에 가까워."

"너" 하고 케이시가 어이없다는 듯 유타로를 올려다봤다. "이 명부에 있는 사람들에게도 그렇게 말할 자신 있어?"

"아니, 그렇게 말하진 못하지. 그러니까, 그런 뜻이 아니라, 강매사기단의 일원이라고 해서 어떤 나쁜 짓이든 다 할 거라는 생각은 좀 잘못되었다는 말이야."

"됐고, 빼앗긴 본인에게 물어보면 될 일."

"빼앗긴 본인이라니?"

"아까의 전화. 한 번에 맞은 건 우연이 아니야. 니무라 다쿠미도 우리처럼 이 리스트에 있는 사람에게 순서대로 연락해서 찾아봤던 거다. 우리도 그렇게 하면 돼. 넌 홀수 번을 해. 요전에 관할서에서 연락을 했을 텐데요, 그 이후 뭔가 생각난 건 없으십니까? 그렇게 물어봐."

"뭔가 생각나는 거?"

"그 부분은 마음대로 해. 관할서에서 연락을 했을 텐데요, 하는 부분만 알면 돼."

"응? 아, 그렇군."

유타로는 케이시와 함께 같은 내용의 전화를 걸어갔다. 확실히 오래된 명부인 모양이다. 전화가 연결된 건 절반 정도였다. 이사를 했다거나, 이미 사망했다거나, 전화번호가 바뀌었다거나. 연결된 사람들 대부분에게는 반년쯤 전부터 삼사 개월 전까지에 걸쳐 강매사기단의 접촉이 있었다. 그 가운데 20퍼센트 정도가 실제로 피해를 입기도 했다. 비탄과 분개. 체념과 자기혐오. 우울한 전화를 걸어나가다 한 장의 리스트가 끝날 즈음, 마침내 이전과는 다른 반응이 있었다.

"관할서에서 연락을 해왔냐고요? 관할서라면 메구로 경찰서입니까? 아니요, 그런 전화는 없었습니다만."

노인의 목소리였지만 똑 부러졌다. 강매 비슷한 전화는 왔었지만 단호하게 거절했고, 그에 관한 관할서의 문의전화는 오지 않았다는 것이다.

그 이후 다른 한 사람이 연결될 때까지 전화를 걸어봤지만, 마찬가지로 관할서에서 온 연락은 없었다고 했다.

"니무라 다쿠미는 여기부터 여기까지 사이에서 전화를 그만뒀어. 이 사이에 물건의 주인이 있었던 거지." 케이시가 말했다.

마지막으로 관할서의 연락, 즉 니무라 다쿠미의 경찰 사칭 전화를 받았던 사람부터 그런 전화를 받아본 적 없는 사람 사이에는 세 명의 이름이 있었다. 그 가운데 한 사람은 이미 전화번호 사용이 중지되어 있었다. 또 한 사람은 3년 전에 사망했다고 가족이 알려줬다. 다른 한 사람은 신호는 갔지만 전화를 받지 않았고 자동응답기도 없었다.

"아카이 게이코 씨, 이 사람이 그 문갑의 주인?"

"글쎄, 모르지. 주소는 아다치구. 가보자. 너 운전면허는 있나?"

유타로는 놀라서 케이시를 쳐다봤다. 케이시와 외출하는 건 처음이었다.

미니밴은 뒷문에 슬로프를 장착해서 휠체어째로 뒷좌석에 고정하게 되어 있었다. 덕분에 케이시는 남의 도움을 받지 않고 차에 탈 수 있었다. 휠체어를 고정하는 방법은 건물 주차장에서 마주친 마이가 가르쳐줬다. 마이는 마침 다른 차를 타고 외출하려던 중이었다. 두 사람을 발견하고 다가온 마이는 쫓아내려는 케이시를 무시하고, 유타로에게 방법을 꼼꼼히 설명해줬다.

"차로 외출하는 건 나쓰메 씨가 있던 때 이후로는 처음인 거 같은데? 외출은 좋은 일이지. 신입 덕분이야."

마이는 기쁜 듯 말했고 케이시는 씁쓸한 표정을 지었다. 나쓰메가 누구인지 마이에게 묻자, 유타로 이전에 'dele. LIFE'에서 일했던 사람이라고 대답했다.

"나쓰메 씨는 어떤 사람이었어?"

차 안에서 물었지만 케이시는 대답하지 않았다. 아카이 게이코의 집은 낡은 맨션의 1층에 있었다. 근처의 무인주차장에 차를 세우고 두 사람은 맨션으로 향했다. 초인종을 눌렀지만 대답은 없었다.

"아까 차를 타고 지나왔던 다리." 케이시가 말했다. "눈치챘나? 이쪽으로 건너오면 아다치구. 건너기 전이 아라카와구. 니무라 다쿠미의 시신이 발견된 현장은 아라카와구의 하천부지."

"이곳이 시신이 발견된 현장 근처라는 뜻?"

"그럴 가능성도 있다는 거다. 집 안에 들어갈 충분한 이유 아닌가?"

케이시가 유타로를 보고, 유타로는 문손잡이를 봤다. 자물쇠는 낡은 원통 자물쇠였다. 유타로는 청바지의 벨트 고리에 끼워뒀던 열쇠고리를 빼냈다. 집 열쇠와 함께 픽^pick과 토크렌치^torque wrench가 하나씩 달려 있다. 극히 기본적인 열쇠 따는 도구지만, 낡은 원통 자물쇠라서 여는 데 1분도 걸리지 않았다.

"그거, 늘 갖고 다니는 건가?" 케이시가 물었다.

"응. 전에 누가 준 건데 의외로 유용해. 잘 안 따지는 캔 따개고라나, 어디를 뜯어야 할지 모르겠는 과자 봉지 등에 쓰지. 그런 거 정말 짜증 나지 않아?"

케이시가 황당하다는 듯 고개를 저었다. 유타로는 케이시의 지시에 따라 케이시가 휠체어로 실내에 들어가는 것을 도왔다. 문지방이 높지 않아서 그리 힘들지 않았다. 케이시가 건네준 덮개를 휠체어 바퀴에 끼운 후 실내로 들어간다. 짧은 복도의 오른쪽에 화장실과 욕실이 있었다. 실내 안쪽에 있는 방문 안으로 한 발 들어선 순간, 유타로는 숨이 막혔다.

"이건……."

케이시도 말을 잇지 못하고 손으로 코를 막았다. 쇳내가 섞인 강렬한 썩은 냄새가 진동했다. 유타로는 냄새의 근원을 찾아 실내를 둘러봤다. 회색 카펫 일부에 시커먼 깔개가 덮여 있었다. 욕실 매트 같았다. 유타로는 다가가서 매트를 걷었다. 순간 눈길을 돌린 건 그것이 뿜어내는 냄새 때문이 아니라 불길한 느낌 때문이었다. 그 거무충충한 얼룩이 혈흔이라는 것은 한눈에 알 수 있었다. 어떻게든 지우려고 했는지 비벼댄 자국이 있었다. 옆에는 세제 용기와 솔도 있다. 근처에 있던 쓰레기 봉지를 들여다보니 카펫을 얼마나 닦았는지, 더러워진 수건이 잔뜩 담겨 있었다.

"아카이 게이코 씨가 다쿠미 씨를? 이거, 그런 뜻이야?"

카펫에 몸을 구부린 채 유타로는 말했다. 냄새와 혈흔의 크기를 보아하니 꽤 많은 양의 피를 흘린 듯했다.

"아니, 그건 아닌 것 같다."

옆에 있는 다다미방에서 케이시의 목소리가 들렸다. 유타로가 그 방으로 들어가자, 구석의 불단 앞에 있던 케이시가 무언가를 던져준다. 받아보니 위패였다.

"이런 걸 함부로 던지면 어떡해."

위패 뒷면에는 '아카이 게이코'라는 이름이 쓰여 있었다. 사망한 건 올해 초. 향년 76세. 유타로는 불단에 위패를 돌려놓다가 또 하나의 위패를 발견했다. 그 위패 뒷면에는 '아카이 하지메'라는 이름이 적혀 있었다. 이쪽의 몰년은 10년 전. 향년 70세. 불단 옆에는 노부부의 사진이 있었다. 아카이 하지메와 게이코 부부일 것이다. 유타로는 방울을 울리고 합장을 했다.

카펫이 있는 방으로 돌아오니 케이시는 좌탁 위에 있던 노트북을 무릎에 올려 조작하고 있었다.

"사용할 수 있어? 비밀번호는?"

"핀^{PIN}이면 네 자리로 설정하는 사람이 많아. 숫자 키 네 개만 사용한 흔적이 있어. 0, 1, 4, 5. 먼저 생일. 다음은 전화번호. 생일

54

이면 4월 15일이나 5월 14일. 5월 14일이었네. 0, 5, 1, 4."

　유타로 입장에서는 설명이 되지 않는 설명이었지만, 몇 번을 다시 들어도 이해할 수 있을 것 같지는 않았다. 유타로의 반응에 신경 쓰지 않고 케이시는 노트북을 조작하면서 말을 이었다.

　"이곳의 주인은 아카이 요시키. '좋은 나무'라는 뜻을 지닌 요시키良樹. 46세. 독신인 듯."

　"저 두 분의 아들인가?"

　"그럴 거다. 이전까지는 열심히 봤던 야동도 사흘 전부터는 건드리지 않았어. 하천부지에서 발견된 시신의 수사 상황에 대해서만 아주 꼼꼼하게 검색했군."

　"확실하네?"

　"그래, 확실해."

　"어떻게 해?"

　"지금은 근무 중일 테니 돌아오길 기다려야지."

　이제 정오가 조금 지난 시간이었다. 케이시는 계속 노트북을 만지고 있었다. 유타로는 어쩔 수 없이 텔레비전을 보며 시간을 보냈다. 방에는 소파는커녕 쿠션도 없어서 오래 앉아 있으려니 엉덩이가 아팠다. 그렇다고 혈흔이 남아 있는 카펫에 눕고 싶은 마음은 없었다. 일어서서 허리를 편 후 새삼 둘러보니 세간살이가 적은 집이었다. 눈에 들어오는 건 작은 좌탁 정도였고, 텔레비전은 플라스틱 상자 위에 놓여 있었다. 다다미방에 있는 거라곤 불단뿐이었고 서랍장조차 없었다. 남자 혼자 산다고 쳐도 지나치리만큼 허전한데, 더구나 올해 초까지 모친과 둘이 살았다면 이

상할 정도로 세간이 적었다.

아카이 요시키가 돌아온 건 저녁 6시가 지났을 때였다. 조용한 남자인 듯했다. 유타로는 그가 돌아온 것을 알아채지 못했다. 소변을 보고 변기의 물을 내린 후 화장실에서 나와 방으로 돌아가려던 순간, 그곳에 멍하니 입을 벌리고 서 있는 남자를 발견했다. 통통한 체격이었고 낡아빠진 양복을 입고 있었다. 마흔여섯이라는 실제 나이보다 늙어 보이는 건 거의 백발이 된 머리와 늘어진 볼 때문일까.

"아, 죄송합니다." 유타로는 황급히 고개를 숙였다. "아카이 요시키 씨 되시죠? 실례를 했습니다."

물음에 반사적으로 고개를 끄덕인 아카이 요시키는 굳은 얼굴로 뒷걸음질 쳤다.

"드디어 왔나?"

등 뒤에서 들린 소리에 아카이 요시키는 말 그대로 화들짝 놀랐다.

"누…… 누구야, 당신들은!"

기겁을 한 듯 벽에 등을 기대고 오른쪽의 케이시와 왼쪽의 유타로를 바쁘게 번갈아 본다.

"이 상황에서 우리가 누구인지는 큰 문제가 아니야. 그렇지? 문제는 당신이 무슨 짓을 했나 하는 거지." 케이시가 말했다.

"무슨 짓이라니…… 난 아무 짓도……."

"이렇게 피범벅이 된 걸 앞에 두고 그런 말이 나와?"

케이시가 어이없다는 듯이 턱으로 카펫의 혈흔을 가리켰다.

"이건 그냥……."

"됐어. 그딴 건 됐고. 우리는 경찰도 아니고 신고할 생각도 없다. 니무라 다쿠미의 스마트폰, 어디에 있지?"

"아…… 뭐?"

"스마트폰 말이야. 당신이 살해한 니무라 다쿠미의 스마트폰. 어디에 버렸지? 그것만 알려주면 돼."

남자의 눈에서 정지됐던 사고회로에 서서히 빛이 돌아오고 있음을 유타로는 느꼈다. 경찰이 아니다. 상대는 두 명. 한 명은 휠체어를 탄 남자. 그 점이 아카이 요시키의 머릿속에서 의미를 갖기 시작했다. 케이시 뒤로는 베란다로 이어지는 창문. 그리고 이곳은 1층이다. 그 사실을 케이시에게 알려주려고 했지만, 그보다 앞서 케이시가 웃음을 터뜨렸다.

"당신 참 속을 알기 쉬운 사람이네. 하지만 덮칠 거면 저쪽이 나을 거야."

케이시가 유타로를 턱으로 가리켰다.

갑작스러운 웃음소리에 잠시 주춤했지만, 남자는 이내 케이시에게 달려들었다. 그러나 케이시가 빨랐다. 핸드림을 재빨리 당겨서 뒤로 휙 물러났고 다음 순간에는 날렵하게 앞으로 밀어서 헛발질로 휘청대는 남자에게 돌진했다. 둔탁한 소리가 울렸고 남자가 '으악' 하고 비명을 지르며 쓰러졌다. 다리를 감싸며 쓰러진 남자를 케이시가 내려다봤다.

"단지 걸을 수 있다는 것만으로 어떻게 자신이 유리하다고 생각하지?"

남자가 다리를 감싸면서 비틀비틀 일어났다. 케이시는 창문을 등지고 의연하게 웃고 있다. 남자는 재빨리 시선을 유타로에게 향했다.

"아, 나? 난 뭐 딱히 한 건 없는데, 무도를 하는 녀석에게 칭찬은 좀 들었어. 실력이 좋다고. 그리 센 건 아니지만⋯⋯."

말이 끝나기도 전에 남자가 달려들었다. 유타로는 몸을 돌려 돌진해온 남자를 피하면서 등 뒤로 돌아 다리를 걸고 동시에 팔을 잡아 둘러쳐서 카펫에 깔아 눕혔다.

"실력 좋네, 진심으로." 케이시가 말했다.

"아, 응." 유타로는 엎드린 남자의 등에 올라타 팔을 꺾어 누르고는 고개를 끄덕였다.

"그런 칭찬 많이 들어."

"당신들 뭐야!"

유타로에게 깔린 남자가 소리를 질렀다.

"그 녀석이랑 한패냐? 복수하러 왔나?"

케이시가 천천히 남자에게 다가갔다. 유타로에게 깔려 버둥거리는 남자를 차갑게 내려다보며 케이시가 말했다.

"스마트폰이 어디 있는지 묻잖아. 니무라 다쿠미의 스마트폰은 어디에 있지?"

"스마트폰? 무슨 말이야?"

남자의 얼굴 바로 앞까지 다가갔지만 케이시는 휠체어를 멈추지 않았다. 남자의 목에 바퀴 하나가 걸린다. 남자는 '커억' 소리를 내며 신음했다.

"니무라 다쿠미를 살해한 후에 스마트폰을 어디다 뒀는지 묻는 거다."

케이시는 바퀴로 남자의 목을 세게 압박했다. 남자의 얼굴이 새빨갛게 물들어간다.

"버렸어."

남자는 침을 흘리면서 고통스러운 듯 말했다.

"어디에."

남자가 알려준 장소는 니무라 다쿠미의 시신이 발견된 현장에서 한참 하류 쪽에 있는 강가였다.

"표식은 없나? 커다란 나무 근처라든가."

"다리 근처. 다리 끝에서 던졌어. 멀지 않아. 강물로 던지려고 했지만 닿지 않았어."

케이시는 '쳇' 하고 혀를 차고는 남자 목에서 바퀴를 뺐다. 유타로의 몸 아래에서 남자가 숨을 헐떡였다.

"성가시군. 넌 그 장소가 정확히 어디인지 물어봐. 알고 있겠지만, 못 찾으면 고생하는 건 너니까."

케이시는 그렇게 말하고는 현관을 향해 휠체어를 전진시켰다. 유타로는 당황하며 물었다.

"뭐? 이게 끝이야? 왜 죽였는지 안 물어봐? 경찰은 어떡할 거고?"

케이시가 유타로를 돌아봤다.

"아무것도 안 해. 살해한 동기가 궁금하면 직접 물어봐. 짧게."

"아, 그러면" 하며 유타로는 꺾인 남자의 팔에 체중을 실어 세게 눌렀다.

"다쿠미 씨를 왜 죽였지?"

남자가 고통스러운 듯 신음을 내뱉으며 다리를 버둥거렸다.

"그러면 대답을 못 하잖아."

케이시의 말에 유타로는 힘을 뺐다. 남자는 제대로 숨도 쉬지 못하고 헐떡였다.

"그 자식이 한 짓이잖아. 우리 집에 몇 번이고 몇 번이고 들이 닥쳐서는. 내가 지방에 전근 가 있는 동안에 그 자식들이 혼자 남은 노친네에게 사기를 쳤어. 집에 돌아왔더니 완전히 텅텅 비어 있었어. 텔레비전에 식탁까지 가져가버렸다고. 어머니는 넋이 나간 채 담요를 뒤집어쓰고는…… 아무것도 없는 집 안에서 떨고 있더군. 그리고 어머니는 그 직후에 돌아가셨지."

니무라 다쿠미가 속해 있던 일당은 과거에 이 집에서 강매사기를 저질렀고, 혼자 살고 있던 아카이 게이코에게서 세간살이 전부를 빼앗아갔다.

"다쿠미 씨는 당신한테 왜 온 거지?"

"경찰을 사칭한 전화가 왔어. 검은색 상자를 사취당하지 않았느냐며. 우리 집 문갑이란 걸 알았지. 그래서 우리 거라고 했더니 녀석이 찾아왔다. 아무리 봐도 경찰은 아니잖아? 추궁했더니 이걸 돌려주고 싶었을 뿐이니 받아달라며 봉지를 내밀더군. 안을 보니 사진이 들어 있었다. 내 어렸을 때 사진. 어머니와 아버지와 함께 찍었던 사진. 그걸 편의점 비닐봉지에 담아서 내민 거야. 어머니가 문갑에 넣어뒀던 사진이란 말을 듣고 난 울어버렸지. 그

60

랬더니 울고 있는 나를 보면서 그 자식은 만족스럽다는 듯 처웃더군. 이것만은 꼭 돌려주고 싶었다며. 까불지 말라고, 지금 무슨 착한 일이라도 한 줄 아느냐고. 당신은 어머니가 어떤 마음으로 돌아가셨는지 알기는 하느냐고. 내게 미안하다고, 미안하다고 하면서 돌아가셨다고. 몽땅 빼앗겨버려서 미안하다고. 하나뿐인 아들에게 아무것도 남겨주지 못해서 미안하다고. 아버지의 유품인 손목시계도, 언젠가 네 아내가 될 사람에게 주려고 했던 진주 반지도, 전부 빼앗겨버려서 미안하다고.”

이렇게 이야기하면서 아카이 요시키는 울고 있었다. 계속 잡고 있을 기운도 없어진 유타로는 남자의 팔을 풀어주고 남자의 등에서 비켜났다.

“당신, 그래서 다쿠미 씨를?”

“그래, 때렸어. 수도 없이 때렸어. 그 자식, 한 번도 피하지 않았지. 그걸로 벌을 받겠다는 속셈인가 생각하니 다시 화가 치밀더군. 지금 장난하냐고, 그래, 벌을 받겠다면 알겠다, 내가 벌을 내려주겠다. 그래서 주방에서 식칼을 가져왔고 그걸로……”

“찔렀어?”

남자가 고개를 끄덕였다.

“왜, 그런……”

“왜라니? 그런 멍청이한테 벌을 주려면 고통을 주는 거 말고 뭐가 있지? 말로 한다고 통할까? 말한다고 알아듣겠어? 고통을 주려고 찔렀어. 하지만 그 자식은 별로 아파하지도 않았어. 더 아프게 해주려고 다시 한번 찔렀지. 그랬더니 그 자식이 죽었어. 죽어버렸다고."

"시신은?"

"담요에 말고, 렌터카를 빌려서, 밤이 되길 기다렸다가, 강가에 던져버렸어. 그런데 집에 돌아왔더니 스마트폰이 방 안에 떨어져 있더군."

"그래서 다시 버리러 갔다." 케이시가 빠르게 말했다. "시신을 버린 장소에 가까이 가기는 싫어서 다른 위치에서 던졌다. 그게 전부야. 자, 가자."

"경찰은? 연락 안 해?"

"안 해. 하지만 당신은 사람을 죽이고도 모른 척 살아갈 만큼 대담할 것 같지는 않군. 내가 당신이라면 빨리 경찰서로 갈 거야. 벌을 받는 게 더 편할걸? 당신은 그런 유형이야. 그런 의미에서 는 니무라 다쿠미랑 마찬가지군."

남자가 천천히 고개를 들었다.

"어차피 이렇게나 어설프게 살인을 저지르고 유기했으니 경찰 은 금방 당신을 찾아낼 거야. 아, 자수할 거면 우리 일은 말하지 않는 게 좋아. 어디까지나 자발적으로 경찰에 출두한 걸로 해야 지 그나마 정상참작이 될 거다."

케이시는 유타로에게 재촉하는 눈길을 보냈다. 쓰러져 있는 남 자를 두고 유타로는 걷기 시작했다. 휠체어에 탄 케이시를 현관 바닥에 내려놓았을 때, 남자의 목소리가 들렸다.

"……못한 거냐…… 내가 잘못한 거냐……."

세 번째는 절규였다.

"내가 잘못한 거냐고!"

"맞아." 케이시가 대답했다. "당신만 잘못한 건 아니지만."

가슴을 쥐어짜는 듯한 남자의 울음소리가 들렸다. 유타로와 케이시는 그 집을 나와 무인주차장으로 돌아갔다. 유타로는 뒷문으로 슬로프를 내리고 차에 탄 케이시의 휠체어를 잠금장치로 고정했다. 유타로는 운전석에 앉아 뒤쪽의 케이시를 돌아봤다.

"내버려둬도 정말 괜찮아? 저 사람, 자살 같은 거 하지는 않겠지?"

"자신의 죄가 언제 들통날지 떨고 있던 때에 비하면 그럴 가능성은 적어. 자살보다는 자수를 선택하는 계기가 될 거다."

"확실해?" 유타로가 물었다.

케이시는 웃더니 고개를 저었다.

"확실하지 않아. 내 생각이 그렇다는 것뿐이다."

맨션 쪽을 바라보고 있는 유타로의 어깨를 케이시가 가볍게 찔렀다.

"가자. 업무 명령이야."

두 사람은 남자가 말한 다리를 향했다. 이미 어두워진 데다가 강가는 높게 자란 잡초로 뒤덮여 있다. 케이시는 처음부터 도와줄 생각이 없었던 듯했다. 내리려고도 내려달라고도 하지 않았다. 유타로가 맥라이트 손전등을 들고 스마트폰을 찾아내는 데에는 한 시간 이상이 걸렸다.

케이시는 차량의 시거잭으로 스마트폰을 충전한 후 해당 폴더를 찾아내 삭제했다.

"삭제 완료." 케이시가 중얼거렸다.

조금 열어둔 창문으로 시냇물 흐르는 소리가 들렸다. 아주 미세한 바람이 차 안으로 들어왔다가 미지근한 공기에 뒤섞여 사라졌다.

"강매사기 조직의 말단으로 일했던 다쿠미 씨는 어느 날 일당이 사취한 문갑 속에서 사진을 발견했다." 유타로는 생각나는 대로 이야기를 시작했다. "그 사진은 모친이 소중하게 간직해온 아들의 성장기록이었다. 물론 일당에게는 그냥 쓰레기일 뿐. 그러나 다쿠미 씨는 그 사진을 버릴 수 없었다. 버릴 수 없는 사람으로 변했다. 조직과의 관계를 정리한 다쿠미 씨는 그 사진을 돌려주려고 문갑의 주인을 찾기 시작했다. 그런 한편으로는 제대로 된 직장을 구하기 위해 구직활동도 시작했다. 우리에게 데이터 삭제를 의뢰한 건…… 분명 경찰에 체포될 걸 각오했기 때문이다. 자신이 체포되는 건 어쩔 수 없지만 일당을 팔아넘길 수는 없으니까, 증거가 될 명부를 없애려고 했다."

"응, 대략 그런 내용일 거다."

피해자가 줄줄이 드러나면 곤란하다. 유타로에게 전화했던 조직원도 그렇게 말했었다. 그러나 삭제를 의뢰한 건 조직에 대한 충성심 때문이 아니다. 그녀와 아이에게 보복을 가해올까봐 두려웠기 때문일 거라고 유타로는 생각했다.

"다쿠미 씨는 벌을 받고 싶지는 않았을 거야." 유타로는 말했다. "하지만 변하고 싶었던 거지. 지금까지의 자신과는 다른, 한 아버지로서의 자신으로."

케이시가 헛기침을 하며 무표정한 얼굴로 고개를 끄덕였다.

"이 아이인가."

케이시가 내민 스마트폰 화면에는 그 아기와 모친이 나란히 잠들어 있는 사진이 있었다. 잠든 두 사람이 깨지 않도록 살며시 다가가 스마트폰을 대고 있는 니무라 다쿠미의 모습이 떠올라, 유타로는 자신도 모르게 미소를 지었다. 케이시를 재촉해 화면을 넘기자 몰래 찍은 듯한 두 사람의 사진이 계속해서 나왔다. 아기만 찍은 사진도 많았다.

— 아이가 울어도 달래주지도 않고 늘 화를 내며 나를 불렀어.

그건 아마도 이 아이가 소중했기 때문일 것이다. 소중해서, 너무 소중해서 니무라 다쿠미는 어찌할 바를 몰랐다.

"이거, 다쿠미 씨의 애인에게 전해줘도 돼?"

유타로가 묻자 케이시는 고개를 흔들었다.

"안 돼. 스마트폰은 저 다리에서 던질 거야."

"다쿠미 씨가 이런 사진을 찍었다는 사실을 그녀에게 알려주고 싶어."

"넌 진짜 속 빈 강정이군." 케이시는 말했다. "아카이 요시키가 자수하면 스마트폰에 대해서도 증언할 거다. 우린 발견되기 쉬운 곳에 던져두면 그만이야. 증거품으로 용무가 끝나면 어차피 그녀에게 돌려주겠지."

"아, 그렇구나. 알았어."

유타로는 스마트폰을 들고 차에서 내렸다.

스마트폰이 그녀에게 전해졌을 때, 그녀의 마음속에서 니무라 다쿠미는 아기를 껴안는다. 자기 같은 사람이 아이를 안았다가는 아이가 망가져버릴 것 같아서, 더럽혀질 것 같아서, 울어도 달래줄 수조차 없었던 그 아이를 처음으로 안아주는 것이다.

　유타로는 니무라 다쿠미의 마음이 담긴 스마트폰을 밤의 어둠 속으로 던졌다.

비밀 정원 Secret Garden

카운터 자리에 앉아 있는 손님은 유타로뿐이었다. 유타로는 고개를 돌리고는 식당 벽에 걸려 있는 시계를 확인했다. 오후 12시 15분. 다시 고개를 앞으로 돌린 순간 카운터 너머로 라멘이 나왔다.

"쇼유라멘 나왔습니다."

"아, 고맙습니다."

나무젓가락을 잘라 면을 집고 입김을 후우후우 불어 후루룩 먹는다. 그러는 동안 주인은 카운터 안쪽에서 팔짱을 끼고 앞을 보고 있다. 자신을 보고 있는 건 아니지만 불편하다. 유타로는 아무렇지 않은 듯 고개를 좌우로 돌려 실내를 확인하고는 오른쪽을 돌아본 김에 유리문 너머의 거리를 오가는 사람들을 바라봤다. 신주쿠의 중화요리점 '유라쿠'에는 강력한 결계^{結界}가 쳐진 듯했다. 한창 붐벼야 할 점심시간인데도 가게의 손님은 자신뿐이었고, 바로 앞 도로에는 수많은 사람이 오가는데도 새로운 손님이 들어올 기미는 전혀 없었다. 다시 몸을 바로 돌리고는 면을 먹고 이번에는 국물도 후루룩 마셨다.

맛이 없지는 않다고 유타로는 생각했다. 거리에 한 곳뿐인 중화요리점이었다면 한 달에 두 번은 올지도 모른다. 하지만 5분만 걸어가면 다른 중화요리점이 나타나는 도쿄 최고의 번화가에서 굳이 이 식당을 고집할 이유는 없을 듯했다. 주인이 젊은 훈남이라거나 치파오를 입은 미녀 종업원이 있다면 이야기는 또 다르겠지만.

유타로는 고개를 들었다. 이쪽을 보고 있던, 덥수룩하게 수염이 난 무뚝뚝한 주인과 무심코 눈이 마주쳤다. 주인은 멍하니 있었을 뿐인 듯했다. 눈이 마주치자 어색한 표정을 지었다. 유타로는 살짝 웃고는 맛있습니다, 하고 말했다. 무뚝뚝한 얼굴에 쓴웃음이 떠오른다.

"손님, 전에도 우리 가게에 온 적이 있었나?"

"아니요, 오늘 처음입니다."

그렇군, 하며 주인은 고개를 끄덕이고 덥수룩한 수염을 쓰다듬듯 입가에 놓여 있던 손을 움직였다. 유타로는 질문의 의미를 설명하겠거니 싶어 기다렸지만 주인은 입을 열지 않았다.

"왜 그러십니까?" 결국 유타로가 먼저 물었다.

"응? 아, 아니, 이 식당, 전에는 아버지가 했었거든. 면류는 아버지 담당이었어."

"아, 그렇습니까."

"아버지의 라멘을 먹으려는 손님들이 잔뜩 몰려왔었지. 점심시간에는 10분 정도 기다리는 건 당연했고."

"오, 굉장하네요."

"맛있었어, 아버지의 라멘은."

주인은 유리문 너머의 거리를 바라보며 눈을 가늘게 떴다.

"이 라멘도 맛있습니다."

유타로가 호쾌하게 라멘을 흡입했다.

"그게 진심이라면, 손님은 제대로 된 걸 못 드셔봤네."

다시 유타로를 바라보며 주인은 웃었다.

"아버지의 라멘은 아예 수준이 달랐어. 석 달 전에 왔었다면 손님도 아버지의 라멘을 먹을 수 있었을 텐데."

"부친께 무슨 일이 있으십니까?"

"석 달 전에 가게에서 쓰러지셨어. 그래도 잘 버텨주셨는데 그저께 돌아가셨어. 오늘이 쓰야*고 내일이 고별식이야."

"오늘이라면…… 네? 여기에 계셔도 됩니까?"

"점심때만. 손님을 위해 점심때만이라도 가게를 여는 게 아버지에 대한 공양이라고 생각했지만, 뭐 우습지. 찾아주는 손님도 없는데. 그쪽이 오늘의 유일한 손님이야. 아버지가 못 나오시자 곧바로 손님들의 발길이 뚝 끊겼거든."

"안타깝네요." 유타로는 입속으로 웅얼거렸다.

"아, 미안, 미안하네. 이상한 이야기를 해버렸군. 손님이 묘하게 말하기가 편해서. 보통은 손님 상대로 수다를 떨지는 않는데 말이지. 저기, 부추내장볶음 먹나? 볶음요리는 내가 한 것도 맛있거

---

* 通夜. 친족과 가까운 지인들이 정해진 시간에 모여 고인을 추모하는 의식. 스님의 독경과 분향, 설법 등의 순서로 진행된다.

든. 서비스로 해줄게."

"감사!" 하고 유타로가 고개를 숙이자, 주인은 "오!" 하고 웃으며 웍*을 들었다.

지하에 있는 사무실에는 햇살도 외부의 소음도 들어오지 않는다. 하지만 이곳은 결계라기보다는 이계異界였다. 무기질적인 콘크리트 벽, 높은 천장, 몇 대의 컴퓨터. 이계의 주인은 그 컴퓨터 너머에 있었다.

"그럼 사망한 건 확실하지?"

휠체어에 앉은 채로 케이시가 물었다.

"아들한테 들었으니 확실해." 유타로는 대답했다. "근데 그거 지울 거야?"

"그러는 게 계약 내용이야. 사망이 확인되면 삭제한다."

유타로가 말릴 틈도 없이 케이시는 모구라를 조작하더니 의뢰인의 컴퓨터에서 폴더를 삭제했다.

"후우~" 유타로가 한숨을 쉬었다.

"왜?" 케이시가 유타로를 쳐다봤다.

"그거, 어쩌면 '유라쿠'의 자랑인 부친의 쇼유라멘 육수 레시피였는지도 몰라. 그렇다면 지금 이 순간에 난 그 전설의 쇼유라멘을 평생 못 먹는 걸로 확정된 거지. 앞으로 이 세상의 어느 누구도 더 이상 그 라멘을 못 먹는다고. 그렇다고 생각하면 마음이 아프지 않아? 마음이 허전해지지 않아? 마음이 눈물을 흘리거나

* wok. 중국요리를 할 때 사용하는 우묵한 팬.

하지 않아?"

"가까이 오지 마. 부추내장볶음 먹었으면 조심 좀 해. 뭐가 전설의 라멘이야. 오늘 처음 갔으면서."

유타로는 손으로 입을 덮어 입 냄새를 확인했다. 조금 전에 먹은 부추내장볶음 냄새가 났다.

"그래도 부추내장볶음은 나쁘지 않았어. 그 맹숭맹숭한 라멘만 어떻게 해결하면 손님은 올 거야. 아까 지운 파일은 역시 육수 레시피가 아니었을까."

"몰라."

"하지만 레시피였다면 부친은 왜 삭제를 의뢰했을까? 자신이 잊어버렸을 때를 대비해 기록해뒀지만 아들에게는 가르쳐주기 싫었다? 고약한 심보네."

"모른다니까."

"사이가 나빠 보이지는 않았는데. 아들은 아버지를 좋아하지만 아버지는 아들을 싫어했던 건가. 그런 부자지간도 있나?"

"모르겠지만, 후우~" 케이시는 한숨을 쉬고 말했다. "아까 지운 파일에 담긴 내용이 육수 레시피였다고 치면, 이렇게 생각할 수 있지 않을까? 식당에는 매일 점심시간이 되면 손님들이 우르르 몰려와. 돌아가신 부친의 맛을 원하는 손님들이지. 아들이 잘하는 볶음요리 같은 건 아무도 관심이 없어. 부친이 남긴 레시피만이 식당을 유지해주는 거야. 그 레시피대로 묵묵히 라멘을 만들 뿐인 나날들. 레시피로 식당의 전설을 이어갈 수는 있다. 하지만 아들이 요리사로서 재능을 발휘할 가능성을 짓밟아버리는 것이라고, 부친은 생각했다."

"오!" 유타로는 탄성을 지르며 케이시를 가리켰다. "그래! 분명 그거야. 그런 거였어. 역시 소장님. 사물을 보는 눈이 깊어. 우와, 완전 깊어."

"깊기는 뭐가 깊어. 모른다고 했잖아. 어차피 의뢰인이 생전에 무슨 생각을 했는지는 알 수 없어. 모르니까 신경 끄고 삭제하면 되는 거야. 그것이 의뢰인의 바람이었다는 것만은 확실하니까."

"응? 그러면 예를 들어 엄청나게 천재적인 소설가가 있는데, 우리에게 집필 중인 소설의 삭제를 의뢰했다고 하자? 자신이 죽은 후에 미완성 작품이 발표되는 게 너무 싫어서 말이지. 하지만 끝까지 써서 제대로 완성하면 발표할 생각이었어. 그런데 완성한 바로 그 순간에 소설가가 죽었어."

"끝내주는 타이밍이군."

"완성했다는 성취감에 마음이 풀어졌겠지."

"마음이 풀어지면 죽나?"

"여하튼 그 소설가는 죽었어. 그럴 때 보스라면 어떻게 할 거야? 소설은 완성됐고 의뢰인은 그 소설이 발표되기를 원했어. 세상에는 수백만 명의 팬들이 그 소설가의 신작을 기다리고 있어. 게다가 월등히 뛰어난 걸작이었어. 보스가 아까 말한 대로면 그런데도 그 소설은 사라지게 돼. 누군가에게 읽히기는커녕, 완성되었다는 사실조차 아무도 모른 채 사라지는 거지. 그런 상황이라면 어떨까?"

"어떻고 말고도 없어. 그럴 운명을 타고난 작품이었던 거지."

"아깝지 않아? 그건 인류에게 큰 죄를 짓는 행위라는 생각이 들지 않아?"

"그 사실을 알면 아깝기도 하고 죄책감도 들겠지. 하지만 모르면 그만이야."

"어려운 문제는 못 본 척해버리는 건 좀 그렇지 않나? 어린애 같은 해결 방법이잖아."

유타로가 그렇게 묻는 순간 모구라가 깨어났다. 케이시는 모구라를 끌어당겨 화면을 노려보며 터치패드를 만진다. 이렇게 되면 무슨 질문을 해도 더 이상 대답은 돌아오지 않는다.

할 일이 없어진 유타로는 사무실 구석에 굴러다니던 축구공 쪽으로 갔다. 오른쪽 발바닥으로 끌어당긴 공을 두 발 사이에 끼우고 뛰어오른다. 그대로 양쪽 발등만을 써서 조심스럽게 리프팅을 시작했다. 리프팅이 300번을 넘었을 때쯤, 케이시가 정보 정리를 끝낸 느낌이 들었다. 마지막으로 공을 얼굴 높이까지 차올려 가슴으로 받는다. 그때 처음으로 축구공에 작은 글자가 쓰여 있는 걸 발견했다.

to K

축구공이 이 사무실에 있는 이상 'K'는 케이시일 것이다. 하지만 'from'은 없어서 누가 준 건지는 알 수 없었다. 새삼 공을 살펴봤지만 오래된 공으로는 보이지 않았다. 이름을 남기지 않은 누군가는 공을 찰 수 없는 케이시에게 축구공을 선물한 게 된다. 거기에 담긴 마음이 악의나 혐오라면 케이시가 이곳에 두었을 리는 없다. 그렇다면 이 선물에는 대체 어떤 의미가 담겨 있을까.

유타로는 케이시를 바라봤다. 케이시는 모구라 화면을 유타로 쪽으로 돌리던 중이었다.

"의뢰인은 안자이 다쓰오 씨. 76세. 대기업 종합건설회사인 다이도건설 이사였고 이후 고문까지 지냈던 사람이다. 1년 전에 의뢰를 했고 원래는 마이의 법률사무소 고객으로, 마이를 통해 우리와 계약했다."

공을 그대로 던져버린 유타로는 케이시의 책상으로 다가갔다.

"마이 씨의? 역시 셀럽 전문 변호사네."

"귀찮군." 케이시가 짜증스럽게 중얼거렸다.

"왜?"

"마이는 사망 확인 이상을 요구해. 시신을 화장한 걸 확인할 때까지는 데이터 삭제를 용납하지 않아. 자신의 고객을 소개해줄 때는 그렇게 해달라는 조건을 붙였어."

"왜 그런 거지?"

"법적으로 사후 24시간 이내에는 화장을 할 수 없다. 기본적인 이유는 소생할 가능성이 있기 때문이야. 그래서 데이터 삭제도 그에 준해야 한다는 거지. 화장이 끝날 때까지 데이터를 삭제하지 못하게 해."

"아, 그렇군. 역시 마이 씨야. 일리 있어."

"의사가 사망 확인을 한 후에 소생할 가능성이 있었던 건 한참 옛날얘기야. 지금은 거의 있을 수 없는 일이고. 게다가……"

"응?"

"의뢰인이 자신의 죽음과 동시에 세상에서 지우고 싶어 했던 데이터를 화장이 끝날 때까지 지우지 못하게 되는 거다. 그건 좀 아니지."

케이시는 목뒤를 잡으며 한숨을 쉬었다. 하지만 이내 기분을 바꾸고 유타로에게 지시했다.

"여하튼 사망 확인을 해줘. 사망했다면 화장이 끝났는지도. 방법은 알아서 해. 이건 안자이 씨의 자택 전화번호. 이쪽 건 휴대폰 번호."

유타로는 스마트폰을 꺼냈다.

"그러니까, 다이도건설의 고문이라고 했지?" 케이시에게 확인한 후 자택으로 전화를 걸었다. 바로 응답이 있었다. "아, 저는 마시바 유타로라고 합니다. 안자이 씨 댁이죠? 저는 다이도건설에서 근무할 때 안자이 고문님께 신세를 많이 졌던 사람입니다만, 이번에 제가 결혼을 하게 되었습니다. 그래서 안자이 고문님이 부디 결혼식에…… 아, 네? 네에? 언제 그런 일이?…… 아, 그러셨군요. 병환으로. 그런 줄도 모르고 너무 큰 실례를 범했습니다. 삼가 조의를 표합니다. 쓰야는 언제…… 네, 네…… 알겠습니다. 고별식에 찾아뵙고자…… 네, 경황없는 와중에 죄송했습니다. 네, 실례하겠습니다."

유타로가 온순한 목소리와 표정으로 전화를 끊었다. 케이시가 표정만으로 결과를 묻는다.

"오늘 아침 사망했대. 계속 암 치료를 받고 있었지만 지난달에 입원했고, 오늘 아침에 결국."

"그래. 지금 전화 받은 사람은?"

"아들. 모레가 쓰야, 글피가 고별식이래."

케이시가 얼굴을 찡그렸다.

"글피까지 데이터를 못 지우는 건가."

케이시는 스마트폰으로 전화를 걸었다. 상대방이 바로 전화를 받자 케이시가 말했다.

"지금 통화 괜찮아?"

아무래도 상대는 마이인 듯했다. 케이시는 고객인 안자이 씨가 사망했다는 사실을 보고한 후 쓰야와 장례 일정을 알렸다.

"응, 알아. 데이터 삭제는 화장 후에. 뭐?"

케이시는 고개를 들고 책상 앞에서 대기하고 있던 유타로에게 물었다.

"너, 상복은 있나?"

"상복? 아, 응."

"그럼 그걸 입고 쓰야나 고별식에 다녀와줘."

"뭐?"

"내 대리인으로 가는 거다. 조의금은 경비로 처리할 거고. 차 써도 돼."

케이시는 유타로에게 그렇게 말하더니 곧바로 전화기에 대고 말했다.

"만난 적이 없기는 나나 이 녀석이나 마찬가지야. 게다가 내가 가면 식장에 따라서는 다른 사람의 도움이 필요할 수도 있어."

그걸로 마이도 납득한 듯했다. 그 이후 케이시는 한동안 통화하고 나서 전화를 끊었다.

"그럼 부탁해." 케이시는 유타로에게 말했다.

상복에는 방충제 냄새가 배어 있었다. 유타로는 이전에 상복을 입었던 때를 떠올렸다. 할머니의 장례식이었고 상주는 유타로였다. 원래라면 유타로의 아버지가 상주가 돼야 하지만, 그러기를 할머니가 허락하지 않았다. 자신이 죽고 나면 이 집의 주인은 유타로니까 자신의 장례식 상주는 유타로가 맡아야 한다고 간곡하게 말했었다. 유언장에까지 그렇게 적어놓은 마당에 아버지도 반대할 수 없었다. 유타로가 상주가 된 장례식에 아버지와 아버지의 현재 가족도 참석했다. 어머니의 현재 가족은 참석하지 않았지만 어머니는 참석했다. 할머니가 자신을 상주로 지명했던 이유를 유타로는 그때에야 깨달았다. 아버지가 상주가 되면 아버지의 현재 가족이 장례 절차를 맡는다. 거기에 어머니가 올 수는 없다. 유타로가 있을 곳도 없다. 할머니는 마지막으로 적어도 한 번은 과거에 한 가족이었던 세 사람이 만날 수 있는 자리를 만들고 싶으셨던 것이다.

아버지는 '고생 많았다'고 말했고, 어머니는 '앞으로는 어떻게 할 거냐'고 물었다. 유타로는 두 사람에게 모두 '괜찮아'라고 대답했다. 세 사람이 얼굴을 마주한 건 그때가 마지막이었다.

쓸쓸했던 할머니의 장례식에 비하면 안자이 다쓰오 씨의 장례식은 성대했다. 커다란 장례식장의 넓은 빈소에는 생화로 장식된

멋진 제단이 만들어졌고, 수많은 조문객이 찾아왔다.

이미 쓰야의 분향이 시작되고 나서 시간이 꽤 흘러 있었다. 유타로는 쓰야 식장 뒤쪽에서 분향 순서를 기다리고 있었다.

제단에는 안자이 다쓰오 씨의 영정사진이 걸려 있었다. 온화한 미소를 짓고 있지만 의지가 강해 보이는 눈빛을 하고 있었다. 이 사람이 자신의 사후에 삭제해달라고 의뢰한 데이터는 대체 어떤 것이었을지, 유타로는 상상해보았다. 죽기 전까지는 보관하고 싶지만 죽고 나면 없애버리고 싶은 것. 가장 먼저 떠오르는 건 역시 성적인 어떤 거였다. 하지만 유타로는 70대 남성의 성욕이 잘 상상되지 않았다. 유족들이 있는 자리를 바라봤다. 상주는 아들이고, 부인의 모습은 보이지 않는다. 의뢰인보다 2년 일찍 별세했다고 마이에게 들었다. 마이는 내일 있을 고별식에 직원들과 함께 참석할 예정인지 오늘은 오지 않았다. 부인이 없다면 굳이 타인에게 요청까지 해가며 성적인 내용을 지울 필요는 없을 거라고 유타로는 생각했다. 그렇다면 어떤 것일까. 사실은 은밀한 팬이었던 아이돌의 영상? 남몰래 쓰고 있던 로맨틱한 시? 비밀리에 작성하던 '언젠가 죽이고 싶은 사람 리스트'? 여러 가지로 생각해봤지만 그럴싸한 건 없었다.

마침내 분향 순서가 왔다. 담당직원의 안내에 따라 자리에서 일어나 줄을 선다. 세 곳의 분향대가 준비되어 있어서 줄도 세 줄이다. 유타로는 왼쪽 줄에 섰다. 순서를 기다리면서 분향객의 모습을 무심코 바라보고 있었다. 유타로가 선 줄에 몸집이 작은 여성이 서 있었다. 유족을 향해 고개를 한 번 숙이고, 영정사진을 향해서도 고개를 한 번 숙인 후 말향抹香을 집은 순간이었다. 여성은 중심을 잃고 비틀거리다가 바닥에 주저앉았다.

갑작스러운 사태에 근처의 분향객도, 유족석에 있던 유족들도 움직이지 못했다. 유타로는 줄에서 빠져나와 여성에게 달려가 말을 걸었다.

"무슨 일이십니까?"

나지막이 물으면서 여성의 어깨를 받쳐주었다. 자기 힘으로 일어서려고 했지만 뜻대로 되지 않는 듯 유타로에게 몸을 기댄 여성은, 죄송하다고 중얼거리면서 이마에 손을 얹었다. 나이는 30대로 보였다.

"나가시죠. 걸을 수 있습니까?"

여성이 고개를 끄덕였다. 유타로는 딱히 누구에게랄 것 없이 괜찮다고 전하듯 고개를 끄덕여 보이고는 여성을 데리고 쓰야 식장을 나왔다. 그대로 어깨를 감싸고 대기실로 데려간다. 대기실에는 아무도 없었다. 여성을 소파에 앉히고 유타로는 그 앞에 무릎을 꿇고 앉았다.

"뭐 좀 마실래요?"

축 늘어져 고개를 숙인 채 이마를 손으로 감싸고 있던 그녀가 고개를 저었다.

"그보다 아드님을, 상주분을 불러주실 수 있을까요?"

깊은 한숨을 내쉬며 그녀가 말했다. 그 말투를 봤을 때, 아무래도 유타로를 장례식장 직원으로 오해하고 있는 듯했다. 하지만 오해를 바로잡아줄 만한 분위기도 아니었다.

"아무래도 지금 상주분을 불러내기는 어려울 듯합니다만. 아직 한창 분향 중이라."

유타로는 왠지 직원 같은 말투로 말했다.

"그러니까 지금이 좋아요."

그녀는 고개를 들고 자세를 조금 바로잡았다.

"아드님과 둘이서 얘기할 수 있는 시간이 지금밖에 없을 것 같으니까."

"그게 무슨 말씀이시죠?"

"난 고인의 아내입니다. 하지만 아드님은 그 사실을 모릅니다."

무슨 말인지 이해가 되지 않아서 유타로는 똑같은 질문을 반복했다.

"그게 무슨 말씀이시죠?"

"그걸 설명하고 싶은 거예요. 제발 아드님을 이곳으로 불러주실 수 없을까요? 다른 가족에게도 비밀로 하고 아드님만. 그 편이 저쪽 분들을 위해서라도 좋을 겁니다."

할 말은 다 했다는 듯, 여성은 다시 고개를 숙이고 이마를 손으로 감쌌다. 유타로는 아, 하고 애매하게 대답하고는 여자를 남겨두고 대기실을 나왔다. 곧바로 케이시에게 전화를 걸었다. 다행히 케이시는 바로 전화를 받았다. 상황을 설명하자 케이시가 낮은 신음 소리를 냈다.

"안자이 씨가 죽은 걸 기회 삼아 애인이니 뭐니 제멋대로 지어낸 말일까, 아니면 정말로 결혼했을까."

"어떻게 해?"

"어떻게 하긴 뭘…… 아, 모른 척했다가는 마이가 화내겠군." 케이시가 중얼거렸다.

"사망했다고는 해도 고객의 트러블이니까."

"유산 문제도 얽히겠지." 케이시는 한숨을 쉬고는 귀찮다는 듯 말했다. "일단 그녀가 말한 대로 해봐. 조금 시간을 줘. 아들에 관한 정보를 찾아볼게. 아들을 안내해줄 때 스마트폰을 들키지 않도록 방 안에 남겨둬. 무슨 대화를 하는지 들어봐야겠어."

"알았어."

유타로는 쓰야 식장으로 들어가 몸을 숨기듯 벽을 따라 앞으로 갔다. 분향은 아직도 이어지고 있다. 케이시의 지시가 아니더라도 상주에게 말을 걸 만한 분위기가 아니다. 잠시 기다리자 스마트폰으로 케이시가 보낸 메일이 도착했다. 상주인 안자이 다쓰오 씨의 아들에 대한 정보였다. 이름은 안자이 마사키. 48세. 대기업 상사에서 부장급 임원으로 근무하고 있다. 현재는 도심 근처의 초고층맨션에서 아내와 자식과 함께 살고 있다. 부자 사이에 빈번한 교류는 없었지만, 마사키 씨는 그래도 가끔은 근황이나 건강 등을 묻는 문자를 부친에게 보냈다. 그에 대한 다쓰오 씨의 답신을 보면 아집이 있는 것 같지는 않았고, 극히 평범한 부자지간이었을 것이라고 케이시는 적었다.

메일을 받은 후 다시 조금 더 기다리자 분향이 한차례 끝났다. 독경은 아직 이어지고 있지만, 늦게 온 조문객이 드문드문 분향대 앞에 설 뿐이었다. 띄엄띄엄 오던 사람들도 완전히 끊어지자 유타로는 제단 옆에 있는 상주, 마사키 씨에게 다가갔다. 도중에 눈이 마주친 직원에게는 친척처럼, 친척에게는 직원처럼 보이도록 무표정에 가까운 얼굴로 가볍게 목례를 한다. 마사키 씨의 자리로 다가가니 주변에는 친척들뿐이다. 유타로는 직원의 말투로 속삭였다.

"정말 죄송합니다만, 2분만 시간을 주시겠습니까?"

마사키 씨가 이상하다는 듯 돌아봤다. 대기업의 부장이라는 선입관 탓일까, 무척이나 유능한 사람처럼 보였다. 검은 테 안경을 쓰고 있다. 정갈한 이목구비였다.

당연히 수상해 보이겠지만 그만큼 중요한 용건이다. 그렇게 전해지도록 마사키 씨의 시선을 똑바로 응시하며 고개를 살짝 끄덕인다. 새로운 조문객이 올 기미는 없었고 독경 소리만이 울리고 있었다. 마사키 씨는 그 상황을 슬쩍 살펴본 후 일어섰다. 두 사람을 향해 다가오는 직원을 발견한 유타로는 자신이 먼저 다가가, 이번에는 친척인 척하며 "금방 돌아올 겁니다" 하고 속삭인다. 직원이 고개를 숙이고 뒤로 물러섰다. 유타로는 몸을 숙인 자세로 앞장서서 마사키 씨를 이끌고 쓰야 식장을 나왔다.

"조금 전, 분향 중에 쓰러진 여성분이 계셨습니다."

식장을 나오자 유타로가 말했다.

"아, 있었지" 하며 고개를 끄덕인 마사키 씨는 걱정스러운 표정을 지었다. "용태가 많이 안 좋은가? 나는 뵌 적이 없는 분인데……."

"그렇지는 않습니다만. 그분은 자신이 고인의 아내라고 하고 있습니다. 그 건에 대해 이야기하고 싶으니 상주분을 모셔달라고 해서. 저쪽 방에서 기다리십니다."

마사키 씨는 역시 무척 놀란 표정이었다.

"아내라니……."

"누군가 불러드릴까요? 이런 일에 대처할 수 있고 믿을 만한 분이 계시면."

"갑자기 무슨 이런 일이……."

"그렇게 동요하는 걸 노린 것 같습니다. 그 여성은 상주분만 불러달라고 했지만, 혼자보다는 누군가 다른 분과 함께 가시는 편이 좋지 않을까 합니다. 지금 당장 부르기가 어려우시면, 그분과 동석할 수 있도록 새롭게 약속을 정하셔도."

유다로로서는 마이에게 연락하도록 암암리에 부추긴 것이지만, 마사키 씨는 고민하는 표정을 지었다.

"하지만 그럴 만한 사람이 별로……."

그 모습으로 볼 때 마사키 씨는 부친에게 고문변호사가 있다는 사실을 모르는 듯했다. 알려줄까 했지만 'dele. LIFE'에 의뢰를 했었다는 점을 고려하면 안자이 다쓰오 씨가 그걸 원할지 어떨지 확신이 서지 않았다. 유타로가 망설이고 있자, 마사키 씨가 무언가를 생각해낸 듯 고개를 들었다.

"잠깐만 기다리게. 데리고 올 테니."

그 말을 남기고 빠른 걸음으로 식장에 들어간 마사키 씨는 곧바로 한 남자를 데리고 돌아왔다. 회사 동료나 고인의 친구를 데려오려니 하고 유타로는 생각했지만, 마사키 씨가 데려온 사람은 젊은 남자였다. 아직 20대로 보이는, 얼굴이 갸름하고 몸이 홀쭉

한 남자다.

"이쪽은 아버지를 도와주던 조수, 우노라고 해. 일주일에 한두 번은 아버지 집을 방문해줬으니 아버지의 근황에 대해서는 이 사람이 가장 잘 알 거야. 얘기를 들어보니 역시 아버지에게 아내는 없었던 것 같지만."

"우노입니다"하며 고개를 숙인 남자는 신원을 묻듯 유타로를 보고, 다시 마사키 씨를 봤다. 유타로는 우노가 질문을 해오기 전에 서둘러 두 사람을 안내했다.

"자, 이쪽입니다."

대기실 문을 노크하고 대답을 기다렸다가 문을 열었다. 여자가 소파에서 일어났다.

"상주분을 모셔왔습니다. 이쪽은 고인의 조수로 근무했던 분입니다."

여자가 어렴풋이 얼굴을 찡그리는 것을 유타로는 놓치지 않았다. 여자는 순식간에 그 표정을 지우고 깊숙이 고개를 숙였다.

"다카시마 유키코라고 합니다."

서로 상대방을 살피는 사이에 유타로는 스마트폰의 녹음기능을 작동시키고 대기실 구석에 있던 휴지통에 슬며시 넣었다.

"그러면 전 이만."

유타로는 누군가가 자신의 신원을 묻기 전에 가볍게 묵례를 하고 대기실을 나왔다. 입구 옆에 공중전화가 있는 건 미리 확인해두었다. 공중전화로 케이시에게 전화를 건다.

"스마트폰은 숨겨두고 나왔어."

"알았어. 회수한 후에 사무실로 돌아와."

유타로는 전화를 끊고 대기실 문이 보이는 위치에 몸을 숨겼다. 상주가 그곳에 있는 한 이야기가 길어질 리는 없다. 예상대로 5분쯤 지나자 다카시마 유키코가 방에서 나왔다. 문을 뒤돌아본 얼굴이 분하다는 듯이 순간 일그러졌다. 다카시마 유키코는 어금니를 꽉 깨물고 문에서 등을 돌려 장례식장을 나갔다. 바로 직후에 대기실에서 마사키 씨가 나왔다. 표정은 어두웠지만 크게 난처해하는 모습은 아니었다. 빠른 걸음으로 식장을 향하고 있었다. 마지막으로 나온 사람은 우노였다. 대기실을 나오자 크게 한숨을 쉬듯 어깨를 한 번 떨궜다. 그럼에도 토해내지 못한 응어리가 남은 듯 무거운 발걸음을 옮겨 쓰야 식장으로 돌아간다. 유타로는 그 뒷모습이 문 안쪽으로 사라지기를 기다렸다가 대기실로 돌아갔다. 스마트폰을 회수하고 장례식장을 나와 차를 운전해 사무실로 돌아왔다.

스마트폰에는 세 사람의 대화가 기대 이상으로 명료하게 녹음되어 있었다.

유타로가 대기실을 나가자마자, 다카시마 유키코는 안자이 씨가 사망하기 이틀 전에 혼인신고서를 제출했다고 두 사람에게 이야기했다. 조수인 우노는 있을 수 없는 일이라고 그 즉시 반박했지만 마사키 씨는 갈등했다.

"그래서 무엇을 원하십니까?"

"마사키 씨, 무슨 말씀을……."

제지하려는 우노를 막아서듯 다카시마 유키코가 말했다.

"단지 아내라는 사실을 인정해주길 바랄 뿐, 그 외에는 아무것도 원하지 않습니다."

"구체적으로 어떻게 해달라는 말씀이시죠?"

"유골을 주세요. 전부 달라는 건 아닙니다. 아주 작은 한 조각, 그걸로 충분합니다."

"그게 무슨 말입니까!"

소리치듯 말한 사람은 우노였다.

"난 안자이 씨에게 당신에 대한 이야기 따위 한 번도 들은 적 없습니다. 아니, 줄곧 입원 중이었던 안자이 씨에게 병문안조차 온 적 없죠? 난 당신을 본 적도 없습니다."

"아니요. 사야마종합병원에는 종종 문병을 갔었습니다. 다쓰오 씨는 사람들에게 저를 소개해주겠다고 하셨지만, 모두 힘든 상황인데 그건 아닌 것 같아 거절했어요."

"아무리 그렇다고 해도 교제 사실을 아무에게도 말하지 않았다는 게 있을 수 있는 일입니까? 갑자기 결혼이라니, 무슨……."

"아니, 우노 군. 사실은 그렇지 않을 수도 있어." 마사키 씨가 말했다. "입원하기 얼마 전이었던가. 전화 통화를 했을 때, 아버지가 넌지시 말씀하신 게 있어."

"넌지시, 라니……."

"여성의 존재야. 신경이 쓰인다고 할까, 아무래도 좋아하는 사람이 있는 건 아닐까 짐작했었지. 그래도 결혼했다는 말은 믿지 않아. 혼인신고서는 아마도 당신이 멋대로 제출했겠죠. 제게 아무런 논의도 없이 그런 일을 하실 만큼 독재적인 아버지는 아니셨습니다. 어떤 계기였는지는 모르지만, 당신은 아버지에게 접근했을 겁니다. 돈이 목적이었겠죠. 아버지도 그 사실은 알고 계셨을 겁니다. 하지만 그래서 생전의 아버지가 조금이라도 즐거운 기분을 느끼셨다면, 당신을 탓할 생각은 없습니다. 생전의 교제에 대한 대가로 어느 정도는 지불할 마음도 있습니다. 그러니까 유골이니 뭐니 하는 유치한 이야기는 그만두시죠. 저는 혼인무효 소송을 할 겁니다. 쓸데없는 분쟁 일으키지 말고 그냥 순순히 인정하십시오. 그 대가가 얼마입니까?"

"마사키 씨, 그건 좋지 않습니다."

"무슨 그런 말을. 난 돈 따위."

우노와 다카시마 유키코가 동시에 외쳤다.

"우노 군. 네 말이 맞아. 하지만 이런 이야기는 시끄러워지면 시끄러워질수록 우리한테 불리해져. 다카시마 씨라고 하셨나요? 제 표현이 불쾌하셨다면 이렇게 바꾸겠습니다. 당신과 아버지는 서로 사랑했다. 그러나 아들로서 그 관계를 인정하기는 힘들다. 미안하지만, 당신과 아버지의 혼인관계는 인정할 수 없으며, 유골을 건네줄 생각도 없다, 라고 말입니다. 그 위자료로 제가 얼마를 드리면 되겠습니까?"

"그런 일에 어떻게 가격을……."

"상주가 오랫동안 자리를 비울 수는 없습니다. 100만. 어떻습니까?"

"마사키 씨……."

비명을 지르듯 소리치는 우노를 마사키 씨가 제지했을 것이다. 한동안 침묵이 흘렀다.

"……500만."

마침내 다카시마 유키코가 불쑥 말했다.

"알겠습니다."

"말도 안 돼……." 우노가 신음했다.

"500만. 그걸로 끝입니다. 앞으로 저는 이 이야기를 누구에게도 듣고 싶지 않습니다. 다시 이런 이야기가 들려온다면 그때는 확실하게 싸울 겁니다. 아시겠습니까?"

"……네."

"여기에 연락처를."

뭔가 메모할 것을 주고 다카시마 유키코에게 적도록 했을 것이다. 잠시 침묵이 흐른 후, 마사키 씨가 회담을 마무리했다.

"그럼 그만 돌아가주시죠. 아버지의 장례식이 끝나면 연락하겠습니다. 그때 통장번호를 알려주시면 됩니다. 그러면 그쪽 얼굴을 두 번 다시 보지 않아도 되겠죠?"

다카시마 유키코가 고개를 끄덕인 듯했다.

"그러길 바랍니다." 마사키 씨가 말했다.

문이 열리고 닫히는 소리가 났다.

"마사키 씨, 그러면 부친께 너무…… 이건 명예의 문제입니다."

"무슨 말을 하고 싶은지는 알아. 하지만 우노 군. 어쩌면 아버지는 결혼하실 생각이 조금은 있었을지도 몰라."

"전 그런 여자 본 적도 없습니다."

"네가 아버지와 있던 시간은 제한적이었어. 더구나 아버지도 저런 여자의 존재는 감추려고 하셨을 거야."

"하지만……."

"집에 어머니의 결혼반지가 있었어. 젊었을 때 아버지가 어머니께 선물한 값싼 반지지만. 관에 넣어드리려고 찾았는데 안 보이더군. 어쩌면 아버지가 그 여자에게 선물하셨을지도 몰라."

"그럴 리가 없습니다. 안자이 씨는 돌아가신 사모님을 정말 진심으로……."

"알아. 알고 있어. 그렇지만 현실은 집 안에 반지가 없다는 거야. 싸구려 루비가 박힌 반지지. 아버지께는 추억이 깃든 물건이었으니 처분하셨을 리도 없고, 워낙에 값이 나가는 것도 아니야. 일시적인 충동이었다고 해도 아버지가 그 여자에게 반지를 주셨다면, 상황은 더 귀찮아져. 지금 여기서 500만 엔으로 해결된다면 그 편이 나아. 불편한 이야기를 듣게 해서 미안하군."

잠시 사이를 두고 문을 여닫는 소리가 들렸다.

"말도 안 돼……."

우노의 목소리였다. 화가 났다기보다는 멍하니 중얼거리는 듯한 목소리였다.

"그럴 리가 없어."

같은 톤으로 반복했다. 다시 문을 여닫는 소리가 들렸다. 우노가 나가는 소리일 것이다. 그 후로는 무음이 이어졌다.

유타로는 참고 있던 숨을 내뱉었다. 스마트폰을 집어 재생을 멈춘다.

"역시 대기업 상사의 부장님. 6분 만에 정리해버렸어."

유타로는 스마트폰 화면에 나온 재생 시간을 케이시에게 보여 주며 말했다.

"6분에 500만 엔이라." 케이시가 대답했다. "유능한 건지 어떤 건지 애매하군."

"안자이 고문이 삭제를 요청한 건 그 다카시마 씨에 관한 데이 터일까?"

"글쎄, 모르지."

"앗, 안 열어보고 지울 생각?"

"그러면 뭐?" 케이시가 짜증스러운 듯 대답했다.

"하지만 지금 이야기, 마이 씨가 알면 그 데이터를 보려고 할 텐데? 유산도 얽힌 문제야. 마이 씨의 요구를 거절하려고? '사카 가미 법률사무소'의 제휴가 끊겨도 우리 살아남을 수 있어?"

그건 케이시도 알고 있었을 것이다. 화가 나는 듯 혀를 차더니 한숨을 쉬었다.

"그냥 네가 보고 싶은 것뿐이잖아."

"그런 거 아니야."

"성가시군."

케이시는 다시 한번 혀를 차고는 모구라를 조작했다.

안자이 다쓰오 씨는 자신이 죽는 순간, 대체 무엇을 지우려고 했을까.

유타로는 화면을 엿보다가 이마에 딱밤을 맞았다.

"비켜. 정신 산란해."

케이시는 화면을 노려본 채 왼손으로 정면을 가리켰다. 문을 가리키는 것 같기도 했고, 소파를 가리키는 것 같기도 했다.

"알았어. 얌전히 기다리면 되잖아."

짐짓 불만스러운 듯 중얼거리며 유타로는 소파에 앉았다. 케이시는 별말 없이 모구라 작업에 몰두했다. 유타로는 케이시에게 핀잔을 듣지 않도록 소파에서 얌전히 작업이 끝나길 기다렸다. 이따금 '쳇' 하면서 케이시가 코웃음을 치는 소리가 들렸다. 계속해서 굳은 표정이었다. 아무래도 상당히 의외의 내용이 있나보구나 하고 유타로는 생각했다.

케이시가 모구라에서 얼굴을 든 것은 한 시간 이상이 지난 후였다.

"아, 아직 있었어?"

소파에서 뒹굴고 있던 유타로를 보고 케이시가 말했다.

"너무하네. 여기서 기다리라고 지시해서 기다린 거잖아."

"내가? 지시했다고?"

"그것도 까먹은 거야?"

불만스럽다는 듯이 큰 소리로 말하고 책상 앞에 섰다. 케이시는 성가시다는 듯 손을 내젓고 유타로에게 화면을 돌렸다.

"안자이 씨가 삭제를 요청한 건 컴퓨터 폴더에 있는 사진. 스마트폰이나 컴퓨터가 24시간 사용되지 않았을 때 삭제하도록 설정되어 있어."

"사진? 오, 야한 건가?"

케이시가 손을 뻗어 터치패드를 두드리자 폴더가 열렸다. 화면에 섬네일이 표시된다. 용량이 적은 걸 봐도 그런 부류의 사진은 아닌 듯했다. 케이시를 재촉해 한 장씩 확인해간다. 모두 스냅사진이었다. 고원에 있는 별장일까. 유타로도 이내 놀람의 탄성을 질렀다.

"어, 뭐야? 또 한 사람? 안자이 고문에게 여자가 또 있었어?"

대부분의 사진에 같은 여성이 찍혀 있다. 20대 후반 정도. 키가 크고 당찬 분위기다. 모자를 쓰거나 선글라스를 낀 사진이 많았지만 그래도 꽤 미인임을 알 수 있다. 가끔씩 안자이 다쓰오 씨와 둘이 찍은 사진이 있었고, 안자이 씨 혼자 찍은 사진은 딱 한 장이었다.

"사진 데이터를 보면 가장 오래된 사진이 1년 반 전. 가장 최근 사진이 두 달 전."

사진은 전부 같은 장소에서 찍은 걸로 보였다. 낡고 빛바랜 나무 벤치. 벽돌로 담을 두른 마당 수돗가. 계절에 따라 갖가지 꽃이 피어 있다. 두 사람은 이곳에 계절마다 여러 번 방문했을 것이다. 두 사람의 추억이 깃든 장소인가.

"안자이 고문에게 불륜 상대가 두 사람이었다는 의미?"

유타로는 생각나는 대로 말했다.

"안자이 씨는 2년 전에 부인과 사별했어. 그러니까 불륜은 아니지."

"아, 그렇군. 그러면 애인인가. 양다리? 오, 안자이 고문은 능력자네."

유타로는 재밌어서 무심코 말했지만 케이시의 차가운 목소리가 돌아왔다.

"당시 일흔넷의 할아버지에게 애인이 두 명이나 생겼다? 자신의 자식보다 어린? 더구나 한 명은 모델 수준의 미인이야. 부인과 사별한 지 반년 만에 안자이 씨가 그런 미인에게 구애해서 성공했다?"

"하지만" 하고 유타로는 화면을 가렸다. "그런 사진이잖아?"

그렇게밖에 설명할 수 없는 사진들뿐이다.

"아니. 아내와 사별한 돈 많은 노인에게 미모의 여성 한 명이 접근했다. 이건 그런 사진이야. 그리고 오늘 장례식장에 돈을 노린 여성이 또 한 명 나타났다."

"아~" 유타로는 어깨를 떨궜다. "안자이 고문, 여러 가지로 안됐네."

케이시가 모구라의 터치패드를 두드리자 프린터가 움직이기 시작했다. 유타로는 인쇄된 세 장의 사진을 집었다. 한 장은 선글라스를 낀 여성이 벽돌로 된 수돗가에 손을 얹는 듯한 자세로 서 있는 사진. 또 한 장은 안자이 씨에게도 회심의 한 장일 듯한, 하얀 꽃을 피운 나무 아래에서 부드러운 차양이 달린 하얀 모자를 쓴 여성이 하얀 원피스를 입고 서 있는 사진. 여성은 수줍은 미소를 지으며 이쪽을 보고 있다. 마치 여배우의 화보사진 같다. 마지막 한 장은 셀프타이머로 촬영했는지, 여성과 안자이 씨가 나란히 벤치에 앉아 있는 사진이었다.

"둘 다 애인이었다면 다카시마 유키코의 사진도 있었겠지. 그런데 폴더에는 이 여자의 사진뿐이야. 안자이 씨의 애인은 다카시마 유키코가 아닌 이쪽이야."

"두 여자는 어떤 관계?"

"다카시마 유키코가 누군지. 사진 속 미인은 누군지. 그녀들은 안자이 씨와 어떤 관계인지. 두 여자 사이에 접점은 있는지. 지금부터 난 그걸 조사할 건데, 넌 어떡할래? 소파에서 기다릴래?"

"아, 아니. 방해될 거 같으니 먼저 퇴근하겠습니다."

'헤헷' 하고 웃는 유타로를, 케이시는 이미 보고 있지도 않았다. 유타로는 다시 한번 "퇴근하겠습니다" 하고 말한 후 집으로 돌아갔다.

네즈에 위치한 집에 도착하자 실내에 불이 켜져 있었다. 할머니가 돌아가신 뒤로 유타로 혼자 살고 있는 집이다. 멋대로 들어올 사람은 한 명밖에 없다. 예상대로 집 안에는 후지쿠라 하루나가 다마 씨를 배에 올린 채 큰 대大자로 다다미 위에 누워 있었다. 혹시 자신이 집에 오지 못할 때 다마 씨를 돌봐달라며 하루나에게 열쇠를 맡겨뒀었다.

"아, 어서 와, 유타로."

넥타이를 풀고 상의를 벗었던 탓인지 하루나는 그것이 상복이라는 걸 깨닫지 못한 듯했다.

"응. 오랜만이네."

누워 있는 하루나의 머리 바로 옆에 서서, 유타로는 하루나의 얼굴을 거꾸로 내려다봤다. 하루나는 예전에 유타로가 살던 집의 이웃에 살았다. 여동생과 동급생이기도 해서 집에 자주 놀러 왔었다. 코가 뾰족하고 시건방진 표정의 여자아이는 웃음이 절로 나올 정도로 똑같은 모습으로 성장했고, 코가 뾰족하고 시건방진 표정의 스물세 살 여성이 되었다.

"피곤해?" 유타로가 물었다.

"그런 건 아닌데" 하면서 하루나는 나른하게 손을 들었다. "맛있는 폭찹^{porkchop} 스테이크 만들어주면, 유타로의 장점 세 가지를 찾아내서 칭찬해줄게."

하루나가 손으로 가리킨 테이블에 비닐봉지가 놓여 있다. 내용물은 돼지고기였다. 유타로는 일단 2층으로 올라가 실내복으로 갈아입고 나서 주방에 섰다. 소매를 걷고 손을 씻은 후 키친타월로 고기 표면의 수분을 제거하고 식칼 끝으로 고기를 썬다.

"오늘도 환자분이 돌아가셨어."

유타로가 돌아봤다. 하루나는 배에 올린 다마 씨를 양손으로 들어 올리고 있었다. 눈싸움을 거는 듯이 다마 씨를 보고 있다. 다마 씨는 도움을 요청하듯 유타로를 보고 있었다.

"병원이잖아. 낫는 사람이 있으면 낫지 않는 사람도 있는 거겠지."

아까 다녀온 쓰야를 떠올리며 유타로가 말했다.

"그래. 일일이 우울해했다가는 끝이 없지. 나도 알아."

유타로는 요리로 돌아갔다. 고기에 소금과 후추를 뿌리고 프라이팬을 가열한다.

"그분이 돌아가시고 얼마 안 되어서 담당의가 나한테 물었어. 애인 있냐고."

유타로가 돌아봤다. 하루나는 여전히 다마 씨에게 눈싸움을 걸고 있었고, 다마 씨는 여전히 유타로에게 도움을 요청하는 눈빛을 보내고 있었다.

"그래?" 유타로가 말했다.

"그까짓 게 뭐냐는 거야? 내게 애인이 있는지, 몇 번째 애인인지, 일주일에 몇 번 섹스를 하는지 같은 걸 왜 하필 오늘 물어보냐고."

프라이팬에 고기를 올렸다. 좋은 소리가 났다. 뒤이어 좋은 냄새가 감돌기 시작했다.

"의사가 그렇게 물어봤어?"

"물어본 건 처음 거 하나뿐이었지만, 그런 게 궁금했겠지. 그리고 애인과 누워 있는 내 모습을 상상하고 싶은 거잖아?"

"누워 있다······." 유타로는 쓴웃음을 지었다.

여동생의 시간은 중학생에서 멈췄지만, 하루나의 시간은 움직이고 있다. 유타로는 그 사실을 알면서도 가끔 하루나를 여동생의 시간 속에 가둬버릴 때가 있다. 거기서 생겨난 간극에 혼자 쓴웃음을 지을 수밖에 없다.

"슬픔이나 분함을 해결하는 방법은 사람마다 달라. 신입 간호사를 놀리면서 잊으려는 사람도 있겠지."

고기를 뒤집고 돌아보니 하루나는 천장을 올려다보고 있었고, 해방된 다마 씨가 유타로 발밑으로 도망쳐오는 중이었다.

"유타로는 사람을 너무 좋게만 봐." 한참 후 하루나가 말했다.

"그럴지도 모르지." 유타로는 고개를 끄덕였다. "냉동고에 얼려

둔 밥 있으니까 전자레인지에 돌려줘."

폭찹을 완성한 후 간단한 샐러드를 만들어서 식탁에 올렸다. 다마 씨의 식사도 준비해서 함께 먹기 시작한다. 식사를 하다 보니 하루나의 표정도 점점 부드러워졌다. 하루나는 어렸을 때부터 위장과 기분이 밀접하게 연결되어 있었다.

"유타로는 지금 무슨 일을 해?"

"회사 다녀. IT 관련."

"뭐? 그건 어느 나라 농담이야?"

"이게 농담이 아니라니 더 놀랍지 않아? 뭐, 사장과 나밖에 없는 회사지만."

"흐음. 사장, 좋은 사람?"

"잘 모르지만 나쁜 사람은 아닌 것 같아."

"왜 그렇게 생각해?"

질문을 받고 유타로는 생각했다.

"그 사람이 작정하고 나쁜 일을 하려 들면, 정말 지독한 짓을 할 수 있을 테니까."

"예를 들면 어떤 거?"

"다른 사람의 비밀을 마구 폭로해버린다거나."

하루나는 그런 사람을 상상해서 천장에 그려보고 있는 듯했다.

"그렇구나. 무서운 사람이네."

하루나는 마침내 천장에서 시선을 거두고 식사를 계속했다. 잘못된 이미지가 전달된 듯했지만, 그렇다고 어떻게 고쳐줘야 할지 몰라서 유타로는 화제를 바꿨다.

"너희 집은 어때? 아버지랑 어머니, 두 분 다 건강하셔?"

"건강하셔. 외동딸이 다 컸다고 두 분이서 열심히 놀러 다니셔. 그래서 집에 가도 같이 밥 먹어줄 사람이 없어."

"저녁 해줄 사람이 없는 거겠지."

"그것도 맞고." 하루나는 고개를 끄덕이며 씨익 웃었다. 어렸을 때와 마찬가지로 시건방진 웃음이었다. 어렸을 때 그 웃는 얼굴 옆에는 늘 또 하나의 눈부시게 웃는 얼굴이 있었다. 갑자기 찾아온 먹먹함을 유타로는 웃음으로 덮었다.

식사가 끝나자 하루나는 한 시간 정도 다마 씨와 놀고는 "맛있는 폭찹을 만들 수 있다. 맛있는 샐러드도 만들 수 있다. 설거지를 빨리 한다. 대단해, 대단해, 유타로 대단해" 하고 현관 앞에서 박수를 여섯 번 친 후 돌아갔다. 유타로의 얼굴을 보러 오는 것도 같았고, 자신의 얼굴을 보여주러 오는 것도 같았으며, 다마 씨와 놀려고 오는 것도 같았다. 하지만 사실은 여동생을 만나러 오는 게 아닐까 하고 유타로는 생각했다. 유타로 자신도 하루나가 돌아가면 늘 두 사람의 자취가 사라진 것처럼 느끼고 만다.

"넌 좋은 친구를 뒀구나."

중얼거리는 유타로의 품 안에서 다마 씨가 '냐앙' 하고 하품을 했다.

다음 날 아침 유타로가 사무실에 도착해보니, 케이시가 책상에 턱을 괴고 앉아 있었다. 어제 헤어졌을 때와 똑같은 복장이다. 유타로를 보는 눈이 충혈돼 있다. 아무래도 밤샘 작업을 한 듯했다.

"뭐 좀 알아냈어?" 유타로는 책상 앞에 서서 물었다.

"어. 다카시마 유키코에 대해서는 어느 정도 파악했어."

케이시는 귀찮다는 듯 말하고, 세 대의 모니터 중 하나를 유타로 쪽으로 돌렸다.

"안자이 씨에게 보낸 메일이 컴퓨터에 남아 있더군. 근무처가 적혀 있어서 검색해보니 나오던데. 이 여자 맞지?"

모니터에는 '우키타 장의사'라는 회사의 홈페이지가 나와 있었다. 장례식의 순서와 매너를 사진과 함께 설명한 페이지가 있었고, 몇몇 직원의 사진도 있었다. 그 가운데 한 명이 어제의 여자였다.

"아, 맞아. 이 사람." 유타로는 고개를 끄덕였다.

별도의 페이지에 직원 프로필이 소개되어 있었다. 다카시마 유키코, 장제葬祭 디렉터 1급.

"상조회사구나. 어제 쓰야의?"

"아니. 어제의 쓰야와 오늘의 고별식을 관리하는 상조회사는 다른 회사야. 다카시마 유키코가 근무하는 '우키타 장의사'는 2년 전에 안자이 씨 부인의 장례를 관리했던 회사야."

"아~, 안자이 고문이 상주여서 알게 된 건가."

"그럴 거야. 하지만 이 여자, 아주 질이 안 좋아."

케이시가 모구라를 끌어당겨 키보드를 두드리고 화면을 유타로에게 돌렸다. 몇 통의 메일이 있었다. 가장 앞쪽에 있는 것은 2년 전, 장례식 직후에 다카시마 유키코가 안자이 씨에게 보낸 메일이었다.

"처음에는 의례적인 메일이었어. 장례식을 마치고 보낸 인사 메일. 그 후에는 법회에 대한 조언. 그러고는 계절마다 근황을 묻는 듯한 메일을 보냈어. 뭐, 여기까지는 법사나 법회 때에 자신의 회사를 이용하도록 고객 관리 차원에서 보낸 영업메일로도 볼 수 있어."

케이시는 화면에 있던 메일을 차례로 열어갔다.

"문장도 예의 있고, 계절이 바뀔 때마다 나카하라 주야*의 시를 인용하기도 하면서 살짝 교양 있어 보이는 분위기를 풍기지. 꽤 잘 쓴 메일이야. 안자이 씨도 매번 정성스럽게 답신을 써서 보냈어. 그런데 1주기가 끝난 즈음부터 메일의 분위기가 달라져."

유타로는 화면에 나온 메일을 읽었다. 메일주소는 회사메일에서 개인메일로 바뀌었고, 휴일에 어디를 다녀왔는지 같은 사적인 내용이 담겨 있었다. 다음 메일에는 좋아하는 영화에 대해 적고 있었다.

"메일을 보내는 횟수도 늘어나고 내용도 점점 사적인 것으로 바뀌지."

자신은 이혼 경험이 있어서 남성을 두려워하게 됐다, 그럼에도 가끔 남성과 교제하고 싶을 때도 있다, 다음에 연애를 하게 된다면 자신보다 훨씬 나이가 많고 차분한 사람이면 좋겠다. 여러 통의 메일에 나뉘어 그런 내용이 적혀 있었다.

---

* 中原中也(1907~1937). 20세기 초에 활동한 일본의 시인. 다다이즘과 상징주의의 영향을 받아 전위적이고 독보적인 작품 세계를 선보였다. 특히 사계절 각각의 풍정과 그 속에서 솟아나는 감정을 독특하게 표현한 시를 많이 지었다.

"제법 하네."

그 메일들을 전부 읽고 유타로는 감탄했다.

"이렇게까지 노력과 시간을 들였다면 완전히 넘어가겠는데."

"더구나 아내와 사별한 고독한 노인이라면 순식간이겠지."

"안자이 고문도?"

"하지만 안자이 씨는 걸려들지 않았어."

케이시가 다른 메일을 화면에 띄웠다. 안자이 씨가 다카시마 유키코에게 보낸 메일이었다. 거기에는 1주기도 끝났고 마음도 어느 정도 안정되었으니 더 이상 마음 써줄 필요가 없다는 내용이 간략하게 적혀 있었다. 그래도 또 메일이 오자, 눈의 피로가 심해져서 컴퓨터를 보는 시간도 줄었으니 메일을 받아도 답장하지 못할 때가 많아지리라고 회신했다.

"그 이후에도 다카시마 유키코는 계속해서 메일을 보냈어. 안자이 씨는 세 번에 한 번 정도 회신을 했는데, 마지막 회신을 보낸 게 지난달이었어. 입원하게 돼서 더 이상 회신은 할 수 없다, 앞으로는 보내봐야 소용없다고 꽤 단호한 어조로 거절했지. 그 후에도 다카시마 유키코는 건강 상태를 묻는 메일을 보냈지만 안자이 씨는 일절 회신하지 않았어."

"이렇게까지 하니까 뭔가 스토커 같군."

"안자이 씨도 그렇게 느꼈을 거다. 애초에 다카시마 유키코가 집착한 건 안자이 씨가 아닌 돈이었지만."

"혼인신고서 얘기는?"

"아들인 마사키 씨 말대로, 다카시마 유키코가 멋대로 제출했을 거야. 혼인신고서는 제출하기만 하면 지자체에서 그대로 수리해버려. 안자이 씨의 본적지인 지자체에 제출하면 호적등본조차 필요 없지."

"안자이 고문의 본적지를 어떻게 알아?"

"부인이 돌아가셨을 때 안자이 씨가 사망신고서를 제출했겠지. 사망신고서에는 신청인의 본적도 적게 돼 있어. 상조회사라면 절차에 대한 조언도 해줄 테니 그때 알았을 거다."

"그걸로 멋대로 혼인신고서를 내버렸군. 나쁜 사람이네."

"네가 생각한 것보다 훨씬 질이 나쁜 인간이야. 아마 다카시마 유키코는 병원도 감시하고 있었겠지."

"뭐?"

"안자이 씨는 마지막 메일에서, 아내와 같은 곳에서 먼 길을 떠날 수 있다면, 하고 조금은 포기한 듯한 내용을 썼어. 어느 정도 죽음을 각오하고 입원했을 테고, 집요하게 메일을 보내는 다카시마 유키코에게는 더 이상 들러붙지 말라고 선언하려는 것이기도 했겠지. 하지만 부인의 장례를 관리했던 상조회사 직원이라면 그 한마디로 안자이 씨가 입원한 병원이 어딘지 알 수 있었겠지. 다카시마 유키코는 입원한 안자이 씨를 정기적으로 감시하고 있었던 거다. 용태를 확인하면서 적당한 순간에 혼인신고서를 제출하고, 그가 사망하자 장례 일정을 알아내서 달려든 거야. 그렇게 하지 않았다면 쓰야에 못 왔겠지."

"종종 문병을 갔다는 말이 완전히 거짓은 아니었네. 그래. 그렇게 고생했으니 100만 엔으로는 부족했고, 그래서 억울해했던 거군.”

“좀 더 받아낼 생각이었겠지. 진심으로 유산을 노렸는지도 모르고. 하지만 아들인 마사키 씨가 예상외로 세상 물정에 밝은 사람이었다. 재판으로 이어지면 이길 가능성은 희박하지. 그뿐만 아니라 여죄가 드러날 위험도 있었다. 다카시마 유키코는 상조회사 직원임을 이용해서 이전에도 비슷한 짓을 해왔을 거야. 처음이라고 보기에는 솜씨가 너무 좋아.”

안자이 다쓰오 씨는 아내의 죽음을 계기로 결혼사기와 유사한 짓을 반복하는 다카시마 유키코를 만나게 된 것이다.

“그렇군. 안자이 고문도 하필이면 질 나쁜 사람을 만나버렸네.”

안자이 다쓰오 씨와 다카시마 유키코의 관계는 밝혀졌다. 그러면 그 사진 속 여자는 어디서 어떻게 얽혔을까. 그 설명을 듣기 위해 유타로는 케이시를 쳐다봤다. 순간 케이시의 눈빛이 잔뜩 흐려졌다.

“후우, 문제는 이쪽이야. 알고 있어.”

케이시는 화면을 자신 쪽으로 되돌리고 충혈된 눈으로 바라봤다.

“이쪽이야말로 안자이 씨의 진짜 애인이었다. 사진을 봤을 때는 그래야 맞아. 그런데도 안자이 씨 컴퓨터에는 이 여자와 관련된 것이 전혀 없어. 안자이 씨가 직접 삭제한 데이터도 찾아봤지만 이 여자에 관한 건 아무것도 없었다.”

여자의 사진이 나와 있는 모구라 화면을 케이시는 불쾌한 듯 손가락으로 찔렀다.

“컴퓨터뿐만이 아니야. 아까까지 안자이 씨의 스마트폰이 살아 있어서 그것도 조사했어. 그런데 이 여자는 어디에도 없어. 주고받은 문자도 없고 통화기록도 없어. 게다가 연락처에도 의심갈 만한 이름이 없어. 안자이 씨는 메신저 앱도 사용하지 않았고 SNS도 하지 않았어. 그러면 대체 이 여자는 어떻게 안자이 씨와 연락을 취했지?"

"유선전화 같은 건?" 유타로가 말했다.

유타로가 자신 없이 말했지만 케이시는 고개를 강하게 끄덕였다.

"그럴 거야. 아니, 그렇게밖에 생각할 수가 없어. 하지만 왜 유선전화만 이용했을까? 외출 중에 스마트폰으로 걸고 싶을 때도 있을 테고, 가끔은 문자도 하고 싶었을 텐데. 안자이 씨는 왜 불편한 유선전화로만 이 여자와 연락을 취해야 했을까?"

"그러게."

"또 한 가지. 흥미로운 영상이 있었어."

케이시가 모구라를 조작한 후 다시 화면을 유타로에게 돌렸다. 남자의 얼굴이 클로즈업된 영상이 시작됐다. 차림새를 통해 택배 기사라는 걸 알 수 있었다. 몇 초 뒤에 남자는 화면에서 사라지고 영상도 끝났다. 바로 다음 영상이 시작된다. 영상 속의 헬멧을 쓴 남자는 우편집배원 같았다.

"이게 뭐야?"

"안자이 씨 집의 인터폰 영상이야. 방범기능이 있어서 인터폰 버튼을 누르면 자동으로 영상이 녹화되고, 녹화된 하드디스크는 컴퓨터로 연결되어 있어. 이 사람이 어제의 그 조수 맞지?"

우편집배원 영상 다음으로 나온 건 어제 만났던 우노의 얼굴이었다.

"응, 맞아. 우노 씨."

그 후에도 계속해서 방문자의 영상이 나왔다. 화면 아래에 날짜와 시간이 표시되어 있다. 안자이 씨의 자택을 찾아온 방문자는 이삼일에 한 번밖에 없었다는 사실이 확인되었다. 그 대부분이 우노였고 그다음은 택배기사, 우편집배원, 아주 가끔 무슨 영업사원 같은 사람의 모습이 비쳤다.

"디스크가 꽉 차면 오래된 순서로 지워지게끔 설정되어 있는데, 방문객이 거의 없다 보니 아주 예전 것까지 남아 있어. 그런데도 이 여자는 등장하지 않아. 그러니까 여자는 한 번도 안자이 씨의 집을 온 적이 없어."

"재밌네." 유타로는 무심코 중얼거렸다.

"뭐가?" 케이시가 언짢은 듯 되물었다.

"아, 아니, 그러니까 예를 들면 스마트폰."

"스마트폰?"

"응. 사람처럼 말하는 거 있잖아? 아이폰의 시리라든가. 그리고 또 캐릭터를 키우는 게임 같은 것도 사람들이 꽤 열심히 하잖아? 난 안 하지만. 여하튼 그 외에도 단순한 디지털 데이터가 살아 있는 사람처럼 느껴질 때가 있잖아?"

"그런데?"

"반대로 디지털 데이터가 없으면 살아 있는 사람도 없는 것처럼 느껴져. 이 사람처럼. 이 사람의 흔적은 안자이 고문의 폴더 외에는 어디에도 없어. 사진 속에만 존재하는 사람 같아. 우리가 폴더를 지우면 이 사람을 통째로 지우는 것 같은 느낌이 들어."

잠시 허를 찔린 듯한 표정이었지만, 케이시는 이내 어이없다는 듯 코웃음을 쳤다.

"이 여자는 어딘가에 있어. 어딘가에서 뭔가를 계획하고 있어."

"계획하고, 있을까?"

"그러니까 이렇게까지 자신을 숨겼겠지. 이 여자는 1년 반 동 안이나 안자이 씨와 교제하면서도 신중하고 완벽하게 자신을 숨 겼어. 이 여자에 비하면, 맥없이 신분이 드러난 다카시마 유키코 따위는 차라리 애교 수준이야. 이 여자가 무슨 짓을 할 생각인지 는 모르지만, 그 전에 계획을 망쳐주겠어. 일단 고별식이 목표야. 집에 돌아가서 상복으로 갈아입고 얼른 갔다 와."

유타로는 내쫓기듯 사무실 문을 열고 나가려다 케이시를 돌아 봤다.

"저기, 사장님. 그런데 그 여자가 나타날까?"

책상 너머에서 유타로를 힐긋 노려본 케이시는 이내 시선을 피했다.

"무슨 일이 있거나 뭔가 알아내면 연락해. 일단 나는 잔다."

케이시도 그곳에 여자가 나타나리라고 크게 기대하지 않는다. 다만 다른 방법이 없었던 것이다.

"고생하십시오. 다녀오겠습니다."

케이시는 다시 휘익휘익 손을 내저었고 유타로는 사무실을 나 왔다.

고별식은 어제 쓰야가 진행된 곳과 같은 곳에서 진행되고 있었다. 유타로는 접수처 근처에 서서 찾아오는 조문객들을 확인했다. 마사키 씨와 우노에게 들키지 않도록 주의했지만, 상주인 마사키 씨가 접수처까지 오는 일도 없었고 우노의 모습도 보이지 않았다. 마이는 직원인 듯한 남자를 한 명 데리고 문상을 왔다.

"대강 얘기는 들었어."

유타로를 발견하고 다가온 마이가 속삭였다.

"일단 그 여자를 잡아줘."

"옙!" 유타로는 고개를 끄덕였다.

뒤늦은 조문객이 드문드문 오던 쓰야 때와는 달리, 고별식의 시작 시간인 11시를 지나자 조문객의 발길은 끊어졌다. 유타로는 건물 밖으로 나와 스마트폰을 확인했으나 케이시에게서 온 연락은 없었다. 유타로는 그대로 현관 근처에서 기다렸지만, 결국 고별식이 끝나도 여자는 오지 않았다. 장례식장 앞에 세워져 있던 영구차로 관이 옮겨지는 것을 유타로는 조금 떨어진 곳에서 지켜봤다. 마사키 씨가 조문객들에게 인사를 하기 시작했다. 마사키 씨와 눈이 마주치지 않도록 유타로는 시선을 돌렸다. 그 순간 무언가를 발견했다.

멀리 주차장 건너편. 장례식장 부지의 입구에 홀로 선, 주변과 어울리지 않는 새하얀 복장의 여성. 하얀 모자, 하얀 원피스, 하얀 구두. 길고 검은 머리카락이 바람에 나부끼고 있다. 이윽고 여자는 깊이 고개를 숙였다. 유타로는 그 앞으로 시선을 향했다. 영구차가 '빠앙' 하고 경적을 울린다. 조문객들이 합장을 한다. 영구차가 천천히 달리기 시작한다. 그 일련의 움직임에 정신이 팔린 유타로가 다시 시선을 돌렸을 때 하얀 여성의 모습은 그곳에서 사라지고 없었다.

유타로는 황급히 여성이 있던 쪽으로 달려갔다. 장례식장 부지를 뛰어나가 도로를 둘러봤지만 여성의 모습은 보이지 않는다. 오른쪽으로 조금 달리다가 다시 반대 방향으로 달렸다. 하지만 이내 포기했다. 여성은 어디에도 없었다. 무심코 하늘을 올려다본 유타로 옆으로 안자이 다쓰오 씨의 시신을 실은 영구차가 지나갔다.

유타로는 스마트폰을 꺼냈다.

"여자가 왔었어. 그런데 도망쳤어. 아니, 도망간 건 아니지. 내가 잘못해서 놓쳤어."

"여자는 뭘 했지?"

"모르겠어. 멀리서 출관을 지켜보기만 했던 것 같아."

"그래. 뭐, 잘됐네. 실체를 확인했으니." 케이시가 말했다.

"어떻게 해?"

"행동을 보니 적어도 당분간 시끄러운 짓을 벌일 생각은 아니겠군. 안달해봐야 소용없어. 돌아와."

"저기, 화 안 내?"

"너한테 화낸다고 상황이 달라져?"

케이시가 어이없다는 듯 말했다.

유타로는 사무실로 돌아와서 케이시와 이야기를 나눈 후, 안자이 씨 자택 주변을 둘러봤지만 여자에 관한 실마리는 찾지 못했다. 케이시가 안자이 씨의 컴퓨터 데이터를 다시 한번 철저하게 뒤져봤지만 그것도 헛수고로 끝났다.

"단서가 없군." 유타로가 말했다.

"앞으로 아무 일도 안 일어나면 문제 될 건 없지만, 아무래도 불안해." 케이시는 한숨을 쉬었다.

"데이터는? 지울 거야?"

"화장이 끝났잖아. 지워야지."

케이시는 모구라를 조작해 폴더를 삭제했다. 어제 케이시가 프린트한 세 장의 사진이 책상 위에 놓여 있었다. 유타로에게는 그녀가 처음부터 이 사진 속에만 존재했던 것처럼 느껴졌다.

다카시마 유키코의 기사가 인터넷에 올라온 건 그다음 날의 일이었다.

어젯밤 10시쯤 시부야구 도로변에서, 퇴근하고 귀가 중이던 여성이 지나가던 여성에게 흉기에 찔려 병원으로 이송됐으나 결국 숨졌다. 피해자는 시부야구에 거주하는 회사원, 다카시마 유키코 씨, 31세. 병원으로 이송 중에 다카시마 씨는 낯선 여성이 갑자기 흉기로 찔렀다고 구급대원에게 증언했다. 목격자에 따르면 다카시마 씨 앞쪽에서 걸어오던 여성은 스쳐 지나간 직후에 등 뒤에서 다카시마 씨의 허리 부근을 흉기로 찌르고 도주했다. 여성의 연령은 20대에서 30대. 신장 165센티미터 전후. 하얀 원피스에 하얀 모자를 쓰고 있었다. 경찰은 '묻지 마' 범죄로 보고 여성의 행방을 쫓고 있다.

유타로는 인터넷 기사를 읽고 케이시를 쳐다봤다. 사무실에 온 유타로에게 뉴스 사이트 화면을 보도록 돌려준 후, 케이시는 말 없이 야구공만 벽에 던지고 있었다.

"왜 저 사진 속 여자가 다카시마 유키코를 죽여야 했지?" 유타로가 물었다.

"다카시마 유키코는 안자이 씨의 재산을 노리고 일방적으로 접근했다. 안자이 씨를 통해 그 사실을 알게 된 여자는 다카시마 유키코가 불쾌했다."

케이시는 공을 벽에 던지고 말했다. 벽에 부딪힌 공은 바닥에 두 번 퉁겨진 후 케이시의 가슴으로 돌아간다.

"그렇다고 칼로 사람을 찔러?" 유타로가 물었다.

"보통은 안 그렇겠지. 그나마 안자이 씨가 살아 있을 때라면 몰라도, 안자이 씨가 사망한 마당에 죽일 이유는 없어. 만약 있다면, 그 후에 다카시마 유키코가 벌인 행동에 화가 났을 경우다. 다카시마 유키코는 진짜 애인이었던 자신을 제쳐두고 아내로 위장해 돈을 뜯어냈다. 앞으로 자신이 돈을 뜯어내려고 해도 이제 상황이 만만치가 않다. 그래서 화가 났다. 또는 그 돈을 둘러싸고 문제가 생겼을 수도 있고."

케이시는 마치 기계처럼 같은 동작을 반복했고, 같은 동작으로 던져진 공은 똑같은 궤도를 그리며 케이시의 가슴으로 돌아왔다.

"흐음. 하지만……."

"그래. 하지만 다카시마 유키코가 돈을 뜯어냈다는 사실을 아는 사람은 많지 않아. 너, 안자이 마사키 씨, 조수인 우노. 이 세 사람뿐이야. 이 세 사람 중 누군가가 사진 속 여자와 내통하고 있다는 게 돼. 누구지?"

"우노일까."

"정황을 생각하면 그게 맞겠지. 그런데 우노와 이 여자의 접점은 어디에 있지? 어떤 관계지? 두 사람은 공범자고 실은 좀 더 큰 계획이 있었다, 그런 건가?"

"글쎄. 아, 그러고 보니 우노는 고별식에 오지 않았어."

벽 치기를 멈추고 케이시가 유타로를 바라봤다.

"우노가 안 왔었다고?"

"괜히 눈에 띄었다가 신원이 밝혀지면 골치 아프니까, 마사키 씨와 우노에게 들키지 않으려고 조심하고 있었거든. 우노가 안 왔다고 확신할 순 없지만, 적어도 관을 떠나보낼 때는 분명히 없었어."

"우노가 숨어서 그 여자와 만나고 있었다? 여자는 그때 우노에게 다카시마 유키코의 이야기를 듣고 살의를 품게 됐고, 퇴근길을 노려 살해했다."

"흐음. 하지만 여자는 고별식에 왔었어. 우노가 여자와 몰래 만났다고 해도 올 수 있었다는 거지."

케이시는 고개를 끄덕이고 다시 벽에 공을 던지기 시작했다.

"여자와 만났다고 해도 올 수 있었던 우노가 오지 않았다. 최근의 안자이 씨에게는 아들보다 가까웠던 우노가……."

역시 바닥에 두 번 퉁겨지고 돌아온 공을 정확하게 받고는, 케이시가 말했다.

"아니, 있었나?"

"아니, 없었다니까."

그렇게 말하는 유타로를 무시하고, 케이시는 여자 사진들 중 한 장을 집어서 뚫어지게 바라본 후 유타로에게 내밀었다. 여자 혼자 찍힌 두 장의 사진 중, 모자를 쓴 쪽이다. 얼굴이 비교적 또렷하게 찍혀 있다.

"스캐너."

그렇게 지시하고 자신은 모구라를 향한다. 유타로는 건네받은 사진을 프린터 옆에 있는 스캐너에 인식시켰다. 모구라 화면을 들여다보니, 케이시는 무언가의 소프트웨어를 실행시켜 인터폰에 촬영된 우노의 얼굴을 대입하는 중이었다.

"그건 뭐야?"

"얼굴 인식 소프트웨어. 얼굴 윤곽에서 볼과 턱의 골격을 산출해서 얼굴 각 부분의 좌표위치를 검출하는 거야." 케이시는 설명하면서 여자의 사진도 소프트웨어에 넣었다. "이렇게 해서 얼굴의 동일성을 판단하지."

소프트웨어가 두 얼굴을 분석한다. 얼굴의 윤곽, 눈머리, 눈꼬리, 코끝, 미간, 입술의 양 끝, 귀의 위와 아래. 그것들을 선으로 이어가면서 데스마스크 같은 것을 그려간다.

"대단히 정밀하진 않지만 이 정도 레벨의 분석이라면 틀리지는 않아."

마침내 소프트웨어는 완성된 두 개의 데스마스크가 동일 인물이라고 주장했다.

"어? 이건……."

"응. 두 사람은 동일 인물. 우노가 사진 속 여자야."

"뭐? 뭐라고? 우노가 여자라고?"

"그런 말은 안 했는데."

케이시가 어딘가로 통화 버튼을 누른 후 스마트폰을 유타로에게 내밀었다.

"우노의 데이터는 안자이 씨 컴퓨터에 얼마든지 있었어. 우노의 근무처인 방문간호사업소다. 출근했는지 확인해줘."

"아, 응. 알았어."

유타로는 과거 이용자 가족을 사칭해서, 우노가 오늘 결근했다는 사실을 알아냈다.

"휴가가 아닌 결근이라고 했으니, 출근해야 하는데 안 나왔다는 말이군."

유타로에게 스마트폰을 받아 든 케이시는 핸드림을 손으로 돌려 휠체어를 전진시켰다.

"우노의 집으로 가자. 세타가야에 있어."

유타로와 케이시는 차를 타고 세타가야로 향했다. 우노의 집은 역에서 조금 떨어진, 커다란 공원 근처의 독신자용 다세대주택이었다. 2층 건물의 2층이었고, 물론 엘리베이터 같은 건 없었다. 유타로는 케이시를 차에 남겨두고 혼자 2층으로 올라갔다. 인터폰을 눌렀지만 응답이 없었고 인기척도 들리지 않았다. 유타로는 스마트폰을 꺼내 케이시에게 그렇게 전했다.

"열쇠, 딸 수 있어?"

유타로는 열쇠와 문을 비교해봤다. 견고한 건물은 아니었지만 잠금장치는 간단하게 열 수 있는 게 아니었다.

"할 수는 있는데, 장도리로 여는 게 빨라. 할까?"

"장도리가 있다면."

"아니, 없는데."

유타로에게 들으라는 듯 혀를 차는 소리가 들렸다.

"일단 전화 끊고 문에 귀를 대고 있어봐."

유타로는 문에 귀를 댔다. 아무 일도 일어나지 않았다. 잠시 후 케이시에게서 전화가 걸려온다.

"지금 우노의 휴대폰으로 전화했어. 무슨 소리 들려?"

"아, 아니. 아무것도."

"그럼 거기에는 없겠군. 우노는 집에 없어. 돌아와."

얇은 문이다. 진동음으로 해놨다고 해도 들렸을 터다. 유타로는 차로 돌아왔다.

"다음은 어디로?"

"안자이 씨의 자택." 케이시가 대답했다. "사람을 살해한 우노가 숨을 곳은 많지 않을 거다. 조수라면 안자이 씨 집의 열쇠를 갖고 있어도 이상하지 않지."

유타로는 차를 달렸다. 안자이 씨 집까지는 30분 정도 걸렸다. 조금 떨어진 길가에 차를 세운다.

"저거, 슬로프야. 가져다줘."

뒤 칸에 실려 있던 직사각형의 007가방처럼 생긴 것을 케이시가 가리켰다. 유타로는 그걸 들고 케이시와 함께 안자이 씨의 집으로 향했다. 넓은 도로에 커다란 저택이 늘어서 있다. 길 오른쪽이 남쪽일 것이다. 오른편 주택은 도로 가까이에 있고 왼편 주택은 도로 앞에 넓은 정원을 끼고 있다. 안자이 씨의 집은 오른편에 있었다. 주차 공간 바로 앞이 현관이다. 유타로는 인터폰을 누르지 않고 현관으로 다가가 현관문 손잡이를 살며시 당겼다.

"안 잠겼어."

케이시가 고개를 끄덕이자 유타로는 조용히 현관문을 열었다. 집 안에 있는 사람이 아들인 마사키 씨였다면 변명에 고심했겠지만, 현관 안쪽에 가지런히 놓인 신발은 하얀색 펌프스였다. 케이시와 눈짓을 교환한다. 007가방 모양의 것을 펼치자 1미터 50센티미터쯤 되는 슬로프가 됐다. 유타로는 케이시가 슬로프를 지나 실내로 들어가기를 기다렸다가 슬로프를 다시 접고, 자신도 신발을 벗고 조용히 집으로 들어갔다.

현관 중문을 열자 넓은 거실이 나왔다. 실내는 커튼이 쳐져 있어서 어슴푸레하다. 그 거실 소파에 하얀 원피스 차림의 사람이 자고 있었다. 얼핏 보기에 여성 같았다. 하지만 가까이 다가가서 찬찬히 살펴보니 남자의 피부였다. 입 주변에는 흐릿하게 수염도 자라 있다. 옆에는 하얀 모자와 길고 검은 가발이 떨어져 있었다. 배 언저리에 두 손을 포개 얹었는데 왼손 약지에 반지가 끼워져 있었다. 돌아보니 케이시가 고개를 한 번 끄덕였다.

"우노 씨."

유타로는 조심조심 말을 걸었다. 우노가 눈을 떴다. 자신을 내려다보는 유타로를 확인하고 순간 난처한 표정을 짓던 우노는 마침내 조그맣게 미소 지었다.

"아, 당신은 분명…… 아니, 이름은 듣지 못했네요."

그렇게 말하면서 우노는 몸을 일으켜 소파에 바로 앉았다. 케이시를 발견하고 가볍게 고개를 숙인다.

"마시바. 마시바 유타로. 이 사람은 사카가미 케이시."

"당신들은 누구죠?"

따지는 말투가 아니다. 순수하게 궁금하다는 듯 고개를 살짝 갸웃거리며 우노가 물었다. 뒤로 조금 물러선 유타로의 눈에, 그 모습은 도저히 여성의 몸짓으로밖에 보이지 않았다. 유타로가 어떻게 대답해야 할지 막막해하자 케이시가 대답했다.

"안자이 다쓰오 씨에게 일을 의뢰받은 사람이다."

"안자이 씨에게? 대체 어떤 일을?"

"당신이야. 당신을 안자이 씨 인생에서 삭제하라는 의뢰를 받았다."

케이시의 말에 어리둥절한 표정을 짓던 우노는, 마침내 입꼬리만 살짝 올리며 웃었다.

"나를? 난 애초에 안자이 씨 인생에 들어간 적이 없는데. 삭제고 뭐고 할 것도 없어요. 그냥 조수일 뿐입니다."

"단순한 조수의 차림으로는 보이지 않는데."

"그건 내가 남자라고 생각하기 때문이겠죠? 내가 여자라면? 이 차림이 이상합니까?"

우노가 똑바로 바라보며 묻자 케이시가 잠시 멈칫했다. 하지만 우노는 더 이상 밀어붙이지 않았다.

"네, 알아요. 이상하겠죠. 그래도 내게는 이쪽이 더 자연스럽습니다. 그걸 알고 안자이 씨는 자연스럽게 있어도 된다고 해주셨어요. 당신 앞에서만은 자연스럽게 행동해도 된다고."

"트랜스젠더?"

"그렇게 불러야 이해가 된다면 그렇게 하세요. 그냥 나는 이런 사람일 뿐입니다."

우노와 케이시가 서로를 응시했다. 먼저 시선을 피한 쪽은 케이시였다. 어색해진 유타로는 환기라도 시키려고 창가 쪽으로 걸어가 커튼을 젖혔다. 집 안으로 햇살이 들어왔다. 안쪽의 레이스 커튼까지 젖힌 후 유리문을 열려던 유타로는 자신도 모르게 낮은 탄성을 질렀다.

"아!"

유리문 너머는 넓은 정원이었다. 잔디에는 낡은 나무 벤치가 있었다. 구석에는 벽돌로 된 수돗가. 지금은 꽃이 없지만 정면에 서 있는 나무는 눈에 익었다.

케이시를 돌아보니, 케이시도 정원을 보고 있었다. 케이시는 시선을 우노에게 되돌리고 말했다.

"안자이 씨가 허락해서 당신은 이 집에 오면 여자 옷으로 갈아입었다?"

"네. 여기서만은, 안자이 씨 앞에서만은 내 모습 그대로 있을 수 있었어요."

"왜 다카시마 유키코를 죽였지?"

우노는 케이시를 바라본 후 자신의 손끝으로 시선을 떨어뜨렸다. 반지를 감추듯 오른손으로 왼손을 덮는다.

"너무 말도 안 되는 얘기였어요. 안자이 씨는 고결한 분입니다. 돌아가신 사모님을 진심으로 사랑하셨어요. 그런 안자이 씨의 마지막을 그 여자가 더럽혔죠. 사모님에 대한 사랑도 더럽혔죠. 아무런 권리도 없으면서. 단지 돈 때문에. 잠자코 보고 있을 순 없잖아요?"

"좋아했구나, 안자이 고문을."

유타로가 말하자 우노의 목소리가 날카로워졌다.

"이상한 말 하지 마세요. 그거야말로 안자이 씨에 대한 모독입니다. 그 사람은 나 따위가 좋아하니 싫어하니 할 수 있는 사람이 아닙니다."

"뭐야. 말 안 했어? 안타깝네."

"안타깝다니……."

우노는 그렇게 되묻고는, 감당하기 힘든 어린애를 대하듯 쓴웃음을 지었다.

"하지만 그 반지." 유타로가 말했다. "부인에게 선물했던 반지. 안자이 고문이 당신에게 선물한 거지?"

"아니에요, 아니에요." 우노는 고개를 흔들었다. "이건 사진을 찍을 때 장난으로 빌려주신 거예요. 어울릴 것 같다고, 싸구려지만 한번 껴보라면서. 그래서 끼고 사진을 찍었는데 돌려드리는 걸 깜빡하고 그대로 갖고 갔던 거예요."

"깜빡하고 가져갔는데 돌려주지 않았다. 안자이 고문에게 받은 것이 기뻐서였겠지."

"아니요. 그 사람은 나 같은 사람이 감히 좋아할 수 있는 사람이……."

"그러면 안자이 고문은 왜 돌려달라는 말을 안 했지?"

"그건 아마 안자이 씨도 그대로 잊어버려서……."

"그럴 리가. 아내에게 선물했던 소중한 반지인데 잊을 리가 없지. 안자이 고문이 돌려달라고 하지 않은 이유는 당신이 갖고 있기를 원했기 때문이야."

"설령 그렇다고 해도 그건 동정입니다. 반지 같은 건 받아본 적이 없는 내가 가여워서……."

"그랬다면 새것을 사줬겠지. 소중한 반지를 동정심으로 다른 사람에게 선물하지는 않아. 안자이 고문은."

"그만해요!"

우노가 소리치며 일어섰다. 유타로가 말없이 응시하자, 그 시선을 피하듯 손으로 얼굴을 감싸며 소파에 앉았다.

"안자이 고문은 당신에게 그 반지를 어떤 식으로 건넸지?"

유타로의 질문에 우노는 가녀린 목소리로 말했다.

"그만하세요. 부탁입니다."

"그냥 휙 던져준 건 아니겠지? 소중한 반지니까 소중하게 건넸을 거야."

두 손으로 얼굴을 감싼 채 우노가 세차게 고개를 흔들었다.

"소중한 연인에게 줄 때처럼. 예전에 아내가 될 여성에게 건넸을 때처럼. 당신의 손을 잡고 직접 당신 손가락에……."

우노가 울음을 터뜨렸다.

"당신은 그래서 돌려주지 못한 거야."

"그래요. 마치 사랑하는 여성에게 바치듯, 안자이 씨는 내 손가락에 반지를 끼워줬어요. 맞을 리가 없다고 생각했어요. 여자 반지가 내 손가락에 들어갈 리가 없다고. 하지만 맞았어요. 마치 나를 위한 반지처럼, 딱. 그리고……."

— 거봐, 잘 어울리네.

"안자이 씨는 그렇게 미소를 지어주었습니다. 그 순간을 영원히 잊고 싶지 않아서, 난 그 반지를 돌려주지 않았어요. 그렇게 소중한 반지인 줄 몰랐어요."

— 말도 안 돼…… 그럴 리가 없어.

유타로는 우노가 그렇게 중얼거렸던 것을 떠올렸다. 그건 다카시마 유키코에 대한 말이 아니라 반지에 대한 말이었다. 우노는 그렇게까지 소중한 반지였다는 사실을 그때 처음 알고 깜짝 놀랐던 것이다.

"당신을 위한 반지였던 거야. 안자이 고문은 당신에게 주기 위해 반지 크기를 맞췄던 거야."

분명 그건 노신사의 비밀스러운 고백이었다.

우노는 한참 동안 아무 말도 하지 않았다. 소파 위에서 자신의 무릎에 얼굴을 파묻고 있는 우노를, 창문에서 들어온 햇살이 비추고 있었다.

"그런데도 안자이 씨는 자신의 인생에서 나를 삭제하고 싶었던 거네요?"

마침내 우노는 천천히 고개를 들고 유타로에게 물었다.

"구체적으로 어떤 의뢰를 했나요?"

쓸쓸한 미소를 지었다. 유타로는 대답하지 못하고 우노의 시선을 피했다.

"사진 삭제다." 케이시가 대답했다. "컴퓨터에 있는 당신의 사진을 전부 삭제해달라고 의뢰했다."

"그렇군요." 우노는 고개를 끄덕였다. "역시 부끄러웠던 거네요. 내 사진 따위를 보이는 게."

"당연히 부끄러웠겠지."

"케이시!" 유타로가 소리를 질렀다.

"이미 일흔여섯이야. 그 나이가 돼서 젊은 여자에게 마음을 빼앗긴다니, 안자이 씨에게는 절대 있어서는 안 되는 일이었지. 그렇지만 안자이 씨는 아내에게 선물했던 반지를 건네주지 않을 수 없을 만큼 그 여자에게 마음을 빼앗겼다. 안자이 씨는 자신의 그 정열이 부끄러웠다. 그 정열을 아무에게도 들키고 싶지 않았다. 하지만 살아 있는 동안에는 그 여자의 사진을 지울 수 없었지. 그래서 우리에게 의뢰했던 거다. 자신이 죽은 후, 그 사진을 아무에게도 보여주지 말라고. 스스로 부끄러워할 만큼 안자이 씨의 감정은 그렇게 뜨거웠어."

케이시는 정원을 바라보며 온화한 어조로 말했다. 어느새 우노도 정원을 바라보며 케이시의 말을 듣고 있었다. 유타로도 정원을 바라봤다. 그곳에서 앳된 연인들처럼 애타는 대화를 나누는 두 사람을 상상했다.

"안자이 씨를 위해서가 아닙니다." 우노가 조그맣게 중얼거렸다. "내가 그 여자를 죽인 건 질투 때문입니다. 거짓이라도 안자이 씨의 아내가 된 그 여자를. 거짓이라도 안자이 씨를 다쓰오 씨라고 부른 그 여자를 질투했어요. 단지 그 여자가 여자라는 사실을 난 질투했어요."

유타로도 케이시도 아무런 말을 하지 않았다. 우노도 대답을 기대하지는 않았다. 세 사람은 다시 한동안 말없이 정원을 바라봤다.

"앞으로 어떡할 거야?"

마침내 케이시가 물었다. 유타로는 우노를 봤다. 우노는 가볍게 미소 짓고는 케이시를 돌아봤다.

"글쎄요. 어떻게 할까요?"

"이곳엔 왜 왔지?"

"반지를 돌려주러 왔어요. 오늘 하루, 마사키 씨는 친척들에게 인사를 하러 돌아다니기 때문에 이곳에는 안 와요. 그걸 알고 있어서."

"자수해" 하고 유타로가 말했고, "잊어버려" 하고 케이시도 동시에 말했다.

"뭐어?" 유타로가 놀란 듯 물었다.

"경찰이 찾고 있는 건 하얀 원피스의 여자다. 그런 여자는 어디에도 없어. 이대로 묻어버리면 돼."

"그래도 되는 거야? 사람으로서, 아니 일반 시민으로서 잘못된 권유를 하는 거 아냐?"

"우리 업무는 하얀 원피스의 여자를 삭제하는 거다. 지금 당신이 자수하면 하얀 원피스를 입은 여자의 존재가 사람들에게 알려지게 돼. 그런 상황은 피하고 싶어."

"그럼 자살해버릴까요. 되도록 시체가 발견되지 않는 곳에서 몰래."

"그래, 그건 괜찮군."

"케이시!" 유타로가 소리를 질렀다.

우노는 '후후후' 하고 소리를 죽이며 웃었다.

"재밌네요, 두 분."

소파에서 일어난 우노는 찬장 앞까지 걸어갔다. 찬장 위의 가느다란 꽃병에는 이미 말라버린 꽃이 꽂혀 있었다. 우노는 꽃을 뽑아 학처럼 가느다란 줄기에 반지를 끼우고는 다시 꽃병에 꽂았다. 반지는 꽃병의 가느다란 목을 통과하지 못하고 위에서 멈췄다.

"클레마티스. 사모님이 좋아하셨던 꽃이래요."

우노는 그렇게 말하고 거실에서 나가려고 했다.

"아, 잠깐만." 유타로가 다급하게 불렀다. "자살 같은 건 안 할 거지? 이 사람이 말한 그건, 농담이야. 농담 맞지?"

"아니. 아무도 모르는 곳에서 죽어주면 고마운 건 사실." 케이시가 태연하게 말했다.

"아쉽게도 죽을 생각은 없습니다."

"그렇겠지." 케이시는 시시하다는 표정으로 끄덕였다.

"안자이 씨가 이런 나를 조금이라도 소중하게 생각해주셨다면, 나는 이 모습의 나를 죽일 수 없어요. 하얀 원피스의 여자 문제는 알아서 할게요. 사람들 눈을 속이기 위해 난생처음으로 여장을 했다. 나는 한 사람의 친구로서, 안자이 씨를 모독한 그녀를 용서

할 수 없었다. 경찰에는 그렇게 말할게요."

"응, 부탁해."

"같이 사이좋게 나가는 것도 이상하니까, 집 열쇠는 놔두고 갈 게요. 나갈 때 잠그고 우편함에 넣어두세요."

우노는 가볍게 고개를 숙이고 거실을 나갔다. 이내 현관문이 여닫히는 소리가 났다. 유타로는 찬장에 놓인 열쇠를 집었다. 그 순간 말라버린 꽃에 끼워진 반지가 눈에 들어왔다.

"있지, 케이시 씨." 유타로는 그 반지를 손가락으로 튕기며 물 었다. "이런 결말밖에 없었을까?"

"나쁜 결말은 아니잖아. 적어도 저 아이에게는 나쁘지 않은 결 말이야."

"그럴까?"

"욕심을 부리면 끝이 없는 법. 자, 우리도 가지."

"아, 응."

"그리고 너 말이야, 호칭 좀 적당히 통일해. 케이시 씨, 케이시, 사장, 보스, 소장. 그 외에도 케이시 군이니, 형님도 시도했었지. 형님이 뭐냐."

무슨 간사이 지방 출신 개그맨도 아니고, 하며 케이시는 투덜 거렸다.

"아니 그게, 딱 맞아떨어지는 게 없어서. 뭐라고 부르면 좋겠 어?"

"케이." 케이시는 휠체어를 앞으로 움직이며 말했다.

"케이, 씨?"

"그냥 케이라고 불러. 그렇게 부르는 사람도 있어."

'to K'. 축구공에 적혀 있던 글자가 생각났다.

"케이." 유타로는 케이시의 등 뒤에 대고 말했다. "아, 그러면 나는 유 씨라고 불러."

"왜 너한테 씨를 붙이는데? 넌 그냥 너야. 난 호칭 섞어 쓴 적 없어."

"아, 그러셔?"

케이시가 먼저 거실을 나갔다. 유타로는 커튼을 다시 치려고 유리문에 다가갔다가 아무도 없는 정원을 바라봤다. 문득 그 앞에 있는 나무가 하얀 꽃을 피우는 광경을 상상했다.

"뭐 해, 가자. 운전기사."

케이시의 목소리가 들렸다.

"응."

그 광경을 봉인하기 위해 유타로는 조용히 커튼을 쳤다.

스토커 블루스 Stalker Blues

엘리베이터를 타고 지하에서 내리자 마침 마이가 사무실에서 나오는 중이었다. 유타로는 저쪽에서 걸어오는 마이를 위해 닫히려는 엘리베이터 문을 손으로 막았다. 마이는 가끔 예고도 없이 지하 사무실에 찾아와 케이시, 유타로와 잡담을 나누고 지상으로 돌아간다. 오늘은 케이시가 혼자 있는데 온 듯했다. 이 누나와 그 동생이 단둘이 있을 때는 어떤 대화를 나눌지, 유타로는 잘 상상이 가지 않았다.

"좋은 아침."

"옙!"

마이는 가볍게 고개를 숙인 유타로에게 싱긋 미소를 짓고 엘리베이터에 탔다.

"오늘도 땡땡이치지 말고 일해, 신입."

친근한 말투는 평상시와 변함없다. 그런데도 지나치는 순간 마이에게 위화감을 느낀 이유를 유타로 자신도 알 수 없었다.

"왜 그래?"

엘리베이터 문을 놓지 않는 유타로에게 마이가 물었다. 고개를 쑥 내밀어 유타로의 표정을 살핀다. 유타로는 가까워진 거리에 당황하면서도 평상시의 마이와 다른 점을 찾아냈다.

"아, 아니. 아무것도 아닙니다. 변호사님, 오늘도 고생하십쇼!"

"그래야지. 정의와 돈이 나를 기다리고 있으니까. 다녀올게."

유타로가 손을 떼자 엘리베이터 문이 닫혔다. 마이가 남긴 향수 냄새가 코를 간질인다. 유타로는 조금 전에 본 마이의 아주 살짝 상기된 표정을 떠올렸다. 그건 역시 흥분의 흔적으로밖에 생각할 수 없었다.

사무실을 향해 걸어가는데 갑자기 옆방 문이 열렸다. 케이시가 주거하는 방이다. 안에서 미닫이문을 열고 나오던 케이시의 얼굴에 미세한 낭패감이 스치는 것을 유타로는 놓치지 않았다.

"좋은 아침." 유타로가 말했다.

"지금이 무슨 아침이냐."

케이시는 무뚝뚝하게 대답하고 핸드림을 밀어서 휠체어를 전진시켰다. 유타로가 먼저 가서 사무실 문을 열었다. 문을 잡고 케이시를 맞이한다.

사무실에는 향수 냄새가 남아 있었다. 마이가 풍기던 향기와 같았다. 유타로는 책상 뒤로 돌아가는 케이시를 관찰했다. 남색 재킷. 옅은 블루 셔츠. 머리. 외견상 흐트러짐은 없었다. 마이를 사무실에 남겨두고 자신은 거주하는 방으로 돌아가 매무새를 가다듬고 다시 나왔다. 마이는 케이시가 돌아오기 전에 법률사무소로 돌아갔다. 아무래도 그런 상황이리라고 유타로는 추측했다.

"방금 마이 씨 만났어."

최대한 자연스럽게 말했다. 책상 위의 컴퓨터를 켠 케이시의 볼에 미묘한 긴장감이 스쳤다.

"그래서?"

케이시는 눈길 한번 주지 않는다. 시선은 컴퓨터 화면에 고정된 채였다. 하지만 목소리에는 날카로운 긴박감이 있었다.

"아니, 그냥. 그랬다고."

유타로는 중얼거리듯 대답하고 소파에 앉았다. 한동안 키보드를 두드리는 소리만이 사무실에 울렸다. 그다음 유타로가 들은 것은 깊은 한숨 소리였다. 유타로는 케이시를 쳐다봤다.

"내가 얘기했지? 쟤 변태라고."

케이시는 휠체어 등받이에 몸을 기대고 뭔가 포기한 표정으로 그렇게 말했다. 유타로는 순간 말문이 막혔다. 짐작했다고는 해도 그 정보를 이해하기까지는 역시 조금 시간이 필요했다.

"그건, 그러니까 강제로 하는 거야?" 유타로가 물었다.

"꼭 강제도 아니야. 거절하려면 거절할 수 있어."

케이시는 목에 힘을 빼고 천장을 올려다봤다. 유타로는 적절한 위로의 말이 떠오르지 않았다.

"케이가 납득한다면 난 상관없어."

"납득하는 건 아니지만." 케이시는 볼을 일그러뜨리듯 웃었다. "이 건물은 마이 소유인데, 시세를 따지자면 우리 수입으로는 월세를 낼 수 없어."

"돈 대신에?"

"그런 거지."

"돈 때문에 그런 것까지 해? 누나와 동생이잖아?"

"누나와 동생이니까 빚지는 건 없어야지. 원래라면 도저히 지불할 수 없는 금액이지만, 다행히 마이는 변태야. 한 달에 한두 번 응해주면 끝나는 얘기야."

"아무리 변태라고 해도, 핏줄이 같은 누나와 동생이잖아? 그건 뭐 윤리적인, 아니, 평범한 연애 감정은 일단 제쳐두고라도, 그런 상황이 되려면 그건 돈이나 그런 게 아니라 좀 더, 뭐랄까, 그래, 감정의 고양 같은 게 있어야 하지 않을까 싶기도 한데······."

떠듬떠듬 중얼거리는 유타로를 가만히 쳐다본 후 케이시는 다시 깊은 한숨을 쉬었다. 그리고 책상 위로 손을 뻗어 그곳에 있던 야구공을 집었다. 냅다 집어 던진다, 라는 표현이 딱 맞는 동작이었다. 포물선이 아닌 직선의 궤도로 날아온 경구硬球를 유타로는 황급히 받아냈다.

"아얏, 아야얏!"

"너 말이야, 뭐랄까, 그 느낌, 그거 하지 마. 충분히 이해한다는 듯한, 그래, 밑에서부터 슬금슬금 다가오는 듯한 그거. 오해하는 거야. 난 또 마이에게 얘기를 들은 줄 알았지. 뭐야, 아무 얘기도 안 들은 거냐."

하긴 얘기했을 리가 없지, 하고 케이시는 중얼거리며 고개를 흔들었다.

"그러니까, 어?"

"뭐가 '어'냐. 마이와 내가 뭐 어째? 같은 핏줄인 누나와 동생이 뭘 했다고 생각한 거냐?"

"아니, 그렇지만 아까 마이 씨가 이 방에 있었던 거 맞지? 마이 씨, 뭔가 좀 흥분한 뒤의 그런…….'

"그래, 그건 그렇지. 관찰력은 인정해. 하지만 그다음의 상상력이 진부해. 넌 역시 머리를 쓰지 않는 편이 좋아. 아무것도 생각하지 마. 깨어 있는 동안에는 그냥 한 마리, 두 마리 하면서 양이나 세고 있어."

"그러니까 그런 관계는 아니다?"

"아니야. 그런 기분 나쁜 상상 두 번 다시 하지 마. 네 머릿속에 들어 있다는 걸 생각만 해도 열 받아."

"다행이다. 그게, 앞으로 어떻게 대해야 할지 고민했잖아. 응? 그럼 마이 씨는 아까 여기서 뭘 했어?"

물어보면서 케이시에게 공을 던진 순간, 모구라가 잠에서 깨어났다. 케이시는 포물선을 그린 공을 받아 든 후 모구라에 손을 뻗었다. 액정화면을 노려보며 키보드와 터치패드 위로 빠르게 손가락을 움직였다. 이렇게 되면 더 이상 대화는 이어지지 않는다. 죽은 자가 남긴 데이터의 장례를 위해 죽은 자의 디바이스에 접속하는 그 작업이 케이시에게는 무척 특별한 행위일 거라고, 유타로는 생각했다.

"그이는 머나먼 곳에 있겠구나."

할머니의 중얼거림이 귓가에 되살아났다. 할머니와 살게 된 지 얼마 안 됐을 무렵, 배회하던 이웃 노인을 우연히 발견해 집까지 모셔다드렸을 때였다.

"머나먼 곳이라니?"

"저쪽 세상. 이쪽이 아닌 세상 말이다. 그이는 몸은 이 세상에 남아 있지만 마음은 저세상에 가 있는 게다."

"사후세계 같은 거야?"

"그보다 더 먼 곳에 있는 세계야."

사후세계보다 먼 곳에 있는 세계. 그게 어떤 것인지 그때는 몰랐고, 지금도 잘 짐작이 가지 않는다. 하지만 모구라를 다루고 있을 때의 케이시는 그런 세계를 엿보고 있는 것은 아닐까. 유타로는 가끔 그런 생각에 사로잡힌다.

유타로는 소파에서 일어나 벽 쪽 책장을 바라봤다. 책장에는 책이 많지 않았다. 옆으로 누워 있는 두꺼운 책을 펼쳐보니 영어 원서였다. 제자리에 돌려놓고 주위를 둘러보니 그 책장에 있는 책은 전부 영어 원서인 듯했다. 옆 책장으로 옮겨가서 책등에 일본어가 적힌 책을 찾아 아무렇게나 펼친 부분부터 읽기 시작했다. 인내심을 발휘해 한동안 읽어나갔지만, 저자가 무엇을 설명하려는 건지 전혀 알 수 없었다. 유타로는 케이시의 정보 정리가 끝나기를 기다렸다가 그 책에 대해 물어봤다.

"이거, 무슨 책이야?"

케이시가 고개를 들었다. 표지를 향해 눈을 가늘게 뜨더니 "민사소송법"이라고 대답했다.

"마이 씨의 책이야?"

"아버지의 책. 이곳은 아버지 생전의 서재였다. 위쪽 사무소에서 업무를 끝내면 이곳에서 좋아하는 책을 읽으셨던 모양이야. 집에는 별로 있지 못하는 분이셨어."

케이시가 사무실을 둘러보며 말했다. 되도록 무감정하려고 애쓰는 표정이었지만, 케이시가 어떤 감정을 지우려 하는지 유타로는 알 수 없었다.

"그렇군."

유타로는 책을 제자리에 꽂고 책상으로 다가갔다.

"이번 의뢰인은?"

케이시가 모구라의 화면을 유타로 쪽으로 돌렸다.

"이즈미 쇼헤이, 31세. 아르바이트생. 사이트를 통해 직접 의뢰했어."

이즈미 쇼헤이의 한자 이름이 보였다. 화면 정보에 따르면 의뢰는 3개월 전쯤에 한 것으로 되어 있다.

"111시간, 컴퓨터랑 스마트폰 모두 작동하지 않으면 모구라에 신호가 오도록 설정되어 있어."

"111시간?"

"1, 1, 1. 내키는 대로 설정한 거야. 그때는 현실감이 없었나보군. 위안 삼아서 든 보험 같은 거였겠지. 일단 사망 확인을 해줘."

"전화로 해도 돼?"

"스마트폰은 전원이 꺼져 있고, 계약서에 유선전화는 등록하지 않았어."

"집은 어딘데?"

케이시가 모구라를 이용해 이즈미 쇼헤이의 컴퓨터에서 인터넷서점의 배송기록을 불러냈다. 주소는 가나가와현 가와사키 시내로 되어 있다.

"아, 이런 것도 있었군" 하며 케이시는 한 통의 메일을 열었다. 그달의 근무표가 첨부된, 근무처에서 보낸 메일이었다. 이즈미 쇼헤이가 일하던 곳이 미나토구에 있는 휴대폰 판매점이라는 걸 알 수 있었다.

"여기 전화는?"

케이시가 곧바로 판매점의 사이트를 찾아서 화면에 띄운다. 유타로는 그곳에 적힌 번호로 전화를 걸어 이즈미 쇼헤이에 대해 물었다. 하지만 유타로가 구매자가 아니라는 걸 알자 상대는 "이즈미는 오늘 휴가입니다" 하고 일방적으로 전화를 끊었다.

"불친절한 매장이네." 유타로가 말했다.

"집을 찾아볼까?"

"아니, 근무처가 더 가까우니까 일단 그쪽으로 가볼게."

사망 확인을 위해서는 되도록 친하지 않은 사람으로 사칭하는 게 심적으로 묻기 편하다. 이 일을 계속해오면서 유타로는 그 사실을 실감했다.

"다른 정보가 필요하면 연락해. 찾아놓을 테니까."

"알았어" 하고 유타로는 사무실을 나갔다.

'dele. LIFE'에서 근무를 시작하기 전까지, 유타로는 디지털 단말기에 별다른 관심이 없었다. 스마트폰은 통화와 인터넷을 하기 위한 도구. 그 이상의 의미 같은 건 생각해본 적도 없었다. 하지만 확실히 이 작은 단말기 하나에도 수많은 정보가 담겨 있다.

빼곡하게 전시된 스마트폰을 본 유타로는 무심코 자신의 스마트폰을 꺼내 바라봤다. 여기에도 다양한 정보가 담겨 있지만, 중요한 정보는 하나도 없다는 기분이 들었다. 그것이 디지털 단말기와 교류하는 방식의 문제인지, 자기 인생이 지닌 가벼움의 문제인지 유타로는 알 수 없었다.

"기종 변경하시게요?"

그때까지 있던 다른 손님 한 명이 나가자 남자 직원이 다가왔다. 어제 과음했다는 사실을 저절로 알 수 있을 정도로 입 냄새가 심했다.

"아, 아니요. 죄송합니다만 사람을 찾으러 왔습니다. 쇼헤이 씨 계십니까? 이즈미 쇼헤이 씨요. 여기서 일한다고 들었습니다만."

'야마기와'라는 명찰을 달고 있는 그 남자 외에 다른 직원은 없었다. 이즈미 쇼헤이의 이름을 듣자 돌연 야마기와는 유타로를 노골적으로 무시하는 태도를 취했다.

"아, 혹시 아까 전화한 사람? 이즈미는 휴가야. 최근 들어 계속 무단결근."

"계속이라고?"

"지난주 목요일에 나오고 그게 마지막."

111시간 만에 모구라에 신호가 왔다면, 마지막으로 단말기를 사용한 건 금요일 밤이 된다.

"금요일은?"

"지난주 금요일은 근무일이 아니었어. 토요일과 일요일은 근무였는데도 안 나왔고. 뭐, 안 나와도 업무에 지장은 없지만. 토요일에 결근한 것도 저녁이 돼서야 알았으니까."

야마기와는 유타로와 비슷한 나이로 보였다. 이즈미 쇼헤이보다 대여섯 살은 어릴 듯했지만 말투에는 노골적인 비웃음이 담겨 있었다.

"그날은 나랑 또 한 명이 근무였는데, 저녁에야 이즈미가 없다는 걸 깨닫는 순간 완전히 납득했지. 그래서 오늘 업무가 순조로웠구나 하고 말이야. 그 사람은 있는 게 오히려 방해가 되니까."

야마기와는 그렇게 말하고 웃었다. 하지만 유타로가 얼굴을 찡그리는 걸 보고 웃음을 거뒀다.

"아, 친구?"

입 냄새 때문이라고는 말할 수 없어서, 유타로는 황급히 웃음을 지었다.

"친구라기보다는 그냥 지인이지. 돈을 조금 빌려줬거든."

나오는 대로 말했지만 야마기와는 새삼 유타로의 체격을 살펴보는 듯했다. 갑자기 무언가를 깨달은 듯 표정이 굳어졌다.

"오늘도 아마 결근할 것 같습니다."

말투까지 바뀌었다. 무슨 속셈인가 싶다가 대출금 징수원으로 착각했다는 걸 알아챘다. 요즘 시대에 그리 요란하게 돈을 받아내는 징수원은 없을 테지만, 야마기와는 다른 이미지를 갖고 있는 모양이다. 귀찮아진 유타로는 그 오해를 그대로 이용하기로 했다. 조금 자세를 삐딱하게 한다.

"연락은 안 해봤어? 무단결근이면 보통 연락하지 않나?"

야마기와는 아부하는 표정으로 고개를 조금 가까이 내밀며 속삭였다.

"아, 점장님이 당분간은 내버려두라고 해서요. 일주일이나 무단결근을 하면 미지급 아르바이트 대금을 안 줘도 된다고."

유타로는 숨을 참으며 견뎠다. 야마기와는 얼굴 간의 거리를 원래로 돌린 후 말을 이었다.

"사실, 이즈미는 없는 게 도와주는 수준이라서 우리는 좋습니다만. 접객도 엉망이라서 클레임도 엄청 들어왔고."

"엉망이라니?"

유타로가 되묻자 야마기와는 몰라서 묻느냐는 표정이다.

"아, 그러니까, 그 말투 말입니다."

"뭐?"

야마기와가 고개를 숙이고 입속으로 무언가를 중얼거렸다.

"뭐라고?"

조금 짜증이 나서 유타로는 되물었다.

"보세요, 그렇게 되죠? 그러니까 손님도 당연히 화를 내죠."

그제야 야마기와가 이즈미 쇼헤이의 흉내를 냈음을 깨달았다.

"그러네." 유타로는 고개를 끄덕이며 인정했다.

"한참 일손이 부족했던 때여서 제대로 면접도 하지 않고 채용을 결정해버렸거든요. 우린 달갑지 않았죠."

"그래, 알았어. 집으로 찾아가보지. 고맙다."

거리를 두어도 풍기는 입 냄새를 더 이상 참기 힘들었다. 서둘러 매장을 나온 유타로는 크게 한 번 심호흡을 했다. 그리고 이즈미 쇼헤이의 집으로 가기 위해 전철역을 향해 걸어갔다.

　무언가를 닮았다고 생각했지만 무엇을 닮았는지가 떠오르지 않았다. 하지만 확실한 건 '누군가'가 아닌 '무언가'였다. 무엇일까 생각하면서 유타로는 말을 걸었다.

　"저기, 실례합니다."

　그것은 엎드린 자세로 돌아봤다. 20대 초반. 빵빵한 얼굴에 동그랗고 검은자위가 큰 눈이었다. 전체적으로 파란색 계통의 복슬복슬한 천으로 된 복장이 어떤 캐릭터를 코스프레한 것인지, 그냥 개성적인 원피스인지 알 수 없었다. 머리의 절반 정도는 하얗게 탈색되어 있었고, 남은 절반은 선명한 파란색으로 염색되어 있었다. 도라에몽을 떠올렸다가 유타로는 그 생각을 부정했다. 도라에몽에게 이런 복슬복슬한 느낌은 없다. 좀 더 다른 무언가를 닮았다.

　"그러니까, 여기가 이즈미 쇼헤이 씨 집이 맞죠?"

　목조 모르타르 건축으로 보이는 다세대주택 1층을 찾아가자 현관문이 열려 있었고, 푸른색 복슬이가 바닥에 배를 깔고 있는 것이 보였다. 복슬이는 처음에는 유타로를 무시하고 몸을 돌려 눕더니, 포기한 듯 어깨를 으쓱하며 일어나 현관에 있던 유타로 앞으로 다가왔다.

　"맞는데. 무슨 용무?"

　키는 크지 않았지만 옆으로 넓다. 본인은 그럴 생각이 없더라도, 눈앞에 서 있으면 길을 막아서는 듯한 기분이 든다.

"저기, 쇼헤이 씨, 이즈미 쇼헤이 씨는?"

"오빠는 지금 좀."

복슬이는 커다란 검은자위를 잠시 위로 향하더니 생각하기 귀찮다는 듯 유타로에게 시선을 돌렸다.

"혼수상태."

"뭐? 혼수?"

"그래. 혼수. 의식불명."

"언제부터? 아니, 왜?"

"지난주 금요일 밤. 인도에서 비틀거리다가 빨강 신호에 횡단보도로 나갔어. 오빠를 친 트럭은 뒤집혔고, 실렸던 짐이 전부 쏟아져서 국도에 2킬로미터의 정체를 만들었어. 오빠가 지금까지의 인생에서 발휘한 최대의 영향력이었지. 30여 년 동안 장구벌레만큼의 존재감밖에 발휘하지 못했는데, 마지막에 해냈어."

"마지막이라니, 응? 죽지 않았잖아?"

"그렇긴 하지. 하지만 본인이 죽고 싶어 했으니까 죽은 걸로 해주면 돼."

"자살이야?"

"우리 부모님은 지금 어떻게든 사고로 판정받으려고 필사적으로 뛰어다니고 있어. 자살이라고 인정되면 보상금이 코딱지만큼만 나오나봐."

하지만 사실 자살이야, 하고 복슬이는 단언했다.

"왜 그렇게 생각해?"

"하루살이만큼의 생명력밖에 없었거든. 원래 그런 사람이었어.

알잖아?"

그렇게 말한 복슬이는 어라? 하며 고개를 갸웃했다.

"당신, 누구라고 했지? 오빠랑 무슨 관계라고? 나한테 얘기했던가?"

"아, 난 마시바 유타로. 쇼헤이 씨의⋯⋯"까지 말하고 순간 말을 멈췄지만, 이즈미 쇼헤이에 대해 아는 정보는 하나뿐이었다. "근무처 후배. 그 휴대폰 판매점의."

"아, 휴대폰 판매점. 그렇군. 그런데 거기 후배가 왜?"

"왜라니, 아, 그러니까 돈을."

빌려줬다고 하려다가, 아까의 대화를 떠올리고 이번에는 설정을 바꾸기로 했다.

"응, 빌렸어. 점심 먹으러 같이 갔을 때 내가 지갑을 깜빡하는 바람에, 쇼헤이 씨에게 점심값을 빌렸거든. 그래서 갚으려고 온 거야."

복슬이의 동그란 눈이 반짝였다.

"얼마?"

"아, 800엔."

"800엔? 겨우? 정말로?"

"그러니까 점심값이라고 했잖아."

"800엔 때문에 일부러 온 거야?"

"전화 연결도 안 되고, 우연히 근처에 볼일도 있어서 혹시 있나 했지."

"아, 전화" 하며 복슬이는 얼굴을 찡그렸다. "그러고 보니 해약

안 했겠네. 사고로 스마트폰이 망가졌는데 그대로 있어. 그런 오빠라도 죽으니까 여러 가지로 성가시네."

"안 죽었다면서." 유타로가 말했지만 복슬이는 신경 쓰지 않았다.

"라이브공연 티켓 발매일은 다가오는데 부모님한테 돈을 달라고 할 수 있는 분위기도 아니고. 미치겠네…… 800엔?" 복슬이는 다시 한번 유타로에게 확인했다.

"응. 800엔." 유타로가 대답했다.

"간식비도 안 되겠네. 역시 파는 수밖에 없나. 거기 후배, 이쪽으로 와서 좀 도와줘."

복슬이가 집 안으로 들어갔다. 유타로는 신발을 벗고 그 뒤를 따라갔다. 주방의 마룻바닥이 카펫이 깔린 거실로 이어져 있다. 합쳐봐야 다다미 여섯 장 정도의 크기다. 집 한가운데에 수십 권은 되는 만화책이 쌓여 있었다. 옆에는 만화책이 담긴 종이상자가 있다. 복슬이는 아마도 종이상자에 담을 만화를 골라내고 있었던 모양이다.

"거기 종이가방 가져와서 '사신아이' 굿즈를 넣어줘."

복슬이는 그렇게 말하고 무릎을 꿇고는 만화를 뒤지기 시작했다.

"쇼헤이 씨 물건을 멋대로 파는 거야?"

"부모님이 집을 정리해달라고 했어. 당분간 오빠가 이 집에 돌아올 일은 없을 텐데 빈방 월세를 계속 낼 수도 없잖아."

게다가 어차피 죽을 거고, 하며 복슬이는 덧붙였다.

정말로 오빠의 생사에 관심이 없는 건지, 너무 큰 사건에 자포자기 심정이 된 건지 유타로는 판단이 서질 않았다. 유타로는 여하튼 지시에 따르려고 구석에 있던 종이가방을 펼치면서 물었다.

"'사신아이'가 뭔데?"

"사신死神 아이돌 펠라이더즈" 하고 복슬이는 만화를 골라가며 대답했다. "내가 가르쳐줘놓고 이런 말 하기는 그렇지만, 오빠는 하필이면 기타마쿠라 오타쿠가 돼버렸어. 보통은 기타마쿠라 같은 것엔 관심을 안 두잖아? 무슨 BL에 빠진 소녀도 아니고. 게다가 전부 기타마쿠라 굿즈만 수집해서 돈이 안 돼. 라이더즈 중에도 이미노나 요가라스 같은 거면 프리미엄도 붙는데 말이지. 기타마쿠라라니 너무 마니아스럽잖아. 하필 왜 그쪽으로 가냐고, 응?"

"아, 그래. 그러네."

온통 알 수 없는 말뿐이었지만, 궁금한 건 하나도 없었다. 유타로는 실내 구석에 있던 작은 책상 앞으로 가서 그곳에 놓인 피규어와 캐릭터 굿즈를 종이가방에 넣었다. '북침수北枕睡'라는 일본식 복장의 캐릭터는 '기타마쿠라네무루'라고 읽는 듯하다. 남자인지 여자인지도 알 수 없었다.

굿즈의 양은 그리 많지 않았다. 다른 곳도 찾아봤지만 책상 위 외에는 보이지 않았다. 팔 생각이면 책상에 있는 노트북이 더 돈이 될 듯했지만, 그걸 깨닫지 못한 복슬이에게 굳이 가르쳐줄 생각은 없었다. 노트북의 전원코드는 콘센트에 꽂혀 있었다. 사무실에서 케이시가 이 노트북에 접속했을 때도 복슬이는 여기서 내다 팔 만화를 고르고 있었겠지. 그렇게 생각하자 뭔가 신기한 기분이 들었다.

"여기." 유타로는 종이가방을 복슬이에게 내밀었다.

복슬이는 만화책 분류를 포기하고, 모든 만화를 종이상자에 쓸어 담고 있었다.

"귀찮아서 전부 팔아버릴래. 이것 좀 부탁해."

포장용 테이프로 종이상자를 밀봉한 복슬이는 그렇게 말하고 유타로에게서 종이가방을 받아 들었다.

"응?"

복슬이가 가리킨 종이상자를 봤지만, 무엇을 부탁하는 건지 알 수 없었다. 복슬이가 현관에서 신발을 신으며 유타로를 돌아봤다.

"저쪽 편의점까지 옮겨준다면 소비세는 깎아줄게. 딱 800엔만 갚아."

"아니, 원래 빌린 게 딱 800엔인데."

"그깟 건 됐어, 됐으니까 그거 잘 부탁해."

유타로는 어쩔 수 없이 종이상자를 안고 집을 나왔다. 자칫하면 허리가 나갈 정도의 무게였다. 등에 힘을 주고, 종이가방을 든 복슬이와 나란히 전철역 방향으로 걷기 시작했다. 지나치는 사람들 대부분이 노골적으로 복슬이를 쳐다봤지만, 복슬이는 신경 쓰지 않았다.

"쇼헤이 씨, 입원한 병원이 어디야?"

"세타가야에 있는 병원. 트럭에 치인 곳이 세타가야였거든. 아, 병문안 갈 생각이면 그만둬. 중환자실이라서 가족밖에 못 들어가니까."

"누구 찾아온 사람 있어?"

"있을 리가 없잖아. 다름 아닌 우리 오빤데?"

그런 걸 궁금해하는 것조차 이상하다는 말투로 복슬이가 말했다. 정말로 오빠를 아는 사람인가? 힐끗 던진 시선에 의아함이 담겨 있었다.

"아, 하지만 애인은 있지 않았어?"

유타로로서는 얼버무리려고 꺼낸 말이었지만, 긁어 부스럼이었던 듯하다. 복슬이가 우뚝 멈춰 섰다.

"애인? 삼차원의?"

의아함을 넘어, 완전히 수상하게 여기는 표정이었다.

"아, 아니, 애인이랄까, 호감 가는 사람이 있다고, 전에 쇼헤이 씨가 얘기했던 것 같은데."

복슬이는 유타로를 빤히 바라봤다. 함부로 다음 발을 내디뎠다가는 더 깊은 수렁에 빠질 것 같아서 유타로는 애매하게 웃었다. 하아아아, 하고 긴 한숨을 내쉰 복슬이는 어깨를 떨궜다.

"그런 슬픈 거짓말을? 오빠가 트럭에 치인 후 지금 처음으로 울고 싶어졌어."

복슬이가 다시 걷기 시작했고, 유타로는 그 옆에서 나란히 걸었다.

"오빠에게 가장 가까웠던 여자는 분명히 나야. 압도적인 1등일 거야. 한참 뒤에 있는 2등은 엄마."

"아, 쇼헤이 씨랑 사이가 좋았구나?"

"좋았다고 할지, 이용했다고 할지. 집에서 부모님이랑 싸우고 나면 오빠가 자주 재워줬어. 좋은 피난처였달까."

"그래?"

"하지만 사이가 좋았다고 하기에는. 알잖아, 우리 오빠. 대화 능력 바닥인 거. 정말 무슨 생각을 하는지 알 수 없는 인간이지 않아? 오빠 집에서 잔 적은 여러 번이지만, 제대로 대화를 해본 적도 없어. 당최 화제가 없어. '사신아이' 이야기 정도가 전부야."

"그랬구나."

"그래도 꽤 나아진 거야. 예전에는 정말로 심각했거든. 우리 오빠, 스물아홉에 집에서 쫓겨났어. 얘기 들었지? 그 전까지 히키코모리 백수였거든. 서른이 되기 전에 어떻게든 자립시키려고 부모님이 눈물을 머금고 쫓아냈어. 근처에 다세대주택을 얻어주고 생활비는 스스로 해결하라고. 아, 참고로 우리 집은 저 맨션이야."

복슬이는 오른쪽 앞을 가리켰다. 조금 떨어진 곳에 오래된 듯한 갈색 건물이 있었다.

"부모님은 내쫓은 걸 후회하는 모양이야. 그래서 자살이라고 인정하고 싶지 않은 거지. 보상금도 문제지만, 돈 문제 이전에 오빠가 자살했다는 걸 인정하기 싫은 거야. 자신들이 내몬 것 같으니까."

"사고일 가능성은 없어?"

"흐음." 복슬이는 고개를 살짝 꺾고 말했다. "방범카메라 몇 대에 길을 걷던 오빠가 찍혔대. 부모님이 경찰서에서 확인했나봐. 처음 카메라 영상에서는 오빠가 취한 것처럼 비틀비틀 걸었고, 그다음 영상에서는 화면 프레임 바깥으로 나가기 직전에 누구랑 부딪힌 것처럼 비틀거렸고. 그리고 마지막 영상에서는 차도로 밀려나 트럭에 치였어."

유타로는 자신도 모르게 걸음을 멈췄다.

"그러면 사고 정도가 아니라 사건일 가능성도 있는 거 아냐? 누구랑 부딪혔다니 우연이야? 누가 밀친 건 아니고?"

유타로가 소리를 높였지만 복슬이는 걸음을 멈추지 않았다.

"이 세상 누가 오빠 같은 사람을 죽이고 싶어 하겠어? 동생으로서 단언컨대 오빠를 죽여서 이득을 볼 사람은 한 명도 없어."

"아니, 하지만 적어도 사고잖아?"

유타로는 종종걸음으로 쫓아가 말했다.

"나는 영상을 보진 않았지만 이야기를 들은 느낌으로는, 그냥 부모님이 그렇게 보고 싶은 것 아닐까 하는 생각이 들었어. 병원에 실려 왔을 때 오빠는 취하지도 않은 것 같았고."

복슬이는 유타로의 눈을 보지 않고 말했다. 부모님과 여동생은 각자 다른 '최악'에서 도망가고 싶어 하는 것처럼 느껴졌다. 자살이라는 '최악'. 살해당했다는 '최악'. 아무에게도 이득이 되지 않아도 살해되는 사람은 있다. 단지 누군가를 죽여보고 싶어서 살인하는 사람도 있는 것이다. '하루살이만큼'의 생명력에 '장구벌레만큼'의 존재감을 가진 인생을 살아온 오빠는 죽음의 방식조차 억울했다. 그런 '최악'을 여동생으로서 받아들이기 힘들었을 것이다.

편의점에 도착하자 복슬이는 직원에게 택배 송장을 받았다. 볼펜도 빌려서 주소를 적기 시작한다.

"이거 어떻게 할 거야?"

계산대에 종이상자를 올려놓고 유타로는 물었다.

"헌책방에 파는 거야."

"거기 피규어 같은 건?"

"이건 단골 매장에 가져가보려고. '기타마쿠라네무루'라서 돈은 얼마 안 되겠지만. 아, 여러 가지로 고마웠어."

"별말씀을요."

"그래도 800엔은 줘야지."

"아, 응."

어쩔 수 없이 청바지 뒷주머니에서 지갑을 꺼냈지만, 동전이 부족했다. 1,000엔짜리 지폐를 꺼내고는 복슬이에게 물었다.

"잔돈 있어?"

"아, 응."

복슬이는 옷에서 지갑을 꺼냈다.

"누구? 여자친구야?"

1,000엔짜리 지폐를 받고 잔돈 200엔을 건네주면서, 복슬이는 턱을 살짝 치켜올렸다. 유타로의 지갑에 들어 있던 사진을 본 듯했다.

"아, 가족사진."

유타로는 짧게 대답하고 지갑을 뒷주머니에 도로 집어넣었다.

"흐음."

"그럼 이만. 아, 쇼헤이 씨에게 안부 전해줘. 이건 좀 이상한가? 아니, 이상할 건 없지. 안부 전해줘."

"알았어. 귀에 대고 말해줄게." 복슬이가 고개를 끄덕였다.

"응." 유타로는 대답하고 편의점을 나왔다.

사무실에 돌아오자 모구라 화면을 보고 있던 케이시가 고개를 들었다.

"사망 확인은?"

"여동생에게 이야기를 들었어. 쇼헤이 씨는 지난주 금요일에 트럭에 치여서 혼수상태인데. 사고라고도 자살이라고도 단언하긴 힘든 느낌. 이야기를 들은 바로는, 사건일 가능성이 높지 않을까 싶어."

유타로는 마지막 부분에 힘을 실어 말했지만, 케이시는 그렇게 된 원인에 대해서는 흥미가 없는 듯했다.

"혼수상태라." 케이시가 중얼거렸다. "살아 있으니 삭제하지 않아도 되는 건가. 아니, 의사표시가 불가능하니 삭제해야 하나? 그 여동생은 의뢰인과 같이 살아?"

"아, 아니. 부모님이랑 함께 근처에 살아. 짐 정리라면서 팔아서 돈이 될 만한 걸 찾고 있었어."

"그러면 컴퓨터를 팔지도 모르겠네."

"당분간은 괜찮지 싶은데, 시간문제겠지."

"어떻게 해야 하나. 혼수상태 중에 누가 보는 거야 상관없지만, 사망 후에 보게 되면 우린 업무를 수행하지 못한 게 돼."

책상 위의 공을 집고 휠체어를 움직인 케이시는, 빈 공간이 있는 위치로 이동해서 벽을 향해 공을 던졌다. 벽에 부딪힌 공은 바닥에 두 번 퉁겨지고 케이시의 손으로 돌아왔다.

"그렇다고 계속 의뢰인에게만 달라붙어 있을 수도 없고."

"우리가 내용을 보면 어때? 남이 봐도 문제가 없을 만한 거면 놔두고, 골치 아플 것 같은 내용이면 그때 생각해도 되잖아."

유타로의 질문에 대답하지 않고 말없이 벽 치기를 계속하던 케이시는, 몇 차례 더 공을 던지고 받은 후 고개를 끄덕였다.

"임시방편적인 대응이 내키지 않지만, 의뢰인을 위해서는 어쩔 수 없군."

케이시는 책상으로 돌아가 모구라의 키보드를 두드렸다. 가까이 가려고 한 발 내민 유타로를 밀어내듯 손을 펼쳤다.

"나중에 봐."

케이시는 두 눈을 화면에 고정한 채, 펼친 손을 두 번 뒤로 까닥였다.

유타로는 어쩔 수 없이 소파에 앉았다. 이즈미 쇼헤이가 삭제를 의뢰한 데이터는 아무래도 성가신 내용인 듯했다. 모구라를 보고 있는 케이시의 표정이 점점 굳어지고 있었다. 화면을 노려본 채 계속해서 키보드를 두드린다. 내용이 상당히 복잡한지, 케이시는 좀처럼 고개를 들지 않았다. 그 모습을 지켜보는 것도 지겨워진 유타로는 일어서서 벽에 기대어놓았던 테니스라켓을 들고 스윙 동작을 시작했다. 케이시가 데이터 정리를 끝낼 때까지는 꽤 오랜 시간이 걸렸다. '쳇' 하는 코웃음 소리에 고개를 돌리자, 케이시가 핸드림을 잡고 휠체어를 조금 아래로 내리는 중이었다. 꽤나 심기 불편한 표정으로 모구라의 화면을 보고 있다.

"뭔데?"

유타로는 휘두르던 테니스라켓을 원래 장소에 돌려두고 책상 앞에 섰다. 눈빛으로 케이시의 허락을 받고 나서 모구라 화면을 자신에게 돌린다. 무언가의 관리 데이터처럼 보인다. '다케우치 마미'라는 이름과 생년월일, 세타가야구로 시작하는 주소와 휴대폰 번호, 휴대폰 메일주소도 적혀 있다. 그리고 날짜 등 무언가의 분류에 사용한 듯한 기호도 몇 개 있다. 유타로는 화면을 가리켰다.

"뭐야, 이건?"

"삭제를 의뢰했던 폴더에 파일이 여러 개 있었는데, 그중 하나야. 이즈미 쇼헤이가 근무했던 휴대폰 판매점의 고객 관리 데이터 같아. 이즈미 쇼헤이는 이 다케우치 마미라는 사람의 데이터만 뽑아서 자신의 컴퓨터에 보관하고 있었어. 데이터에 따르면, 다케우치 마미는 5개월 정도 전에 단말기 교환을 위해 매장을 방문했어."

"쇼헤이 씨가 고객의 데이터를 멋대로 빼냈다는 뜻?"

"그뿐만이 아니야. 이즈미 쇼헤이는 이 다케우치 마미의 휴대폰 메일이 자신의 컴퓨터에 전송되도록 설정해서 훔쳐보고 있었어. 같은 폴더에 그 파일도 있고."

케이시는 모구라 화면을 자신 쪽으로 돌리게 한 후 터치패드를 두드리고 다시 화면을 유타로에게 돌린다. 화면에는 메일 소프트웨어가 띄워져 있다. 메일 수신함에는 이즈미 쇼헤이에게 온 메일이 아니라 전부 다케우치 마미의 휴대폰 메일로 온 메일이 담겨 있었다.

"쇼헤이 씨가 고객의 메일을 훔쳐봤다고? 아니, 매장 직원이 고객의 메일 전송까지 관리할 수 있는 거야?"

"못 하지."

"하지만 여기, 했잖아."

"정보 누출의 대부분은 시스템의 결함이나 취약성이 아닌, 인위적인 실수나 부주의로 일어나. 아마도 이즈미 쇼헤이는 계약서를 작성하는 도중에 다케우치 마미가 비밀번호를 누르는 것을 훔쳐봤을 거다. 아니면 적당한 이유를 대며 직접 물어봤을 수도 있고. 그리고 사용자로 로그인해서 휴대폰 메일이 자신이 만든 주소로 복사 전송되도록 설정했어."

"무섭네. 뭐, 요즘 휴대폰 메일 같은 건 별로 안 쓰겠지만. 업소 등록이나 그 정도겠지?"

"그럴 거다. 이즈미 쇼헤이도 메일 내용을 보고 싶었다기보다는 그냥 메일을 통해 그녀의 생활을 엿보고 싶었을 뿐일 거야. 얼굴이 마음에 들었거나 인상이 좋았다거나."

'대화 능력 바닥'인 휴대폰 판매점 점원 앞에, 여섯 살 연하의 여성 손님이 나타났다. 청초한 타입이거나 성격이 좋아 보인다거나, 또는 대범한 여장부 기질의 여성이거나 여하튼 이즈미 쇼헤이는 그 여성에게 마음이 끌렸다. 그러나 이즈미 쇼헤이에게는 개인적으로 친해질 수 있을 만한 대화 능력이 없다. 강렬한 연정만이 가슴속에 엉키고 엉킨 채 출구를 찾아 헤매고 있었다.

"말하자면 스토커?"

"달리 적당한 호칭은 없을 것 같군."

"아, 하지만 상대는 이즈미 쇼헤이의 존재를 모르니까 그렇게 악질은 아닌 거지?"

"그게 더 악질 아니야?" 케이시는 그렇게 말하더니 "뭐, 그건 됐고" 하며 고개를 흔들었다.

"여하튼 아무 일 없었다면 즐거운 훔쳐보기 생활이 이어졌겠지만, 어느 날 이즈미 쇼헤이가 훔쳐보던 메일주소로 협박메일이 왔어."

"뭐? 협박메일?"

"이 마쓰이 시게루라는 자가 협박범이다."

케이시는 다시 모구라를 이용해서 석 달 전쯤의 메일을 불러냈다. 유타로는 그 메일을 읽었다. 휴대폰 메일로 온 것치고는 지나치게 길다. 시작은 지인에게 오랜만에 안부를 묻는 평범한 메일 같았다. 마쓰이 시게루는 자신이 근무하는 회사의 근황을 전했다. '네가 있던 때에 비하면'이라는 문맥으로 볼 때 마쓰이와 다케우치 마미는 과거에 같은 회사에서 근무했을 것이다. '그러고 보니' 하며, 다케우치 마미의 예전 상사 이야기를 꺼낸 부분부터 분위기가 심상치 않다. 그 상사가 최근에 이혼했다는 사실을 알린 마쓰이는, 그 이혼의 원인이 상사가 과거에 저질렀던 불륜이 들통난 탓이라고 적고 있었다. 상사는 불륜 상대를 숨기고 있지만, 이혼한 부인이 그 상대를 집요하게 찾고 있다. 그 건에 대해 이야기를 나누고 싶으면 연락하길 바란다. 마쓰이는 그렇게 적었다.

"그 뒤에 온 메일도 두세 통 읽어보니 사정을 알겠더군."

유타로가 메일을 다 읽은 것을 확인하고 케이시가 말했다.

"다케우치 마미는 회사 상사와 불륜관계였지만 이직하면서 상사와의 관계도 정리했다. 마쓰이 시게루는 그 회사에서 다케우치 마미의 동료였고. 마쓰이는 다케우치 마미에게 호감을 갖고 있다가 불륜을 눈치챘어. 처음에는 상담을 해주는 척 다케우치 마미에게 작업을 걸려고 했지만 뜻대로 되지 않았다. 다케우치 마미가 퇴사한 건 불륜관계를 청산하기 위해서라기보다, 마쓰이에게서 도망가기 위해서였는지도 몰라. 그 후 한동안 연락이 끊어졌지만 상사의 이혼을 계기로 마쓰이가 메일을 보내왔다. 첫 번째 메일은 완곡한 어투였지만 두 번째부터는 상당히 노골적으로 변해. 불륜이 이혼 사유이기 때문에 부인이 보상금을 청구할 것이다, 부인에게 들키기 싫으면 빨리 연락을 하라며 자신의 휴대폰 번호를 남겼다."

"다케우치 마미는 뭐라고 했어?"

"이즈미 쇼헤이의 컴퓨터에는 수신메일만 전송되는 거라서 다케우치 마미가 어떤 답신을 했는지는 몰라. 하지만 그 뒤에 마쓰이가 보낸 메일 내용을 보면, 만나는 것만은 피하려고 했던 것 같다. 다케우치 마미가 계속 피하자 마쓰이의 메일도 서서히 감정적으로 변해. 돈을 원하는 게 아니다, 일단 만나자."

여성 고객에게 한눈에 반한 휴대폰 판매점 점원은 여성 고객의 메일을 훔쳐보게 된다. 그러다가 그녀에게 부정한 마음을 품고 있는 남자의 메일을 발견하게 된다.

"그러니까, 스토커 앞에 다른 스토커가 나타난 거네?"

"그런 거지. 그 사실을 알게 된 스토커는 어떻게 할 거 같나?"

"그녀를 지키기 위해 어떻게 해서든 다른 스토커를 막으려고 하겠지."

"네 상상력으로도 그렇게 되는군. 음지의 관음증 환자에서 빛나는 기사로 변신할 기회다."

케이시가 다시 모구라를 조작했고 몇 장의 사진이 나타났다. 전부 같은 여성이 찍혀 있다. 몰래 찍은 느낌의 사진이다. 정장 차림으로 걷고 있는 여성. 슈퍼마켓에서 장을 보고 있는 여성. 카페에서 동료로 보이는 사람들과 식사를 하는 여성. 밤에 맨션으로 들어가는 여성. 아침에 같은 맨션에서 나오는 여성. 그 맨션이 여성의 집일 터였다. 대부분이 멀리서 찍은 사진이었다.

"이 사람이 다케우치 마미 씨?"

심플한 복장에 자연스러운 화장. 눈에 띄는 미인은 아니지만 청초함이 느껴지는 여성이었다.

"아마 그렇겠지. 사진 정보를 보면 이즈미 쇼헤이는 협박메일이 오기 시작하고 2주일쯤 후부터 그녀를 따라다니며 사진을 찍었어. 아르바이트 근무처에서 보내온 근무표랑 대조해보면 쉬는 날마다 그녀를 끈질기게 따라다녔던 것이 돼."

"마쓰이 시게루라는 스토커로부터 다케우치 마미 씨를 지키려고 감시하고 있었다. 아, 혹시 쇼헤이 씨가 이 스토커를 제지하려다가 반대로 살해당할 뻔했던 건 아닐까?"

유타로는 방범카메라의 영상에 대해 케이시에게 이야기했다.

"쇼헤이 씨와 부딪힌 사람이 마쓰이 시게루이고, 사실은 부딪힌 게 아니라 쇼헤이를 차도로 밀어버렸다."

"그럴 가능성도 있겠군."

"어떻게 해? 경찰에게 얘기해?"

케이시는 말없이 유타로를 바라봤다.

"하면 안 되지. 안 해."

삭제 의뢰를 받은 데이터가 공개되는 일을 케이시가 만들 리가 없었다.

"의뢰인이 사망했다면 데이터를 삭제하면 되고, 살아 있다면 놔두면 되는데. 혼수상태라면 어떻게 해야 하나. 본인이 데이터에 접속할 수 없으니 사망한 것으로 봐야 하나. 네가 대화했다는 그 여동생이 컴퓨터를 보지 않는다는 보장도 없고. 삭제하고 끝내는 게 맞겠지."

"아니, 아니, 아니!" 유타로는 당황해서 소리를 높였다. "끝내다니, 다케우치 마미 씨가 스토커에게 협박받고 있잖아. 이대로 내버려둘 순 없는 거 아냐?"

"협박범의 신원은 그녀도 알아. 필요하면 직접 어떻게든 하겠지. 어린애가 아니잖아."

"만약 어떻게든 안 하면? 아니, 만약 경찰에 신고했는데도 경찰이 아무것도 안 해주면? 마쓰이 시게루라는 자가 쇼헤이 씨를 죽이려고 했던 거라면 엄청 흉악한 자잖아? 그런 놈을 내버려둬도 돼?"

"우리의 의뢰인은 이즈미 쇼헤이지, 다케우치 마미가 아니야. 의뢰한 건 데이터 삭제고, 신변 경호도 문제 해결도 아니야."

"그럼 이런 건 생각해볼 수 없어? 어느 순간 폭발한 마쓰이 시게루가 다케우치 씨를 습격해. 그 사건을 조사한 경찰은 피해자의 휴대폰 메일이 본인도 모르는 사이에 휴대폰 판매점의 점원에게 전송되고 있었다는 사실을 밝혀내지. 그러면 쇼헤이 씨가 삭제를 의뢰한 데이터가 경찰 손에 복원되겠지."

"불가능해. 복원은 무리야."

"아니, 하지만 복원되지 않더라도 쇼헤이 씨가 메일을 훔쳐봤다는 사실 자체는 들통나잖아? 그게 의뢰를 수행한 게 될까? 쇼헤이 씨는 자신이 훔쳐봤다는 사실을 알리기 싫어서 데이터 삭제를 의뢰했을 텐데?"

케이시는 지겹다는 표정을 지었지만 반론은 하지 않았다. 유타로가 몰아붙였다.

"그리고 쇼헤이 씨가 협박을 못 하게 하려고 마쓰이에게 접촉했다면, 마쓰이가 경찰에게 체포됐을 때 쇼헤이 씨가 메일을 훔쳐봤다는 사실을 발설할지도 몰라. 그런 경우에도 의뢰를 수행했다고 할 수 없지 않아?"

"너 말이지, 그 진부한 상상력 좀 멋대로 발휘하지 마."

"그래도 가능성은 있잖아?"

언짢은 듯 입을 다물어버리는 것을 긍정의 의미로 받아들이고 유타로는 말했다.

"의뢰를 완벽하게 수행하려면 일단 마쓰이가 다케우치 씨를 단념하게 만들어야 해. 그리고 마쓰이가 쇼헤이 씨를 아는지 확인할 필요도 있어. 마쓰이를 만나고 올게."

언짢은 표정 그대로, 케이시는 거칠게 두 번 고개를 끄덕였다.

"어쩔 수 없군. 이 메일에 적힌 '비숍통상'이라는 곳이 마쓰이가 근무하는 회사야. 예전에 다케우치 마미가 일했던 곳이고. 주택 건축 재료를 수입하는 회사 같아."

케이시는 설명하면서 손을 움직이고 있었다. 곧이어 세 대의 모니터 중 한 대에 회사 정보가 나왔다. 주소지는 시나가와. 케이시와 눈빛만을 교환하고 유타로는 사무실을 나왔다.

시나가와역에서 도보로 5분 정도 걸리는 곳에 있는 임대 건물. 엘리베이터를 타고 3층으로 올라가자 엘리베이터 문 바로 앞에 '비숍통상' 안내데스크가 있었다. 안내데스크라고 해봐야 사무실 문 앞에 내선전화가 한 대 놓여 있을 뿐이다. '용건이 있으신 분은 전화로 담당자를 호출하시기 바랍니다'라고 적혀 있다. 아까 읽어본 메일에 따르면, 마쓰이는 자재부에 있을 터다. 유타로는 내선전화로 자재부를 호출해서 마쓰이를 바꿔달라고 했다. 다행히 마쓰이는 사내에 있었다.

"네, 마쓰이입니다. 누구십니까?"

"마시바라고 합니다. 다케우치 씨의 의뢰를 받은 회사 직원입니다. 밖에서 기다리겠습니다."

그 말만 하고 일방적으로 전화를 끊었다. 거의 기다릴 틈도 없이 한 남자가 뛰쳐나왔다. 나이는 마흔 전후. 키는 컸지만 심하게 처진 어깨 탓인지 크다기보다는 길다는 인상을 받았다. 눈이 마주치자 유타로는 살짝 턱을 당겨 목례했다. 남자가 다가왔다.

"다케우치 씨의 의뢰? 의뢰라고 했나? 무슨 의뢰지?"

마쓰이가 유타로를 살피듯 훑어보며 말했다. 유타로는 사무적으로 조용하게 대화를 풀어나갈 생각이었지만 그 성급하고 쩽쩽

거리는 목소리가 거슬렸다. 유타로는 휴대폰 판매점의 야마기와가 생각났다. 비슷한 유형이다. 경험으로 볼 때 두 사람 다 위협적으로 대해야 이야기가 빨라지는 타입이다.

유타로는 고개를 한 번 천천히 돌린 후 마쓰이를 보며 웃었다.

"그러니까 설명을 해달라는 말씀? 여기서 큰 소리로 설명해줘? 아, 여기보다 사무실이 낫나? 들어가서 큰 소리로 똑똑히 설명하지."

유타로가 마쓰이의 팔을 잡고 들어가려 하자, 당황한 마쓰이가 양다리로 힘껏 버텼다.

"아, 아니, 그건……."

유타로는 잡고 있는 팔을 힘껏 끌어당기고는 마쓰이의 귓가에 입을 대고 말했다.

"알 텐데? 내가 온 이유를. 설명 안 해도 짐작이 가지 않나?"

"아니, 하지만 그건 끝난 얘긴데……."

"끝났다? 언제 끝났는데? 어이, 언제 끝났다는 건데? 협박메일을 보낸 주제에 끝난 얘기라니 그게 말이 돼?"

유타로가 언성을 높이며 윽박지르자 마쓰이는 몸을 웅크리듯 움츠렸다.

"……죄송합니다. 저, 하지만 협박이나 그런 건……."

"그래. 돈을 달라는 말은 안 했다는 거군. 그러니까 협박이 아니시다? 돈은 필요 없으니 일단 만나자? 다케우치 씨 입장에서는 그게 더 무서운 거라고."

"죄송합니다, 죄송합니다." 마쓰이는 몸을 웅크린 채 반복했다.

"앞으로는 안 하겠습니다, 정말 안 하겠습니다."

"이 문제로 당신을 찾아온 건 내가 처음이 아니지?"

"네?"

"이 문제로 찾아온 사람이 또 있었지? 이런 짓 하면 가만 안 둔다고 했을 텐데?"

"아, 아닌데요? 아니요, 아무도 온 적 없습니다."

덜덜 떨면서도 필사적으로 억지웃음을 지으려는 마쓰이가 거짓말을 하는 것 같지는 않았다. 그렇다면 이즈미 쇼헤이는 마쓰이를 찾아오지 않았고, 마쓰이는 이즈미 쇼헤이가 트럭에 치인 사고와 무관하다는 것이 된다. 확실히 해두기 위해 유타로가 물었다.

"지난주 금요일 밤, 어디에 있었나?"

"지난주? 지난주는 베트남에."

"베트남?"

의외의 대답에 자신도 모르게 목소리가 커졌다.

"네, 죄송합니다. 출장으로 어쩔 수 없었습니다. 지난주는 수요일부터 계속 베트남에 있었습니다. 일요일에 돌아왔고요. 죄송합니다."

거짓말이라기에는 너무 대담하다.

"뭔가 이래저래 짜증 나는 인간이군."

"죄송합니다, 죄송합니다."

스마트폰이 울렸다. 마쓰이의 팔을 놓고 스마트폰을 확인하니 케이시였다. 유타로는 전화를 받았다.

"마쓰이 시게루는 만났나?"

"응. 지금 눈앞에 있는데."

"아, 벌써 만나버렸군. 그럼 일단 확인해봐. 메일을 몇 통 보냈는지."

유타로는 스마트폰을 든 채 마쓰이에게 물었다.

"당신, 다케우치 씨에게 메일을 몇 통 보냈지?"

"아마, 다섯 통일 겁니다."

"다섯 통 맞아?"

유타로가 윽박지르자 마쓰이는 눈을 질끈 감고 몸을 움츠렸다.

"죄송합니다. 네 통이었는지도 모르겠습니다."

"아, 다섯 통이야." 스마트폰 너머로 케이시가 말했다. "여섯 번째부터는 메일주소가 달라졌어. 그자가 바꾼 거라고 생각했는데 아무래도 아닌 것 같다. 여섯 번째 이후는 메일헤더를 위장했어."

"메일헤더?"

"메일이 어디서 보내졌고, 어떤 경로로, 어디에 도착했는지 등의 정보가 담겨 있는 부분이다. 간단하게 위장할 수 있지만 어차피 아는 사람에게 협박메일을 보내면서 헤더를 위장할 필요는 없지. 그러니까 여섯 번째 이후는 그자가 아니야."

"뭐? 무슨 말이야?"

"왜 다섯 통만 보냈는지 그자에게 물어봐."

마쓰이는 조금 여유가 생겼는지 한쪽 다리에 체중을 싣고 있었다. 유타로가 '쿵' 하고 바닥을 차자 마쓰이는 몸을 움찔하더니 재빨리 차렷 자세를 취했다.

"당신, 왜 다섯 통만 보내고 끝냈지?"

"그건, 그러니까 그 전부터 답장도 안 왔고, 계속 보내봐야 만나주지도 않을 테고, 더구나 마침 그날 텔레비전에서 스토커 규제법 특집을 했는데, 보고 나니 무서워져서요."

"다섯 통으로 딱 끝냈나?"

"아, 네."

"끝낼 거면, 확실하게 끝내겠다고 선언을 하고 끝내. 은근슬쩍 끝내지 말고."

"아, 그렇군요. 죄송합니다."

"이제 됐어. 꺼져. 정말이지 이래저래 짜증 나는 인간이야."

마쓰이는 고개를 굽신거리며 사무실로 돌아갔다. 그 모습도 짜증이 나서 엉덩이를 걷어차버리고 싶은 충동에 휩싸였다. 유타로는 충동을 꾹 참으면서 마쓰이의 뒷모습을 지켜본 후, 다시 스마트폰을 들고 케이시에게 말했다.

"그럼, 여섯 번째 이후의 협박메일은 쇼헤이 씨가?"

"달리 생각할 수가 없지. 그렇게 생각하고 읽어보니 여섯 번째 이후의 메일은 확실히 조금 차분해진 느낌이야. 소극적이지. 컴퓨터에 발신 데이터는 없었으니까 스마트폰으로 보냈을 거다."

"하지만 왜……."

"협박메일은 다섯 통까지는 연속으로 보내졌는데, 다섯 번째와 여섯 번째 메일 사이에는 일주일의 간격이 있어. 빛나는 기사로 등장하려고 타이밍을 노리던 이즈미 쇼헤이는 중요한 협박메일이 갑자기 끊기자 난감해졌겠지. 그래서 직접 협박메일을 보낸 거다."

"도와주기 위해 위협했다는 거야?"

"그래, 그런 거다. 어떻게 도와줄 작정이었는지는 모르겠지만, 우연을 가장해서 접근하려고 했겠지."

"그런데 실제로는 접촉하지 않았지?"

"도와줄 계기를 못 잡았거나, 아니면."

"아니면?"

"만족했는지도 모르지. 다케우치 마미와 연결된 것에."

케이시가 한 말의 의미를 순간 알 수 없었다. 스마트폰으로 다케우치 마미에게 협박메일을 보내는 이즈미 쇼헤이. 보낸 메일은 다케우치 마미의 메일주소를 통해 자신의 컴퓨터로 돌아온다. 자신이 한 말이 다케우치 마미를 통해 자신에게 돌아온다. 그 모습에 이즈미 쇼헤이는 득의의 미소를 짓는다.

"아아" 하고 유타로는 한숨을 쉬었다. "정말로 협박범이 된 건가?"

"이즈미 쇼헤이가 다케우치 마미를 따라다니며 사진을 찍기 시작한 건 첫 번째 메일 이후 2주일쯤 뒤. 그러니까 여섯 번째 메일 이후의 일이다. 생각해보면 다케우치 마미를 지키기 위해 몰래 사진을 찍을 필요는 없지. 이즈미 쇼헤이는 타인 명의로 다케우치 마미를 협박하고, 떨고 있는 다케우치 마미의 모습을 뒤에 숨어서 관찰하고, 그것을 사진으로 찍는 일을 즐기고 있었다. 스토커로서는 풀코스지. 충분히 만족했다. 그래서 어느새 도와주려던 마음도 사라져버렸다."

"아니, 하지만 쇼헤이 씨가 그렇게 지독한 사람이라고는 생각되지 않아."

"근거는?"

"근거 같은 건 없지만, 집을 봤을 때 그런 느낌이 들었어."

"금언이 적힌 일일달력이라도 있었나? 하루에 한 번 착한 일을 하자 따위의?"

"그런 게 아냐." 유타로는 말을 꺼내긴 했으나 이내 침묵했다.

어찌 됐건 이즈미 쇼헤이가 마쓰이인 척하며 협박메일을 보낸 건 사실이다. 자신이 그 사람에게 어떤 느낌을 받았는지는 중요하지 않다. 견딜 수 없어진 유타로는 고개를 가로저으며 케이시에게 부탁했다.

"있지, 케이. 좀 알아봐줄 수 있을까?"

지난주 금요일에 인명사고가 있었고, 길게 정체가 생겼던 세타가야의 국도. 그만큼의 정보만 있으면 장소를 특정하는 건 케이시에게는 아주 간단한 일이다.

"그런 게 왜 궁금하지?"

"죽지 않았으니 헌화를 할 수도 없지만, 합장이라도 하면서 이쪽 세계로 돌아오라고 말해줄까 해서."

"뭐야, 그게."

"그렇게 말해주는 사람이 아무도 없으면 돌아오고 싶어도 돌아올 수 없는, 그런 기분이 들지 않아?"

"안 들어."

그런 대화를 나누는 동안, 케이시는 장소를 특정했다. 유타로는 다시 전철을 타고 그곳으로 향했다.

목격자를 찾습니다

사고를 목격하신 분은 경찰서로 연락해주시기 바랍니다

횡단보도 옆에 그런 입간판이 있었다. 막상 합장을 하려니 왠지 불길한 기분이 들어서, 유타로는 횡단보도를 보면서 '빨리 돌아와' 하고 마음속으로 말했다. 잠시 마음을 전한 후 스마트폰을 꺼내 지도앱으로 현 위치를 확인했다. 목적지 주소를 입력하자 현 위치부터 선이 이어지고, 도보 2분이라고 떴다. 지도에 그려진 선을 따라 유타로는 뒤로 돌아섰다. 국도를 등지고 조금 오른쪽에 있는 좁은 골목길로 들어간다. 잠시 직진한 후 왼쪽으로 한번 꺾어지자 순간 주변이 조용해진다. 조금 앞쪽의 오른편에 낡은 4층짜리 맨션이 있다. 유타로는 그 입구에 서서 주위의 건물을 둘러봤다. 좁은 골목을 끼고 마주한, 역시 비슷한 크기의 맨션이 있었다. 유타로는 그 맨션으로 들어가 외부계단으로 올라갔다. 2층과 3층 사이의 계단참에서 얼굴을 내밀고 조금 전의 맨션 입구를 내려다봤다. 눈에 들어온 풍경이 익숙했다.

"여긴가." 유타로는 혼자 중얼거렸다.

이즈미 쇼헤이의 폴더에 이곳에서 찍은 사진이 있었다. 저녁 시간에 자신의 집으로 돌아가는, 또는 아침 시간에 회사로 출근하는 다케우치 마미를 찍은 사진이었다. 유타로는 다케우치 마미의 주소가 세타가야임을 확인한 순간, 이즈미 쇼헤이가 트럭에 치인 곳도 세타가야였다는 사실을 떠올렸다. 단순한 우연인가 했지만, 확인해보니 두 곳은 우연으로 보기 힘들 만큼 가까운 거리에 있었다.

유타로는 스마트폰으로 시간을 확인했다. 오후 5시가 조금 지난 시간. 회사에 다니는 다케우치 마미가 돌아오기에는 한참 이른 시간일 터다. 7시는 넘어야 할 거라고 유타로는 생각했다.

"어쩔 수 없지. 같이 있어줄게, 쇼헤이 씨."

유타로는 그렇게 중얼거리며 다케우치 마미의 귀가를 기다렸다. 해가 지자 바람이 점점 차가워졌다. 유타로는 파카에 달린 모자를 뒤집어쓰고 주머니에 손을 넣었다. 외부계단을 지나가는 사람은 없었다. 여기서 이즈미 쇼헤이는 어떤 마음으로 다케우치 마미의 사진을 찍었을까. 유타로는 상상해봤다. 오랫동안 히키코모리 백수 생활을 해왔던 이즈미 쇼헤이. 하지만 서른을 앞둔 어느 날 부모님은 눈물을 머금고 자신을 집에서 쫓아냈고, 그는 홀로 다세대주택에서 생활하기 시작했다. 휴대폰 판매점에서 일하기 시작한 건 엄청난 결심의 결과였을 터다. 그의 처지는 우스꽝스러울 정도로 불쌍했다. 나이 어린 동료에게 조롱당하고 무시당했지만, 그래도 계속 일했다. 그때의 그를 지탱해준 것은 무엇이었을까? 여기서 좌절하면 두 번 다시 일어설 수 없다는, 그런 비장한 결의였을까. 단지 참고 또 견딜 뿐인, 모래를 씹는 듯한 흑백의 일상에 어느 날 한 여성 손님이 나타난다. 심플한 복장에 자연스러운 화장. 분명 친절한 사람이었을 터다. 이즈미 쇼헤이의 횡설수설하는 접객을 비웃는 일도, 화내는 일도 없이 받아줬다.

그때부터 흑백의 일상에 색채가 감돌았다. 그녀는 어떤 사람일까, 이즈미 쇼헤이는 궁금해서 견딜 수 없게 되었다.

"뭐, 그래도 해서는 안 되는 일이었지만."

유타로는 혼자 중얼거리고는 조금 웃었다.

다케우치 마미가 귀가한 것은 예상보다 훨씬 늦은, 잠복을 시작하고 세 시간 반 뒤였다.

"저기, 잠깐만요!"

여자의 얼굴을 가로등 불빛으로 확인한 유타로는 큰 소리로 말했다. 맨션 입구에 들어서려던 다케우치 마미가 놀란 듯 고개를 돌렸고, 마침내 크게 손을 흔들고 있는 유타로를 발견했다.

"죄송합니다. 지금 갈 테니까 잠깐만, 잠깐만 기다려주세요. 네?"

유타로는 계단을 뛰어 내려갔다. 다케우치 마미는 맨션 입구에서 긴장한 채 스마트폰을 쥐고 있었다.

"뭐예요? 경찰 부를 거예요."

유타로는 모자를 뒤로 젖히고 고개를 숙였다.

"안녕하세요. 아, 이런, 놀라게 해서 죄송합니다."

"당신도 마쓰이 씨 동료인가요? 말했을 텐데요. 부인에게 모든 걸 털어놓겠다고. 그렇게 말했잖아요?"

"아, 네? 아, 그렇습니까?"

"그렇습니까, 라니……"

유타로의 반응에 다케우치 마미는 순간 머뭇거렸지만, 이내 말을 이었다.

"도시키 씨의 이혼 사실을 가르쳐주신 건 오히려 감사하고 있습니다. 마쓰이 씨가 메일을 보내지 않았다면, 도시키 씨에게 다시 연락하는 일은 없었을 테니까요. 연락을 하게 되면서 서로의 감정을 다시 한번 확인할 수 있었고, 우린 결심했습니다. 부인께 지금까지 사귀었다는 사실을 전부 털어놓고, 할 수 있는 모든 사죄를 하고, 그리고 저는 도시키 씨와 결혼할 겁니다."

위협하듯 스마트폰을 쥔 채 다케우치 마미는 그렇게 말했다. 떨고 있는 건 긴장감과 분노 때문인 듯했다. 유타로는 하늘을 올려다봤다.

"지난주 금요일, 그 이야기를 누군가에게 했습니까?"

"금요일? 당신 동료가 바로 이 자리에서 숨어 있던 때가 금요일이었죠? 네, 그때 말했습니다. 메일에 답장을 안 하게 된 건 그런 이유에서였고, 그러니까 더 이상 내게 관심 두지 말아달라고. 그랬더니 두 번 다시 안 오겠다고 약속했었죠? 사람이 바뀌면 약속도 무효인가요? 나는 마쓰이 씨와 만날 생각도 없고, 더 이상 돈을 줄 생각도 없습니다."

금요일 밤, 이즈미 쇼헤이는 다케우치 마미 앞에 모습을 드러냈다. 설마 직접 만나 협박할 생각은 아니었을 터다. 이즈미 쇼헤이에게 그런 배짱은 없다. 그렇다고 멋진 기사를 연기할 상황도 아니었다. 그렇다면 무슨 생각으로 모습을 드러냈을까.

자신의 죄를 고백하기 위해, 라고 유타로는 생각했다. 자신의 죄를 고백하기 위해 이즈미 쇼헤이는 필사의 각오로, 모든 증거가 담긴 스마트폰을 들고 다케우치 마미 앞에 나타났다. 하지만

'바닥'인 '대화 능력'이 그 발목을 잡는다. 자신이 하고 싶은 말을 제대로 전달하는 일은 이즈미 쇼헤이에게 불가능했다. 자신에 대해 알고 있는 듯한, 갑자기 나타난 남자를 다케우치 마미는 마쓰이의 동료라고 착각했다.

"전에 왔던 그 남자는 마쓰이의 동료도, 제 동료도 아닙니다." 유타로가 말했다. "그 남자는, 말하자면 당신 편입니다. 그 사람이 그렇게 말한 이상, 저도 마쓰이도 더 이상 안 올 겁니다. 이제 아무도 안 올 겁니다. 단지 그 말을 전하러 왔습니다. 놀라게 해서 죄송했습니다."

다케우치 마미는 여전히 적의를 드러내며 유타로를 노려보고 있었다. 이즈미 쇼헤이를 위해 뭔가를 얘기하고 싶었지만 무슨 말을 해야 할지 떠오르지 않았다.

"죄송했습니다."

다시 한번 고개를 숙인 유타로는 왔던 길을 돌아갔다. 지난주 금요일, 역시 이곳에 왔었을 이즈미 쇼헤이의 발걸음을 상상했다. 다케우치 마미가 보인 노골적인 적의와 과거 불륜 상대와의 결혼. 어느 쪽이 더 충격이었을까. 아니면 다케우치 마미가 자신의 얼굴을 기억조차 못 한 것에 상처를 받았을까. 이즈미 쇼헤이는 흐느적거리며 골목길을 빠져나와 국도로 나왔다. 앞에서 걸어오던 사람과 부딪혀 비틀거리다가 빨간 신호가 켜져 있는 횡단보도로 밀려난다. 하필이면 그 순간 트럭이 지나간다. 짐을 잔뜩 실은 트럭은 돌발상황에 대처할 수 없었다.

"뭘 해도 안 되는 사람이네." 유타로는 횡단보도에 서서 중얼거렸다. 울고 싶은 마음도 웃고 싶은 마음도 없었다.

빼곡한 우편함에서 '이즈미'라는 이름을 찾았다. 집은 5층이었다. 유타로는 집으로 찾아가려고 엘리베이터를 기다렸지만, 마침 도착한 엘리베이터에 복슬이가 타고 있었다.

"오, 후배." 엘리베이터에서 내린 복슬이가 말했다. 오늘도 파란색의 복슬복슬한 옷을 입고 있었다. 이전 것과 같은 옷인가 싶었지만 자세히 보니 디자인이 달랐다. "응? 어쩐 일이야?"

"아, 그 이후에 어떻게 됐는지 궁금해서. 쇼헤이 씨 어때요?"

"아직도 혼수상태. 오히려 더 깊은 혼수상태."

"그래. 아, 혹시 병원에 가는 길?"

"분명히 듣고 있을 거예요, 말을 걸어주세요…… 착해 빠진 간호사의 근거 없는 말에 부모님이 휘둘리고 있어. 시간이 되는 한 내가 가야 하는 상황이야. 아무래도 라이브공연은 못 갈 거 같으니 티켓 값은 필요 없어졌지만."

유타로의 재촉에 복슬이는 걷기 시작했다. 유타로가 그 옆에서 나란히 걸었다.

"그러면 쇼헤이 씨 물건은 이제 안 팔 거야?"

"만화는 이미 보내버렸으니까 귀찮아서 팔았어. 그 종이상자 하나에 얼마 받은 줄 알아? 1,200엔이야. 완전 호구 취급 아냐? 이건 거의 사기 수준이야."

"피규어랑 굿즈는?"

"어차피 돈도 안 될 거라서 그냥 뒀어."

"그랬군."

두 사람은 한동안 말없이 걷기만 했다. 지나치는 사람들은 역시 복슬이를 뚫어지게 쳐다봤고, 복슬이는 역시 신경 쓰지 않았다. 작은 공원 모퉁이를 돌았을 때 복슬이가 갑자기 큰 소리로 "너 말이야" 하며 걸음을 우뚝 멈췄다.

"왜 그러는데? 남자가 자꾸 따라오면 기쁨보다 위험을 먼저 느끼는 못생긴 아가씨의 마음 좀 헤아려줄래? 빈털터리라는 어필은 제대로 전달된 거 맞지?"

"난 돈은 필요 없는데, 응? 못난이도 아니야. 차림새 같은 게 뭐 전체적으로 조금 개성적일 뿐이지."

"그래. 이 대화를 길게 하지는 말자. 당신은 힘들어질 테고 난 괴로워지니까. 그래서 용건이 뭔데?"

"아니, 뭐, 용건이랄 것도 없어. 그냥 내 생각이 지나친 걸 수도 있는데. 단지 조금 생각난 게 있어서. 그러니까 그쪽한테 전해주는 편이 좋을지도 모르겠다 싶어서."

"뭘?"

상상력이 진부해. 케이시가 한 이 말이 떠올랐지만, 관찰력은 인정한다고도 했다. 그걸 믿고 유타로는 말했다.

"쇼헤이 씨가 정말로 '사신아이'니 '기타마쿠라' 같은 걸 좋아했을까?"

"무슨 뜻이야?"

"그러니까, 가끔 집에 오는 여동생과 대화하기 위해, 추천받은 애니메이션에 빠진 척했던 건 아닐까 생각했어. 대화를 잘할

줄 모르니까 최소한의 공통 화제를 만들어보려고. 왜냐면 피규어
도 캐릭터 굿즈도 책상 위에 올려놓은 것밖에 없었잖아. 좋아해
서 샀다기보다는 누군가에게 보여주기 위해 구비한 걸로 보였어.
'기타마쿠라네무루'를 모은 건, 인기 없는 캐릭터라서 가장 구입
하기 쉬웠기 때문이 아닐까."

　복슬이는 유타로가 이야기하는 중간부터 허리에 손을 올리고
비스듬히 하늘을 보고 있었다. 한동안 그 자세를 유지하더니 이
번에는 자신의 발밑을 바라봤고, 마침내 '흐음' 하며 팔짱을 꼈다.

　"그건 검토해볼 만한 의견일지도 모르겠네. 오빠가 그런 거에
빠지다니 이상하다는 생각은 했어. 애니 오타쿠의 자질이 있었다
면 히키코모리 백수 시절에 이미 그렇게 됐겠지. 밀리터리 오타
쿠의 느낌은 조금 있었지만. 어렸을 때부터 애니메이션에는 관심
이 없었거든."

　"뭐, 지나친 생각인지도 모르지만."

　"아니, 검토해볼 가치는 있어. 조금 검토해볼게."

　"응, 검토해봐."

　그럼 이만, 하며 서로 인사를 나누고 두 사람은 헤어졌다. 하지
만 조금 걷고 있자 복슬이가 다시 불렀다.

　"저기, 후배."

　유타로가 뒤를 돌아보자 복슬이는 아까와 같은 위치에 그대로
서 있었다.

　"당신, 누구야? 후배 아니지?"

　"응?"

"오빠가 근무처 후배와 점심을? 그럴 리가 없어. 우리 오빠의 대화 능력을 얕보지 마. 다른 사람이랑 같이 밥을 먹다니 불가능한 일이야."

"아, 아니야, 그렇지 않아…….'

"됐어, 됐어. 오빠 편인 것 같으니까 그건 상관없고. 그냥, 다시 만날 수 없을 것 같아서 말해두는 거야. 고마워."

그렇게 말하며 싱긋 웃더니, 복슬이는 그대로 뒷걸음질로 걷기 시작했다.

"우리 오빠, 왠지 곧 눈을 뜰 것 같은 기분이 들었어."

"응. 깨어나면 좋겠네."

"그래."

다시 한번 "그럼 이만" 하고 인사한 후 복슬이는 몸을 휙 돌려 아까보다 조금 빠른 걸음으로 걸어갔다. 그 뒷모습을 지켜보고 있자 스마트폰이 울렸다. 케이시의 전화였다.

"어디야? 일 들어왔어. 복귀해."

"아, 응. 미안. 금방 갈게."

유타로는 전화를 끊었다. 올려다본 하늘은 살짝 흐려져 있었고, 갤 생각도 비를 내릴 생각도 없는 듯했다.

"시원찮은 날씨로군." 유타로는 그렇게 중얼거리며 웃었다. 이즈미 쇼헤이가 눈을 뜨기에 딱 어울리는 날씨 같았다.

사무실에 돌아오자 케이시의 책상 앞에 마이가 있었다. 마이가 무언가를 따지고 있고, 케이시는 난처해한다. 그런 상황으로 보였다. 워낙에 화기애애한 남매는 아니었지만, 이렇게까지 긴장된 분위기도 드물었다.

"다녀왔습니다. 아, 마이 씨. 굿 타이밍. 이거 쿠키."

유타로는 종이봉투에서 쿠키를 꺼내 들고 책상으로 다가갔다. 두 사람 사이에 종이봉투를 놓고 한입 깨물며 탄성을 지른다.

"오, 맛있다!"

마이는 케이시를 응시하고, 케이시는 시선을 회피한 채 교착상태가 이어지고 있다.

"역시 초코쿠키였어. 나온다고 했는데 안 나와서 계속 궁금했거든. 아, 쿠키몬스터인데, 한번 생각나기 시작하니까 너무 먹고 싶더라고. 하나 먹어보세요."

종이봉투에서 쿠키 한 개를 꺼내 마이에게 권했다. 그러자 마이는 유타로에게는 눈길도 주지 않고 받아 든 쿠키를 한입에 털어 넣었다.

"계약서에 없니 어쩌니 하는 변명은 하지 말지? 이건 케이와 나 사이의, 암묵적인 계약이었어."

쿠키를 우물우물 씹으면서 마이가 말했다.

"그래도 정도라는 게 있지." 케이시가 한숨을 쉬며 말했다. "보여준 지 얼마 안 됐잖아. 한 달에 한두 번. 내게는 그 정도가 암묵적인 이해였어."

뾰로통하게 입을 다물고 있던 마이는 "됐어" 하고는 쿠키 봉투를 집더니 케이시에게 등을 획 돌렸다. 나가면서 '쾅' 하고 큰 소리를 내며 거칠게 문을 닫았다. 어안이 벙벙한 채 바라보던 유타로는 케이시에게 시선을 돌렸다.

"아, 쿠키는 상관없는데, 괜찮아?"

"괜찮아."

"무슨 일 있었어?"

"아무 일 없어. 그냥 월세 청구."

"월세 청구? 그게 뭔데?"

어차피 대답 안 하겠거니 생각했는데, 케이시는 마이가 나간 문을 바라보며 나지막이 말했다.

"엿보기야."

"엿보기? 응? 엿보다니?"

"모구라가 관리하는 데이터들 중에서 무작위로 하나를 골라 보여줘. 그게 마이에게 지불하는 월세."

"그런 일이……."

가능하냐고 물으려다가, 당연히 가능하겠다는 생각에 이내 질문을 멈췄다. 모구라에 신호가 와야 의뢰인의 디바이스를 원격 조종할 수 있게 된다. 하지만 그걸 가능하게 하는 'dele. LIFE'의 앱은 이미 디바이스 내에서 실행되고 있는 것이다. 앱을 만든 사람이 케이시인데 그 정도의 일이 불가능할 리가 없다.

그다음에는 그래도 돼? 하고 물으려다가, 될 리가 없다는 생각에 이내 질문을 멈췄다. 아직 살아 있는 의뢰인의, 가장 보이고 싶지 않은 비밀을 보여주는 것이다. 설령 의뢰인의 인적 사항을 밝히지 않는다고 해도, 해서는 안 되는 일이다. 그것을 가장 싫어하는 사람은 다름 아닌 케이시 자신이었다.

"용서받을 수도 없고, 해서는 안 되는 일이다. 알고는 있지만 저건 이미 병이야. 내가 제공하지 않으면 어떤 수단을 써서라도 보려고 할 거다. 제 것이라고 주장하며 우리 사무실의 모든 것을 압류할 수도 있어."

그제야 처음으로 케이시는 유타로의 눈을 바라봤다.

"경멸하나?"

"설마" 하고 유타로는 말했다. "그럴 리가."

망설임 없이 대답한 후에야, 케이시에 대해서가 아니라 마이에 대해 물은 것인지도 모른다는 생각이 들었다.

잠시 유타로의 시선을 살피던 케이시는 마침내 시선을 돌리며 중얼거렸다.

"쿠키, 먹어보지도 못했네."

"또 사 올게."

유타로는 소파에 앉아 다마 씨에게 배운 자세로 기지개를 한 번 켰다. 등을 쭉 폈다가 천천히 힘을 빼는 순간에 문득 생각이 떠올랐다.

"있잖아, 케이. 쇼헤이 씨 일인데."

떠오른 생각을 놓치지 않도록, 유타로는 스스로 검증하듯이 말했다.

"쇼헤이 씨는 다케우치 마미 씨가 병적으로 좋았던 게 아니라, 사실은 말을 걸 기회를 엿보고 있었던 것뿐 아닐까."

"무슨 말이야?"

"단지 말을 거는 것만 해도 쇼헤이 씨에게는 무지하게 힘든 일이었어. 그래서 다케우치 마미 씨에 대해 알려고 했지. 마쓰이가 협박한 내용을 알았지만 그걸로 다케우치 씨를 어떻게 해보려 했던 게 아니라, 쇼헤이 씨는 단지 말을 걸 계기로 생각한 건 아닐까. 그래서 협박메일이 멈추자 곤란해졌고, 거짓으로 협박메일을 보낸 거야. 오랫동안 지속할 생각은 없었을 거야. 빨리 말을 걸어보겠다는 생각에, 사진을 찍어가며 필사적으로 이미지트레이닝을 한 거지. 어디라면 다케우치 씨에게 말 걸기가 쉬울까. 어떤 내용이면 무난하게 대화할 수 있을까. 좋은 아침입니다, 안녕하세요, 퇴근하세요? 저를 기억하세요? 무슨 힘든 일이라도 있으신가요? 그렇게 단지 한마디 말이라도 걸려고 마쓰이의 이름으로 협박메일을 보내면서. 그리고 금요일, 마침내 결심하고 다케우치 마미 씨 앞으로 나온 거지. 하지만 타이밍이 안 좋았어. 아무 말도 하지 못한 채, 다케우치 마미 씨에게 혹독한 응대를 당한 거야."

그날 밤, 다케우치 마미 앞에 나타난 이즈미 쇼헤이가 준비했던 것은 죄의 고백도, 당연히 협박도 아닌, 사실은 '안녕하세요'. 그 간단한 한마디가 아니었을까. 그런다고 다케우치 마미와 무언가가 시작될 리 없다는 것 정도는 이즈미 쇼헤이도 알고 있었다. 이즈미 쇼헤이는 다만 눈앞에 있는 문을 열고 싶었을 뿐이었다.

케이시는 유타로의 이야기를 듣고는 한참 동안 생각하는 것 같았다.

"그렇다고 한다면 비참하군." 마침내 케이시가 입을 열었다. "너무 비참해."

"그럴까."

유타로는 다시 한번 생각해봤지만 비참하다는 생각은 들지 않았다. 이즈미 쇼헤이에게, 타인과 교류하는 것은 그 정도로 중대한 문제였다. 그랬을 것이다.

"나는 그런 사람이라면 친구가 되고 싶지만. 되어주고 싶은 게 아니라, 뭐랄까 그냥 자연스럽게 친해질 것 같아."

"그래?" 케이시는 그렇게 물었지만, 유타로의 대답을 기다리지 않고 곧바로 고개를 절레절레 흔들었다. "역시 넌 비정상이야."

유타로가 웃으며 케이시에게 물었다.

"그래서, 무슨 일이 들어왔는데?"

"아, 맞다. 이번에는 이거야."

케이시는 모구라를 조작한 후 화면을 유타로에게 돌렸다. 거기에는 어떤 비밀이 있을까. 유타로는 살며시 심호흡을 하고 소파에서 일어나 책상으로 다가갔다.

인형의 꿈 Dolls Dream

사무실 문을 열고 평상시처럼 가볍게 인사를 한 유타로는 이
내 말을 삼켰다. 케이시와 마이, 거기에 또 한 명의 낯선 남자가
사무실에 있었다. 유타로가 이곳에서 일한 이후로 사무실에 마이
외의 방문객이 온 것은 처음이었다. 각각의 표정은 온화했지만
사무실의 공기는 험악했다. 유타로는 슬며시 남자를 관찰했다.
40대 초반. 이목구비가 뚜렷한 얼굴. 키는 유타로보다 작지만 가
슴팍이 두툼하다. 노타이 차림에 짙은 회색을 띤 고급스러운 양
복을 입고 있다. 남자는 사무실에 들어온 유타로에게 힐긋 시선
을 던졌지만, 신경 쓸 필요가 없다고 생각했는지 아무것도 보지
않은 것처럼 책상 너머에 있는 케이시에게 시선을 되돌렸다. 그
리고 이윽고 그 시선을 자신 옆에 서 있는 마이에게 향했다.
　"그러니까 아내와 계약한 사실을 인정하지 않는다?"
　짐짓 온화한 말투는 억제하기 힘든 감정의 반증처럼 들렸다.
감정의 균형을 잃기 직전인 남자를 배려하듯 마이가 차분하게 대

답했다.

"인정하고 안 하고를 포함해서, 대답할 수 없다고 말씀드리고 있는 겁니다. 죄송합니다만 저희 입장도 이해해주세요."

"입장이라니, 당신은 내 고문변호사 아닌가."

"맞습니다."

"그런데도 내 질문에 대답하지 않는다?"

"대답하고 싶어도 대답할 수 없다고 말씀드리는 겁니다. 저희 는 도시마 씨를 위해서만 일하는 것이 아닙니다. 다른 고객에 관 한 질문에 대답을 드릴 수는 없습니다. 설령 배우자에 대한 것이 라도 마찬가지입니다."

"대답은 안 해도 되네. 고개를 끄덕이거나 가로저어주기만 하 면 돼."

"도시마 씨."

마이는 타이르듯 남자를 물끄러미 바라봤다. 남자는 물러서는 기색도 없이 강렬한 시선으로 되받았다.

"아스카는 내 아내야. 내 아내에게, 내 고문변호사를, 내가 소 개해줬다. 아내는 내 돈으로 내 고문변호사에게 의뢰를 했어."

"엄밀하게 말하면 그건 아니죠."

케이시가 책상 너머에서 지겹다는 듯 언성을 높였다. 그 목소 리에 남자의 눈썹이 씰룩거렸다.

"설령 부인께서 의뢰를 했다고 해도, 일을 의뢰한 곳은 우리 'dele. LIFE'입니다. 누나가 소장을 맡고 있는 '사카가미 법률사무 소'와 업무제휴는 하고 있습니다만, 별개의 회사입니다. 만약 부인께서 우리에게 의뢰를 했고, 누나가 그 데이터를 보여달라고 요청한다고 해도 우리가 거부합니다. 영장이라도 받아온다면 모르겠지만."

케이시의 말에 남자는 천천히 고개를 두 번 끄덕였다.

"당신이 내 입장이라면 어떤 기분이겠나?"

남자는 대답을 기다렸지만, 케이시는 아무런 반응도 하지 않고 담담한 시선으로 남자를 보고 있었다.

"자기 아내가 죽어가고 있어. 그런데 그 아내가 자신이 죽은 후 삭제해달라는 데이터가 있다는 사실을 알았다. 그것은 남에게 보일 수 없는, 그런 추악한 것일지도 모르지. 하지만 그런 게 아니라면? 예를 들어 아내의 마지막 미련이 그곳에 적혀 있다면? 만약 살 수 있다면 이런 일을 해보고 싶었다, 그런 바람으로 채워져 있다면? 그건 아마도 내가 해줄 수 없는 일이겠지. 그래서 더욱 아내는 아무에게도 보여주지 않고 삭제하려는 거겠지. 그럼에도 보고 싶다고 생각하지 않겠나? 아주 조금이라도 해줄 수 있는 일이 있다면 해주고 싶지 않겠나?"

역시 케이시는 반응하지 않았다. 남자의 목소리가 떨렸다.

"아내는 서른여덟이야. 겨우 서른여덟이라고. 그런데도 난 그냥 보고 있을 수밖에 없다."

가슴을 쥐어짜는 듯한 남자의 목소리에 케이시는 눈을 가늘게 뜨고 살며시 입술을 깨물었다. 하지만 케이시가 보인 반응은 그뿐이었다.

케이시의 얼굴을 가만히 응시하던 남자는 포기한 듯 몇 번인가 고개를 끄덕였다.

"앞으로 아주 먼 훗날. 언젠가 당신의 소중한 사람이 죽는 그 순간이 되면, 지금 자신이 얼마나 잔혹했는지 알게 될 거네."

남자는 그렇게 말하고 사무실을 나갔다. 그가 던진 말은 저주처럼도 들렸다. 남자가 새긴 저주의 말이 허공에 머물러 있는 듯했다.

"아, 그러니까, 누구셨더라?"

일부러 익살스러운 말투로 유타로는 물었다. 대답한 사람은 마이였다.

"도시마 하야토 씨. 간호전문 인재파견 회사를 창립해서 성공했어. 사업경영에 관한 법률상담 등도 포함해서 우리와 계약을 했는데, 한참 전에 케이의 회사 이야기를 했더니 그 이야기가 부인에게 전해졌나봐."

"두 달쯤 전에 마이를 통해서 우리에게 의뢰했어."

고개를 끄덕인 마이는 엉덩이를 내던지듯 소파에 털썩 앉았다.

"부인은 작년에 암이 발견됐나봐. 수술하고 치료도 계속하는데, 힘든 상황인 것 같아. 부인은 만약의 사태를 생각하자 마음에 걸리는 게 있었나봐."

그 사실을 알게 된 도시마 씨가 이곳으로 들이닥친 것이라고, 유타로도 상황을 파악했다.

"아아악 아아악" 하고 비명을 지르며 답답한 감정을 토해낸 듯한 마이는, 분방한 자세로 소파 등받이에 머리를 기댔다. "신입. 커피 한 잔 줄래?"

"아, 사 오겠습니다. 레귤러 사이즈면 됩니까?"

나가려는 유타로를 마이가 말렸다.

"여기, 커피메이커도 없어? 그러면 됐어. 위에서 마실게."

마이는 한숨을 쉬고는 일어나서 문 쪽으로 걸어갔다.

"네가 내 입장이면 어떻게 할 거 같니?"

혼잣말인가 싶을 정도로 작게 중얼거렸다. 마이는 문손잡이에 손을 올리고 잠시 숨을 고른 후 케이시를 돌아봤다.

"소중한 사람이 자신의 사후에 데이터를 삭제하도록 제삼자에게 의뢰했고 만약 그것을 볼 수 있다면 케이는 볼 거야?"

케이시와 마이의 시선이 맞붙었다. 먼저 시선을 돌린 건 케이시였나.

"아버지는 그런 사람이 아니었어."

"컴퓨터도, 스마트폰도, 태블릿도. 갑자기 돌아가신 것치고는 지나칠 정도로 깔끔하게 정리가 되어 있었어. 그렇게 느낀 건 내 기분 탓?"

마이의 시선은 케이시에게 고정되어 있었다.

"기분 탓이겠지. 원래 그런 거에 관심 없는 사람이었잖아."

마이는 이야기가 이어지길 기다리는 듯했지만 케이시는 마이에게 시선을 되돌리지 않았다. 조금 더 기다린 후 마이는 작게 웃었다.

"설마 이쪽으로 쳐들어올지는 몰랐어. 앞으로 이런 일이 없도록 조심할게. 미안해."

마이는 슬쩍 손을 흔들고 사무실을 나갔다.

"아버지라니?" 유타로가 물었다.

"아무것도 아니야." 케이시는 대답했다.

도시마 아스카의 스마트폰에서 온 신호가 모구라에 도착한 건 그다음 달의 일이었다.

"의뢰인은 도시마 아스카. 38세. 자신의 스마트폰이 24시간 동안 사용되지 않았을 때 클라우드에 있는 이 폴더 내용을 전부 삭제하도록 요청했어."

정보를 확인한 케이시가 유타로에게 모구라 화면을 돌렸다. 'T·E'라는 이름이 붙여진 폴더가 있다.

"아, 클라우드" 하고 끄덕이며 유타로는 웃었다. "클라우드?"

"데이터를 단말기가 아닌 인터넷상에 보관하는 것. 그렇게 해 두면 어떤 단말기로도 데이터에 접속할 수 있어. 일단 그렇게 이해하면 돼."

"아, 응. 그런데 그 클라우드의 폴더가 아니라, 폴더의 내용을 삭제하라고?"

"맞아. 이 설정대로면 폴더를 남기고 안에 있는 데이터만 삭제하도록 요청한 게 돼."

"안은 텅 비지만 이 'T·E'라는 이름의 폴더만 남는다는 뜻?"

"그렇게 되겠지."

이해가 불가능한 정도는 아니지만, 조금은 독특한 설정 방식이었다.

"여하튼 사망 확인을 해줘. 이게 의뢰인의 휴대폰 번호."

케이시의 말에 따라 유타로는 그 번호로 전화해봤다. 하지만 호출음도 없이 곧바로 부재중 응답메시지가 흘러나왔다.

"안 되는데. 호출음도 없이 곧장 응답메시지."

"입원 중이라서 그렇게 설정해놨을 수도 있겠군."

케이시가 메모지를 내밀었다.

"여기로도 걸어봐. 마이가 알려준 도시마 씨의 휴대폰 번호."

"마이 씨에게 걸어달라고 하라는 건 아니지?"

도시마 씨가 사무실에 왔을 때를 떠올리며 유타로가 말했다.

"아니야. 늘 하던 대로 해줘."

유타로는 어떤 설정으로 할지 고민했다.

"주소는 단독주택? 맨션?"

케이시는 모구라의 키보드를 두드렸다.

"맨션이군. 호실 번호를 봤을 때는 16층."

대형 맨션. 그렇다면 입주민들 사이의 교류는 드물 것이다. 유타로는 관리조합 임원을 사칭할 작정으로 전화를 걸었다. 그러나 도시마 씨의 휴대폰은 전원이 꺼져 있었다. 부재중 응답메시지로도 전환되지 않는다. 불길한 예감이 엄습했다.

"병원에 있는 걸까, 아니면……."

"전화를 받을 상황이 아니거나. 가서 자택을 확인해봐. 부인이 사망했다면 뭔가 움직임이 있을 거다."

"도시마 씨에게는…… 어떻게 해?"

"우리가 의뢰받은 건 거의 들켰다고 봐야지. 그가 폴더를 찾아내면 그건 어쩔 수 없어. 일이 복잡해질 것에 대한 각오만 해둬."

“알았어.”

도시마 씨의 자택은 고토구에 있는 타워맨션이었다. 유타로는 혼자 그곳으로 향했다.

높게 솟은 맨션 꼭대기를 올려다보며 유타로는 입구로 들어가 자동문 옆에 있는 숫자판에 호수를 눌렀다. 도시마 씨가 나오면 솔직하게 묻는 수밖에 없다고 생각했지만, 응답해온 것은 젊은 여자의 목소리였다.

“네, 누구세요?”

인터폰 너머로 피아노 소리가 조그맣게 들렸다. 곡을 연주하는 게 아니라 심심풀이로 건반을 두드리고 있는 듯했다. 멜로디가 되지 않았다.

“아, 나는, 아니, 저는 마시바라고 합니다. 저기, 아스카 씨는 지금……”

“이곳에 안 계십니다만.”

애매한 표현이었다. 낯선 사람에게 입원 중이라고 말할 수는 없기 때문일 것이다. 말투를 봤을 때 아무래도 사망한 건 아닌 듯했다.

“네. 남편분은, 하야토 씨는 지금 병원에 계신가요? 전화드렸지만 연결이 되지 않아서.”

부부의 이름까지 알고 있고, 부인이 입원 중인 것도 알고 있다. 그러자 조금 경계를 푼 듯했다.

“네. 도시마 씨는 아침부터 병원에.”

"아스카 씨 상태가 안 좋으십니까?"

"자세한 건 저도 좀……."

얼버무리는 대답이었지만, 만약 사망했다면 좀 더 다르게 표현했을 것이다.

"아, 그렇군요."

그렇게 말하고 인터폰을 끊으려는 순간, 피아노 소리가 멈추고 다른 목소리가 들렸다.

"누구야?"

"응, 아빠 아시는 분인가봐. 가나데는 신경 쓰지 않아도 돼."

도시마 아스카를 찾았는데도 엄마의 지인이라고 하지 않았다. 이 집에서는 이미 '엄마'라는 말에 예민해져 있구나 하고 유타로는 느꼈다.

"그러면 병원으로 가보겠습니다. 고맙습니다."

유타로는 자동문 숫자판에 대고 말한 후 맨션 입구를 나왔다. 케이시에게 전화를 걸어 입원한 곳을 묻는다. 케이시는 그 자리에서 도시마 아스카의 스마트폰을 뒤졌다. 위치 정보를 봤을 때 스마트폰은 같은 구에 있는 대형 종합병원에 있다고 한다.

"그곳이 입원한 병원일 거다."

"분위기를 보면 아직 사망하지는 않은 것 같지만, 병원에 가서 확인해볼게."

"알았다."

"아, 케이."

"왜?"

"도시마 씨, 딸이 있나봐."

"그래, 나도 지금 의뢰인의 스마트폰을 보고 알았다. 도시마 가나데渡島奏. '연주한다'*는 뜻의 가나데. 이제 여섯 살이군. 유치원 졸업반인가."

"그렇지."

여섯 살짜리 딸을 남겨두고 죽을지도 모르는 의뢰인. 올려다본 하늘이 너무 푸르러서 유타로는 눈을 가늘게 떴다.

"사진도 있어. 이 아이 초등학생용 가방을 메고 있네." 케이시가 말했다.

내년에 있을 입학식을 자신은 볼 수 없을지도 모른다. 그런 마음으로 찍었을 터다.

"그렇구나."

"뭔가 알아내면 연락해."

케이시는 이렇게 말하고 전화를 끊었다.

유타로가 스마트폰을 주머니에 집어넣고 걷기 시작했을 때, 도시마 씨의 모습이 눈에 들어왔다. 주차장에 차를 세우고 막 내리려는 중이었다. 도시마 씨는 차 문을 잠그고 입구를 향해 걸어왔다. 유타로를 발견하고 걸음을 멈춘 도시마 씨가 의아한 듯 눈썹을 찡그렸다. 하지만 어디서 본 얼굴인지 바로 생각난 듯했다.

"뭘 하려고……."

물어보려던 도시마 씨는 그 질문을 끝내기 전에 대답을 알아챘을 터다. 표정이 험악해졌다. 성큼성큼 다가와 유타로의 눈앞

* 奏でる. '가나데루'라고 읽는다.

194

에서 걸음을 멈춘다. 어깨가 떨리고 있었다. 유타로는 자신에게 달려들 거라 생각하고 주먹을 쥐었다. 그러나 다음 순간 도시마 씨는 몸에서 힘을 뺐다.

"사신이 따로 없군."

"그런……."

"확인하러 왔지? 아스카가 죽었는지 안 죽었는지."

"아니요, 그게……."

대답하지 못하는 유타로를 보며 도시마 씨는 입술을 일그러뜨리며 웃었다.

"공교롭게도 아직 살아 있다. 방금까지 병원에 있다가 왔으니까 확실해."

"아, 그렇습니까. 다행이다."

잠시 망설였지만, 이제 와서 의뢰가 있었다는 사실을 속일 필요는 없겠다 싶었다. 유타로는 자신의 옆을 지나치는 도시마 씨를 돌아봤다.

"저기, 부인께 부탁할 수는 없을까요? 부인의 허락이 있으면 저희도 데이터를……."

도시마 씨가 걸음을 멈추고 돌아봤다.

"물론 부탁해봤지. 아무리 부탁해도 자꾸 얼버무리니까 그쪽에 갔던 거다."

"좀 더 강하게 부탁할 수는……."

"그러기에는 이미 늦었어. 아스카는 지금 약 때문에 의식이 몽롱한 상태로 대부분의 시간을 보내고 있어. 추궁하고 싶지 않아."

도시마 씨가 사무실에 들이닥친 지 한 달 남짓. 상태는 나쁜 쪽으로 확실하게 진행하고 있는 듯했다. 24시간 동안 스마트폰을 만질 수 없을 정도로 부인의 상태는 나빠진 것이다.

"그렇습니까. 그렇군요."

맨션 쪽으로 몸을 돌리려던 도시마 씨는 생각을 바꾼 듯 유타로를 향해 말했다.

"저기, 같이 올라가지 않겠나?"

"네?"

"그래도 우리 집을 찾아온 손님 아닌가. 커피 정도는 내주지."

도시마 씨는 유타로의 대답을 기다리지 않고 걷기 시작했다. 따라오지 않아도 상관없다. 그런 걸음걸이였다.

"앗, 후우."

유타로는 도시마 씨의 뒤를 쫓아 맨션으로 돌아갔다. 자동문을 통과해 엘리베이터를 타고 16층으로 향한다. 도시마 씨가 현관문을 열자 어린 여자아이와 20대 후반 정도의 여성이 두 사람을 맞았다. 여성은 도시마 씨의 등 뒤에 있는 유타로를 보며 소리를 높였다.

"아! 조금 전의 그 마시바 씨?"

"마시바 유타로입니다." 여성에게 고개를 숙인 후, 그 뒤에 숨어서 얼굴을 반만 내밀고 있는 여자아이에게도 말을 걸었다. "하이!"

유타로가 생긋 웃자 여자아이는 얼른 얼굴을 감췄다. 하지만 곧 다시 얼굴을 반만 내밀고 유타로를 빤히 쳐다봤다. 눈이 웃고 있다.

"내 딸 가나데야. 이쪽은 사토 씨. 내가 없을 때 가나데를 돌봐주고 계셔."

도시마 씨는 유타로를 업무상 알게 된 사람이라고 애매하게 소개한 뒤 집 안으로 들어갔다.

"그 슬리퍼를 신으면 돼."

유타로는 시키는 대로 슬리퍼를 신었다. 가나데가 도시마 씨에게 두 팔을 벌리고 있었다. 도시마 씨는 "으쌰" 하면서 가나데를 안아 올리고 걷기 시작한다. 늘 그렇게 하는 듯했다. 거침없는 동작이었다. 도시마 씨의 뒤를 따라가자, 도시마 씨 어깨 위로 고개를 내밀고 있는 가나데와 자연스럽게 눈이 마주쳤다.

"아까 피아노 쳤었지? 피아노 잘 쳐?"

가나데는 수줍은 듯 웃으면서 고개를 도리도리 흔들었다.

"피아노 치는 거 보여줘."

가나데는 킥킥 웃고는 도시마 씨의 가슴에 얼굴을 묻었다.

복도 끝에 환하고 넓은 거실이 있었다. 조금 큰 편인 거실 테이블과, 조금 큰 편인 소파 세트. 역시 조금 큰 편인 창문으로는 베란다 너머로 도쿄역 주변의 건물들이 훤히 보였다. 벽 쪽에는 업라이트 피아노가 있다.

도시마 씨는 가나데를 팔로 안아서 "하나, 둘, 셋" 하며 그네처럼 흔들고는 소파에 던졌다.

꺄르르 웃는 가나데의 모습에 도시마 씨는 미소 짓고 주방으로 향했다.

"사토 씨도 커피 마실래?"

"아, 커피는 제가 내올게요."

소파에 앉으려던 사토 씨가 몸을 일으켰다.

"괜찮아. 사토 씨는 베이비시터지 가사도우미가 아니야. 아, 괜찮으면 가나데가 피아노를 치게 해주겠나?"

"가나데, 피아노 쳐줄래?"

사토 씨가 말하자, 던져진 자세 그대로 소파에 누워 있던 가나데는 구르듯 소파에서 내려와 벽 쪽에 있는 피아노를 향해 걸어갔다. 사토 씨가 의자를 빼서 가나데를 앉힌 후 다시 의자를 밀어넣고 건반 뚜껑을 열어준다.

"아, 녹음!" 가나데가 말했다.

"네, 네."

사토 씨가 피아노 위로 손을 뻗었다. 손에 든 것은 스마트폰인 듯했다.

"스마트폰으로 녹음합니까?" 유타로가 물었다.

"부인께서 사용하시던 스마트폰인가봐요."

"지금은 가나데 거야." 가나데가 말했다. "엄마가 줬어."

"디지털 네이티브란 이런 것이군요."

사토 씨는 유타로를 보며 웃었다. 녹음도 할 수 있고 사진과 동영상도 찍을 수 있다. 그렇게 생각하면 요즘 시대의 스마트폰은 전화기로서의 역할이 끝나도 여러 가지로 쓸모가 있다. 아이에게는 너무도 멋진 장난감일 것이다.

"자, 녹음할게."

사토 씨가 화면을 터치하고 스마트폰을 피아노 위에 되돌려놓는다.

그 모습을 확인한 가나데는 건반을 보며 등을 곧게 폈다. 두 손을 부드럽게 건반에 올린다. 진지한 눈빛을 허공에 고정한다. 어린 여자아이에서 갑자기 소녀로 성장한 것처럼 보였다.

유타로는 숨을 삼키고 그 모습을 지켜봤다. 마침내 몸을 천천히 앞으로 밀어내며 소녀는 손가락으로 건반을 두드렸다. 그 순간 유타로는 웃음을 터뜨릴 뻔했다. 힘겹게 웃음을 참으며 돌린 시선이 사토 씨의 시선과 마주쳤다. 웃지 마, 하고 말하는 듯 단호한 눈빛을 유타로에게 보내는 사토 씨의 입가도 씰룩거리고 있었다. 행동과 표정은 프로 피아니스트 같았지만, 한 음 한 음이 끊어져서 전체적인 멜로디조차 파악할 수 없었다. 조금 전 인터폰 너머로 들렸던 것도 심심풀이로 한 연주가 아닌, 진지한 연주였던 모양이다.

첫 충격을 극복하고 나니 그 나이답게 더듬거리는 연주에 흐뭇한 기분이 들었다. 유타로는 일인용 소파에 앉아 연주를 들었다. 도시마 씨도 커피를 가지고 와서 삼인용 긴 소파에 앉았다. 사토 씨도 도시마 씨와 같은 소파에 조금 거리를 두고 앉았다. 더듬거리던 연주가 한동안 이어진 후 갑자기 음이 끊겼다. 꽤 오랫동안 다음 음이 나오지 않는다. 눌러야 할 건반을 못 찾나 했더니 이미 연주가 끝난 것이었다. 여운에 젖어 있던 듯한 가나데는 천천히 의자에서 내려와 세 사람을 향해 짐짓 거드름을 피우며 고개를 숙였다. 유타로는 일어서서 크게 박수를 쳤다. 그렇게까지 큰 호응을 받으리라고는 예상하지 못했는지, 가나데는 부끄러운 듯 고개를 숙이면서 종종걸음으로 다가와 도시마 씨 옆에 폴짝 올라앉았다. 대신에 사토 씨가 일어나더니 피아노 위의 스마트폰을 들고 녹음을 중지했다.

"방금 그건 무슨 곡이니?" 유타로는 다시 소파에 앉으며 물었다. "들어본 적이 있는 것 같은데."

"「인형의 꿈과 깨어남Dolly's Dreaming and Awakening」."

"음, 잘 모르겠네. 유명한 곡이니?"

가나데는 고개를 갸웃했다.

"엄마가 가르쳐주셨어."

"아, 그랬구나."

"피아니스트를 시킬 것도 아니라서 엄격한 레슨을 받게 할 생각은 없었어. 가나데가 배우고 싶어 하면 그때마다 아스카가 가르쳐줬지. 아스카도 어렸을 때 피아노를 쳤거든. 자신이 엄격한 레슨을 받아서인지 가나데에게 그런 식으로 음악을 접하게 하고 싶지 않다더군."

가나데의 머리를 쓰다듬으면서 도시마 씨가 말했다. 가나데의 실력에 대한 변명을 하는 것도 같았고, 그때의 정경을 그리워하는 것도 같았다.

"가나데는 아직 이 곡밖에 못 치지만 귀여운 곡이지?"

"그러네요."

"엄마는 병원에 있으니까 녹음해서 들려주는 거야." 가나데가 말했다.

"내일 또 아빠가 가져갈게." 도시마 씨가 말했다.

"엄마가 무척 기뻐하시겠네." 유타로가 말했다.

"응."

가나데가 빙긋 웃었다.

유타로에게 낯이 익자 가나데는 피아노와 유치원 친구들에 대해 여러 가지 이야기를 들려주었다. 그 나이대의 아이치고는 말을 잘하는 편일 터다. 가나데를 전혀 모르는 유타로도 가나데의 일상생활을 살짝 엿볼 수 있었다. 이야기가 일단락됐을 때를 기다리던 도시마 씨가 사토 씨에게 말했다.

"잠깐 가나데의 방에 있어주겠나. 마시바와 할 이야기가 있어."

"아, 네. 가나데, 가자."

사토 씨가 가나데를 데리고 거실을 나갔다. 두 사람이 사라지자 갑자기 거실이 텅 빈 것처럼 느껴졌다. 부인이 죽은 후에 이 집이 어떤 모습일지 암시하는 것 같았다.

"따님이 귀엽네요." 유타로가 말했다. "머리도 좋고. 보통은 저 나이에 저렇게까지 또박또박 이야기 못 하죠?"

"음, 그런가." 도시마 씨가 말했다. "커피, 한 잔 더 하겠나?"

"아, 아니요. 괜찮습니다."

"그래."

도시마 씨는 일어나려다가 다시 앉았다. 숨을 한 번 내쉬고는 양손을 깍지 낀 채 유타로를 바라봤다.

"당신에게 부탁할 수는 없을까?"

"네?"

"아스카가 삭제해달라고 했던 데이터. 보여줄 수 없겠나? 당신이라면 해주지 않을까 했어."

"아!"

"머지않아 아스카는 사라져. 그러지 않기를 빌고 있지만, 기적에 가까운 일이라는 것도 알고 있어. 가나데는 이제 여섯 살이야. 엄마에 대한 기억은 금방 희미해지겠지. 되도록 엄마의 모습을 기억해줬으면 하는데 말이지. 아스카가 당신들에게 맡긴 데이터는 중요한 조각일 것 같다는 기분이 들어. 엄마가 어떤 사람이었는지. 그 기억은 가령 열다섯 살의, 또는 스무 살의 가나데를 지탱해줄 수도 있어. 아니면 가나데가 엄마가 됐을 때나 육아로 힘들어할 때 알아두면 좋을 무언가가 아닐까 하는 거야. 무슨 말을 하는지 이해하겠나?"

"이해합니다." 유타로는 고개를 끄덕였다. "이해했다고 생각합니다."

"지금 당장 보여달라고 하지는 않을게. 아스카가 사라진 후에라도 괜찮아. 삭제하지 말고 내게 보여줬으면 해."

"제가 할 수 있는 일이 아닙니다. 삭제를 의뢰한 데이터에 접속할 수 있는 건 케이, 아, 우리 소장님뿐이라서."

"그래, 그런가."

도시마 씨가 어깨를 떨어뜨렸다.

"하지만 제가 부탁해보겠습니다."

도시마 씨가 고개를 들었다.

"제 생각에도 소중한 내용일 것 같아서요."

"고마워."

도시마 씨는 깊숙이 고개를 숙였다.

'dele. LIFE'와 같은 건물 안에 있는 '사카가미 법률사무소'를 방문한 건 그때가 처음이었다. 유타로는 안내데스크가 있는 2층으로 가서 완벽하게 화장을 한 안내데스크 여직원에게 마이와 면담하게 해달라고 요청했다.

"소장님 말씀이세요? 상담 약속은 없으신데요, 무슨 용건입니까?"

"아, 저, 마시바 유타로라고 전해주시겠습니까? 용무가 있어서요. 저기, 지하의 일 때문이라고."

"지하, 말씀이세요?"

"네, 지하입니다. 이 건물 지하."

유타로가 아래를 가리키자 안내데스크 여직원은 생각났다는 표정을 지었다.

"실례했습니다. 저쪽에서 기다려주십시오."

유타로는 안내데스크 옆에 마련된 소파에 앉았다. 가끔 직원들이 눈앞을 오갔다. 모두 깔끔하게 정장을 입었고, 거침없고 확신에 찬 발걸음을 옮겼다. 유타로는 활짝 벌어져 있던 파카를 여미고 지퍼를 올렸다. 파카에 달린 모자도 뒤집어쓰고 싶었지만 너무 수상해 보일 것 같아서 관뒀다.

마이가 안쪽에서 바로 나왔다. 소파에 몸을 묻고 있던 유타로를 발견하고, 따라오라는 듯 손짓을 했다. 유타로는 일어서서 마이 뒤를 따라갔다. 사무실에는 직원들이 바쁘게 일하고 있었다. 마이는 사무실을 가로지르듯 성큼성큼 걸어가, 작은 방으로 들어갔다. 책상을 사이에 두고 두 개의 의자가 놓여 있다. 목제 책상과 감각적인 디자인의 의자 덕분에 차가워 보이지는 않았지만, 심플한 방이었다. 응접이 아닌 사무적인 면담을 위한 방일 터다.

"웬일로 여길. 처음이지?"

"맞아요. 아, 역시 뭔가 다르네요."

유타로는 마이가 권하는 의자에 앉으면서 말했다.

"뭐가?"

"지하와는 분위기가 완전히 달라요. 환하고 사람도 많고. 뭐랄까, 시간이 제대로 흐르고 있다는 느낌이 듭니다."

"그곳은 시공간이 엉망이지. 거기서 여기로 돌아오면 시차 적응이 안 될 때가 가끔 있어." 마이는 이렇게 말하며 웃고는 이내 웃음을 거뒀다. "그래서, 무슨 일인데?"

유타로는 자세를 바로 했다.

"도시마 씨 일로 부탁이 있습니다. 케이에게 데이터를 달라고 해주실 순 없을까요?"

유타로는 오늘 도시마 씨의 자택에 갔었던 일을 마이에게 말했다.

"의뢰인이 원하지 않는 일을 하면 안 된다는 건 알지만, 이번에는 다르다는 생각이 들어요. 의뢰인의 마음은 그대로 존중하면 됩니다. 그래도 사망한 후에 그 폴더 속 데이터는 엄마의 일부로서 가나데가 기억하게 해야 된다고 생각합니다."

"어떤 데이터인지도 모르는데? 이제 여섯 살인 가나데에게 전해줘도 괜찮을까?"

"물론 데이터의 내용에 따라 다르겠죠. 하지만 어떻게 전달할지, 언제 전달할지는 도시마 씨가 결정할 일이지, 우리가 삭제해도 되는 것은 아니라고 생각합니다." 유타로는 말했다. "방귀 냄새를 남기고 싶은 사람은 없겠죠. 그렇지만 어느 날 가나데가 자신의 방귀 냄새를 맡고, 언젠가 맡았던 엄마의 방귀 냄새를 떠올릴 수 있을지도 모릅니다. 그것 역시 소중한 추억이 아닐까요. 죽음을 앞둔 사람이 원하지 않는다고 해도 남기는 편이 좋다고, 그렇게 생각합니다."

"방귀~" 마이가 웃었다.

"그런 거라도 남겨서 다행이라고 생각할 때가 있을 겁니다. 아무리 소중하게 여겼다고 해도 기억은 사라지는 법이니까요."

마이는 유타로를 가만히 바라본 후 미소 지었다.

"공과 사를 혼동하지 말라고는 안 하겠지만, 혼동하는 느낌은 드네. 이 이야기는 신입의 어떤 부분과 이어져 있어?"

혼동한다는 생각은 안 했지만, 마이가 그렇게 느꼈다면 맞을 것이다. 유타로는 눈을 감고 엄지손가락 마디로 눈꺼풀을 빙글빙글 눌렀다.

여름의 정원. 모자를 쓴 소녀. 돌아보며 환하게 웃는다. 모자 색깔은……

"딱히 저와 연결된 건 없어요." 유타로는 눈을 뜨고 웃었다.

"그럴까?"

"그렇습니다."

유타로의 눈 속을 살피는 마이의 눈에는 묘한 친근감이 담겨 있었다.

"알았어." 마이는 고개를 끄덕였다. "들어줄지 어떨지는 모르지만 얘기해볼게. 지금?"

"가능하시면."

"잠깐만 기다려."

마이가 몇 가지 용무를 끝내기를 기다렸다가 함께 지하로 내려갔다. 사무실에 들어가자 케이시는 예상대로 눈썹을 찡그렸다. 휠체어 등받이에 몸을 기대고, 문 앞에 선 두 사람을 느긋하게 바라본다.

"아스카 씨는 아직 살아계셔." 유타로가 말했다. "도시마 씨에게 확인했으니까 틀림없어."

"그래." 케이시는 고개를 끄덕였다.

그런데? 하고 묻듯 유타로를 바라본다.

"도시마 씨와 이야기를 나누고 왔어. 의뢰했던 데이터 말인데, 아스카 씨가 살아 있는 동안은 보여주지 않아도 되지만 사망 후에 삭제하지 말아달라고, 도시마 씨가 부탁했어. 가나데를 위해서라도 삭제하지 말고 돌려줬으면 한다고."

"안 돼."

케이시의 대답은 냉정했다.

"우리에게는 의뢰가 전부다. 관계자 모두가 반대한다고 해도, 의뢰받은 내용은 수행해."

너무 단호한 말투에 대꾸할 수가 없었다. 지원사격을 하듯 마이가 입을 열었다.

"알고 있겠지만, 법률상 상속은 사망과 동시에 발효돼. 의뢰인이 사망한 시점에 의뢰인의 스마트폰 소유권은 상속인에게 이동하지. 상속인의 뜻에 완전히 어긋나는 걸 알면서 스마트폰에 침입하는 건 부정접속금지법 위반의 가능성이 있어."

케이시는 마이를 보고 "그렇게 나오시겠다?" 하며 코웃음을 쳤다. "고소하려면 고소해. 변호사 선생."

그렇게 말한 케이시는 핸드림을 잡고 휠체어를 회전시켜 두 사람에게 등을 돌렸다. 마이는 무슨 말인가 하려고 했지만 더는 할 말이 없는 듯했다. 유타로를 보며 고개를 저었다.

"그러면 의뢰인이 의뢰를 취소하면 되는 거지?" 유타로는 두 손으로 책상을 짚고 말했다. "그러면 불만 없는 거지?"

"뭐라고?"

등을 돌린 채 케이시가 언성을 높였다.

"설득하고 올게."

남편인 도시마 씨도 못 했던 일을 자신이 할 수 있으리라는 생각은 들지 않았지만, 가만히 있을 수도 없었다. 설득해낼 가능성이 적다고 주장하는 케이시의 목소리가 등 뒤로 들렸지만, 유타로는 무시하고 사무실을 나갔다.

도시마 아스카가 입원해 있는 병원은 도쿄만에 접한 매립지에 있었다. 안내판에 따르면 내과 환자가 입원 중인 곳은 7층의 서쪽 병동과 동쪽 병동인 듯했다. 일단 중앙 엘리베이터를 타고 7층에서 내려 좌우를 둘러봤다. 어느 쪽으로 갈지 망설이고 있자 중년의 간호사가 말을 걸었다.

"병문안 오셨어요? 그러면 저쪽에서 접수하세요. 어느 분을 찾아오셨죠?"

유타로는 안내해주는 대로 면회자를 위한 접수처로 향했다.

"도시마 씨, 도시마 아스카 씨입니다."

유타로와 나란히 걷던 간호사가 걸음을 멈췄다.

"가족분?"

"아니요."

"그러면 오늘은 면회가 힘들걸요. 지금 가족분이 저쪽에서 기다리고 계시니, 저쪽으로."

"그럼 저는 이만" 하며 가볍게 고개를 숙인 간호사는 빠른 걸음으로 간호사 대기실로 들어가버렸다. 유타로는 간호사가 가리킨 면회실로 향했다. 도시마 씨가 의자에 앉아 있었다. 다리에 두 팔꿈치를 대고 머리를 감싸듯이 하고 있다. 면회실에 다른 사람은 없었다. 유타로가 다가가자 도시마 씨가 인기척에 고개를 들었다.

"오늘은 그쪽하고 인연이 있는 날인가보군." 도시마 씨가 말했다. "또 확인하러 온 건가?"

"아닙니다. 저희 소장님을 설득하지 못해서, 의뢰를 취소하도록 사모님을 설득할까 하고."

도시마 씨는 한숨을 쉬고 고개를 흔들었다.

"당신이 돌아간 직후에 병원에서 전화가 왔었어. 용태가 급변해서 지금 다른 병실로 옮기는 중이야."

"그러셨군요."

"취소하고 싶어도 이제 하지 못할 거야."

무슨 말을 해야 할지 생각이 나지 않았다. 말없이 서 있기만 하는 유타로에게 도시마 씨는 가볍게 미소를 짓고는 다시 고개를 숙였다.

"가나데는…… 저, 제가 할 수 있는 일이 없을까요?"

"아, 가나데는 사토 씨가 봐주고 있어. 마지막 순간에 어떻게 할지, 아스카와 많은 이야기를 했었어. 마지막을 함께하는 건 역시 자신도 가나데도 괴로울 거라고. 그래서 마지막 순간은 보여주지 않기로 결정했지. 사토 씨에게도 말해서, 그때는 가나데 옆에 있어달라고 부탁해뒀어."

암이 발견된 건 작년이라고 마이가 말했었다. 그 이후로 닥쳐올 죽음에 대해 부부는 시간을 들여 충분히 이야기를 나눴던 것이다. 지금 단계에서 자신이 할 수 있는 일 따위는 없다는 것을 유타로는 깨달았다.

"기나긴 밤이 될 것 같군."

고개를 숙인 채 도시마 씨가 중얼거렸다.

"그렇습니까."

유타로는 고개를 끄덕이고는 조금 거리를 두고 의자에 앉았다.

"다시 한번 설득해보겠습니다, 우리 소장님을."

"아니, 이제 됐어."

도시마 씨의 말에 유타로는 그를 바라봤다.

"됐다니요, 하지만……."

"아스카가 지우길 원하는 것이라면 지워도 돼."

"그러면 가나데는……."

"미안했네. 그건 핑계였어. 가나데를 구실로 삼은 것뿐이야."

"네?"

도시마 씨가 깊은 한숨을 쉬었다.

"수술이 끝나고 몇 번째 퇴원했을 때였더라."

도시마 씨는 잠시 생각하고 나서 고개를 흔들었다.

"최근에는 하도 입원과 퇴원을 반복했더니 확실하게 기억나지 않는군. 몇 번째인가의 퇴원 후, 아스카가 집에 있을 때였어. 아스카가 내 스마트폰을 본 게 아닐까 싶더군. 화장실 갔다가 거실로 돌아왔을 때, 조금 어색하게 시선을 회피한 적이 있었어. 그냥 기분 탓일지도 모르지만. 그때 아스카 앞에 있는 테이블에 내 스마트폰이 놓여 있었거든."

"아스카 씨가 보면 안 되는 것이라도?"

도시마 씨는 유타로를 힐끗 보고는 쓴웃음을 지었다.

"나도 당신 나이 정도였을 때는 마흔이 넘으면 성욕 같은 건 없어지는 줄 알았어. 완전히 없어지지는 않더라도 자제할 수 있겠지 하고."

무슨 이야기입니까?

그렇게 물으려다 관뒀다. 도시마 씨가 지금 무슨 이야기를 하는지는 명확했다.

"사토 씨입니까? 불륜 상대는?"

"그 전에 있던 사람이야. 이전 베이비시터. 사토 씨는 두 번째 시터거든. 이전 사람은 잘못을 저지른 후 바로 돈을 주고 그만두게 했어."

비난의 말을 기다리듯 도시마 씨는 침묵했다. 하지만 유타로는 그럴 생각이 없었다.

먼저 유혹한 사람은 아마도 상대방이었을 거라고, 유타로는 막연하게 생각했다. 이목구비가 뚜렷한 얼굴에 단단한 체격. 성공한 사업가이자 다정한 아빠. 더구나 아내가 죽음을 앞두고 있다. 도시마 씨는 분명 인기가 있을 것이다. 사토 씨와의 관계를 떠올린 데는 이유가 없지 않다. 사토 씨가 도시마 씨를 좋아한다는 건 처음 만난 유타로조차 느낄 수 있었다. 하지만 물론 그런 건 누구에게도 위로가 되지 않았다.

"그 불륜의 증거가 스마트폰에?" 유타로가 물었다.

"나도 그렇게까지 무신경하지는 않아. 단지 그 사람과 주고받은 문자가 거기에 남아 있었어. 업무에 관련된 문자였지만, 베이비시터가 고용주에게 보낸 문자라고 보기에는 표현이 너무 친밀했을 거야."

"아스카 씨가 그걸 본 겁니까?"

"모르겠어. 봤을 수도 있고 안 봤을 수도 있어. 설령 봤다고 해도 눈치를 못 챘을 수도 있고 어쩌면 눈치를 챘을 수도 있고. 모르겠어. 그리고 얼마 후 아스카가 사카가미 씨를 소개해달라고 부탁하더군. 왜 그러냐고 이유를 물었더니, 자신이 죽은 후에 삭제하고 싶은 데이터가 있다는 거야. 그게 뭐냐고 다시 물었더니……."

비밀이야, 하고 그녀는 미소 지었다.

"어느 쪽으로도 해석할 수 있는 대답이었지만, 어느 쪽이든 난 거절할 수 없었어. 난 아스카에게 사카가미 씨를 소개했고, 사카가미 씨는 아스카의 부탁으로 당신네 회사를 연결해줬지. 그리고 아스카가 당신네 회사에 데이터를 맡기게 된 거야. 그 데이터가 어떤 것인지, 아스카의 상태가 악화될수록 난 궁금해서 견딜 수 없었어. 그래서 당신네 회사로 들이닥친 거야."

"아스카 씨가 맡긴 데이터에 불륜을 알았는지 어쨌는지에 대한 실마리가 있을지도 모른다고 생각하신 거군요." 유타로가 말했다.

"아스카가 사실을 눈치챘다면 사과하고 싶었어. 한편으로는 몰랐다면 절대 말해서는 안 된다고 생각했지."

아내의 용태는 악화돼간다. 사죄할 제한 시간은 점점 다가온다. 초조함에 시달릴 만도 했다.

"하지만 그런 생각에 괴로워했던 것도, 지금 와서 보니 태평했다는 생각이 들어. 그때의 내게 아스카는 아직 살아 있는 사람이었어. 그래서 사죄니 뭐니 생각할 수 있었지. 이제 아스카는 곧 다른 세상으로 떠날 사람이 됐어. 그런 사람에게는 사죄고 뭐고 없어. 그런 건 살아남은 자의 단순한 자기만족이지."

"자기만족이면 되지 않을까요." 유타로가 말했다. "살아남은 사람은 앞으로도 계속 살아야 하니까요."

조금 떨어진 자리에서 도시마 씨가 유타로를 텅 빈 눈으로 바라봤다.

"그럴까. 모르겠어. 오늘 당신에게 데이터를 보여달라고 부탁한 건 나 자신의 죄를 알기 위해서였어."

"죄 말입니까?"

"죽음을 앞둔 아스카가 가장 신뢰해야 할 사람이, 가장 신뢰할 수 없는 사람이 되어버렸다. 생명체로서의 인간에게 가장 큰 불안과 분노를 느끼게 하는 죽음 앞에서, 아스카에게는 그 감정을 토해낼 상대가 없어졌다. 그래서 아스카는 당신들에게 데이터를 맡긴 거다. 그래. 아스카는 내가 바람피운 것을 알고 있다. 데이터에 담긴 건 분명 아스카의 가장 수치스러운 부분이다. 나는 그것을 알아야 한다. 내가 지은 죄의 무게를 알아야 한다. 그렇게 생각했어."

하지만……. 도시마 씨는 힘없이 말을 이었다.

"하지만 지금으로선 그런 것조차 어찌 되든 상관없네. 죄의 무게 따위 아무런 상관이 없어. 나는 앞으로 가장 무거운 벌을 받게 될 테니까. 나는 이제 아스카를 영원히 잃는 거야."

도시마 씨는 다시금 다리에 팔꿈치를 대고 두 손에 얼굴을 묻었다.

무슨 말을 해야 할지 떠오르지 않았다. 마침내 아까와는 다른 간호사가 면회실로 들어왔다.

"도시마 씨, 병실 준비가 끝났으니 들어오세요."

도시마 씨가 얼굴을 들고 일어섰다. 따라 일어선 유타로와 도시마 씨를 간호사가 당황스러운 듯 번갈아 봤다.

"이제 가족이 아닌 분도 들어가셔도 괜찮습니다만. 어떻게 하시겠습니까?"

간호사는 마지막을 고하고 있었다.

"사양해주게. 둘이 있고 싶어."

도시마 씨가 돌아보지 않고 말했다.

"물론입니다" 하고 유타로는 고개를 끄덕였다. "저, 이곳에서 기다려도 되겠습니까?"

"아무것도 약속할 수 없어. 이후에 내가 어떻게 될지 지금은 상상이 가질 않아."

"신경 쓰지 마십시오. 이거야말로 저의 자기만족입니다."

도시마 씨가 걷기 시작했다.

"이쪽은 오후 8시까지만 개방합니다. 그 이후에도 기다리게 되시면 1층 로비에서."

간호사는 그렇게 말하고 도시마 씨의 뒤를 쫓듯 면회실을 나갔다.

유타로는 스마트폰을 꺼내 하루나에게 문자를 보냈다.

'오늘 못 들어갈 것 같아. 다마 씨 밥, 부탁해도 돼?'

이내 답장이 왔다.

'뭐야!? 데이트!?'

'일.'

'나쁜 녀석이잖아' 하는 메시지에는 늘어지게 자고 있는 다마 씨의 사진이 딸려 있었다.

"와 있던 거야?" 유타로는 조그맣게 중얼거리며 스마트폰을 주머니에 집어넣었다.

긴 밤이었다. 8시가 지날 때쯤 다시 다른 간호사가 와서 입원 병동에서 나가야 한다고 했다.

"도시마 씨는?"

"아직 병실에. 오늘 밤은 계속 곁에 계실 것 같습니다."

조용한 표정으로 간호사는 그렇게 말했다. 하루나도 이런 느낌으로 죽음 앞에 선 환자와 그 가족들을 대하고 있을까. 문득 그런 생각이 떠올랐다.

유타로는 1층으로 내려가 로비 의자에 앉았다. 한동안은 가끔 눈에 띄던 사무원이나 거래처 직원 같은 사람들도 시간이 지날수록 줄어들었다. 9시가 지나자 유타로가 앉아 있는 로비의 일부분만 남기고 불빛이 꺼졌다.

유타로는 파카 주머니에 양손을 찔러 넣고 다리를 아무렇게나 뻗은 후 눈을 감았다.

불현듯 10년도 더 된 기억이 되살아났다. 아직 어렸던 여동생은 병원에 가기 싫어해서 엄마에게 투정을 부렸다. 오빠도 함께 가줄게. 그렇게 말하면 어느 정도 고분고분해졌다. 그건 동생이 초등학교를 졸업하고 중학교에 입학해도 습관으로 남았다. 동생을 따라 엄마와 셋이서 병원에 가면, 치료와 검사가 끝날 때까지 유타로는 혼자 병원에서 하릴없는 시간을 보냈다. 하지만 결코 괴로운 기억은 아니었다. 퇴근길의 아버지도 합류해서 넷이 레스토랑에 들렀다가 집으로 돌아가는 일도 종종 있었다. 그때의 유타로에게 병원은 자신들 네 사람이 가족이라는 사실을 가장 실감할 수 있는 장소였다. 가족의 정경을 떠올릴 때 그 장소가, 당시 살던 집이나 가족여행을 갔던 곳이 아닌 병원인 경우도 자주 있었다.

11시가 지나자 로비 일부에 남아 있던 조명도 꺼지고, 희미한 불빛이 주변을 어렴풋하게 밝힐 뿐이었다.

화장실을 몇 차례 다녀왔다. 공복은 자동판매기에 있던 초콜릿 바로 견뎠다. 몇 대인가 구급차가 왔다. 응급실에서 사람의 목소리가 들렸지만, 내용을 알아들을 수 있을 만큼 크지는 않았다. 새벽녘에 얕은 잠이 들었다. 잠결에 서투른 피아노 소리를 들은 기분이 들었다.

아, 그건 급탕기의 멜로디였어.

얕은 잠 속에서 유타로는 그 사실을 깨달았다.

가나데가 연주했던 멜로디는 자신의 집에 있는 급탕기가 욕조 물이 끓었음을 알려줄 때 나오는 멜로디와 같았다.

문득 인기척이 나서 돌아봤다.

바로 옆에 도시마 씨가 서 있었다. 순식간에 잠이 깼다. 유타로는 의자에서 일어났다. 유타로의 눈을 마주한 도시마 씨는 침통한 표정으로 한 번 강하게 어금니를 깨물었다.

"조금 전에 떠났어."

터져 나오려는 오열을 도시마 씨는 순간적으로 억눌렀다.

"그러셨습니까."

"지금 시신의 몸을 바로 하고 있는 중이야."

얼마나 애통하십니까. 안타깝습니다. 조의를 표합니다.

생각난 어떤 말도 제대로 입 밖으로 꺼내지 못하고, 유타로는 단지 고개만 숙였다. 그때 도시마 씨가 왼손에 쥐고 있는 것이 보였다.

"그건……."

유타로의 시선을 깨달은 도시마 씨가 손에 든 것을 내밀었다.

"스마트폰이야. 아스카의 스마트폰. 눈을 감기 전에 주더군."

도시마 씨의 얼굴이 일그러졌다. 두 눈에서 둑이 무너진 것처럼 눈물이 흐르기 시작했다.

"절대 전원을 끄지 말아달라고, 그렇게 말했어. 그 말이 내가 들은 아스카의 마지막 말이었어. 당신이라면 그 의미를 알 수 있을까? 아스카는 무엇을…… 대체 무엇을 내게……."

그다음에는 터져 나오는 오열이 말을 막았다. 도시마 씨는 오른손으로 입을 가리고, 스마트폰을 쥔 왼손 손등으로 흐르는 눈물을 몇 번이고 훔쳤다. 그것도 오래 이어지지는 않았다. 도시마 씨는 무너지듯 무릎을 꿇었다. 마침내 양손으로 바닥을 짚고 엎드린 채 포효하듯 울부짖었다.

그 어깨에 손을 얹어줄 수도, 말을 걸 수도 없었다. 유타로는 자신의 눈앞에서 웅크린 채 울고 있는 도시마 씨를 단지 가만히 바라보는 수밖에 없었다.

아직 이른 아침의 전철은 한산했다. 집으로 돌아갈 생각으로 전철을 탔지만 도중에 마음이 바뀌었다. 도심으로 향하는 전철로 갈아탄 유타로는 'dele. LIFE'의 사무실로 향했다.

건물 앞에 도착한 건 5시 반이었고, 당연히 건물 입구는 닫혀 있었다. 보도와 건물 사이에 세 칸짜리 계단이 있다. 유타로는 그 한가운데에 앉았다. 누군가가 올 때까지 기다릴 작정이었다. 8시 쯤에는 누구라도 오겠지. 그렇게 생각했지만, 6시가 되기 전에 등 뒤에서 소리가 들렸다. 돌아보니 케이시가 나오는 중이었다.

"좋은 아침." 유타로가 말했다.

"확실히 아침이네." 케이시가 말했다.

위아래로 트레이닝복을 입은 케이시를 본 것은 그때가 처음이 었다.

"아, 어? 외출하는 거야?" 하고 묻고는 유타로가 일어섰다.

"산책."

케이시는 계단 옆의 슬로프로 내려왔다.

"아, 산책. 아침 산책이라니 할아범 같아."

"달리면 못 쫓아올 텐데?"

"아, 달릴 생각이었어?"

"됐어. 가끔은 천천히도 괜찮아."

케이시는 핸드림을 돌린 후 그 손을 거두지 않고 바퀴의 움직 임을 따라 그대로 허공에 원을 그렸고, 손이 원래 위치로 돌아오 자 다시 핸드림을 밀었다. 그 동작을 바라보면서 유타로는 케이 시 옆을 걸었다.

"늘 이렇게 이른 시간에 달려?"

"조금만 지나면 보도는 출근하는 사람으로 넘쳐나. 그러면 방해가 되니까."

"방해가 안 되도록 이렇게 일찍?"

케이시는 눈썹을 찡그리며 유타로를 올려다봤다.

"사람들이 나한테 방해가 된다고. 그래서 어쩔 수 없이 이 시간에 달려."

"아!" 유타로는 고개를 끄덕였다.

"그래서 뭔데? 설마 의뢰인을 설득했나?"

의뢰를 취소하도록 설득하겠다. 어제 그렇게 말하고 사무실을 뛰쳐나왔던 게 생각났다.

"아니야. 아스카 씨는 돌아가셨어."

케이시가 휠체어를 세웠다. 순식간에 휠체어를 돌리더니 왔던 길로 돌아가기 시작한다. 유타로도 발길을 돌려 옆에 선다.

"보고할 것이 있으면 바로 해. 왜 쓸데없는 잡담으로 시작하는 거냐."

"아, 의뢰를 실행하는 거야?"

"그래."

"하지만 마이 씨의 소개잖아? 화장까지 기다려야 하지 않아?"

"소개해준 건 맞지만, 의뢰인은 마이의 고객이 아니야. 그러니까 이번에는 화장할 때까지 기다릴 필요가 없지."

그렇게 말한 케이시는 갑자기 휠체어를 멈추고 유타로를 올려다봤다.

"말릴 생각이냐?"

"모르겠어." 유타로가 말했다. "어떻게 해야 좋을지 몰라서 안 말리려고."

케이시는 '흐음' 하고 콧소리를 내더니, 다시 휠체어를 전진시켰다.

사무실에 도착하자 케이시는 책상 너머로 돌아가 모구라를 끌어당겼다. 유타로는 책상 앞에 서서 케이시가 모구라를 조작하는 모습을 바라봤다.

"사망 확인은 틀림없이 했지?"

케이시가 고개를 들고 물었다.

"응. 틀림없어. 지금까지 했던 것 중에서 가장 확실해."

사망 확인이 됐다면 케이시가 망설일 리가 없었다. 하지만 유타로의 말에 고개를 끄덕이고 모구라를 향했던 케이시는 이내 손가락을 멈췄다. 결국 키보드에서 손을 떼고 고개를 뒤로 젖힌 채 한숨을 내쉬었다.

"왜 그래?" 유타로가 물었다.

"분명 의뢰에 착오가 있었어."

"착오?"

케이시는 모구라의 화면을 유타로에게 돌렸다.

"삭제하도록 지정된 데이터는 클라우드에 있는 'T · E'라는 폴더의 내용이야. 이 폴더를 비우도록 지정했어."

"아, 응. 그래서? 안에는 뭐가 있었는데?"

케이시는 화면 뒤로부터 손을 뻗어서 터치패드를 두드렸다. 'T · E' 폴더가 열렸다.

"어?" 유타로가 놀라서 작게 소리를 질렀다.

폴더 속에는 아무것도 없었다.

"그래. 'T·E'라는 폴더는 비어 있어. 의뢰인은 원래부터 비어 있는 폴더를 비우도록 설정했다."

"그런……."

"폴더를 잘못 지정했거나 데이터 넣는 걸 깜빡했거나, 둘 중 하나겠지."

유타로는 눈앞에서 흐느껴 울던 도시마 씨의 등을 떠올렸다.

"뭐 아는 거 없어?"

"뭘?"

"뭐든 말이야. 폴더를 잘못 지정했다면 어떤 폴더와 헷갈렸는지. 데이터를 넣는 걸 잊었다면 그 데이터가 다른 곳에는 없는지. 뭔가 힌트는 없어? 이러면 도시마 씨가 가엾잖아."

"어차피 무엇이 삭제됐는지 모르니까 도시마 씨 입장에서는 마찬가지야."

"그럴지도 모르지만, 그래도 너무하잖아? 이 일로 도시마 씨는 엄청 괴로워했어."

유타로는 병원에서 들었던 이야기를 케이시에게 말했다.

"난 어떻게든 케이를 졸라서 삭제 요청이 있던 데이터를 보려고 했어. 그다음에 아스카 씨도 허락할 만한 범위에서 도시마 씨에게 얘기해주고, 잘 위로해주면 될 거라고 생각했지. 정말로 아는 거 없어?"

"알 리가 없지. 가능성은 무한대야. 사진일 수도 있고, 동영상일 수도 있고, 문서 파일일 수도 있고, 메일일 수도 있어. 또는 그것들이 섞였을 가능성까지 있지. 이 상태에서는 도저히 특정할 수 없어. 힌트가 있다면 이 폴더의 이름 정도뿐."

"T·E 말이군. 이게 뭘까?"

"일반적으로 생각하면 이니셜이겠지."

"누구의?

"몰라. T가 성이라고 한다면 E가 이름이겠지. 그렇다면 도시마 아스카도, 가나데도, 하야토도 아니야."

무성의한 말투에 화가 났지만, 유타로 역시 그 이상은 떠오르지 않았다. 애초에 의뢰인이 데이터를 넣는 걸 깜빡한 게 아니라 폴더를 잘못 지정했다면 'T·E'가 무슨 뜻인지 알아내도 의미가 없다.

"이 의뢰는 이걸로 끝?" 유타로가 물었다.

"대충 짐작해서 함부로 데이터를 삭제할 수도 없으니까. 이걸로 끝."

"그래. 그렇지."

반론의 여지는 없었다. 케이시는 모구라를 끌어당겨 화면을 닫았다.

유타로가 도시마 씨의 집을 방문한 건 그로부터 열흘 뒤의 일이었다. 유타로는 10시쯤부터 공동현관 부근의 화단에 앉아 있었다. 유치원이 끝나는 시간 전후에 오겠지 생각했는데, 사토 씨가 나타난 건 그보다 훨씬 이른, 11시가 막 지날 무렵이었다. 일어선 유타로를 발견하고 사토 씨는 인사를 하며 다가왔다.

"무슨 일이세요?"

"그 이후로 어떻게 지내시는지 걱정이 돼서요."

"장례식에는 안 오셨죠?"

"네. 제가 갈 자리는 아니라서." 유타로가 말했다.

자신이 무슨 일을 하는 사람인지 도시마 씨에게 설명을 들었는지도 모른다. 사토 씨는 그래요, 하고 작게 고개를 끄덕였다.

"저, 두 사람은 좀 안정을 찾았습니까?"

"도시마 씨는 네, 그래요. 조금 안정이 되셨어요. 그런 척하는 것뿐인지는 모르지만."

"가나데는?"

사토 씨는 표정을 흐리며 고개를 저었다.

"당연하겠지만, 계속 우울해하고 있어요."

"그렇군요." 유타로가 말했다.

"아, 오늘 시간 있으세요? 아, 하지만 제멋대로 초대할 수는 없겠네요. 도시마 씨에게 말씀드려서 초대할게요. 꼭 와주세요. 가나데의 피아노 연주, 다시 들어주세요. 가나데가 요즘엔 전혀 피아노를 치지 않아요. 사모님 돌아가시고 사흘 정도 뒤였나, 그때 딱 한 번 쳤지만 그뿐입니다. 그 뒤로는, 어차피 엄마가 들어주지도 않는다며."

"아!" 유타로는 안타까운 탄성을 질렀다.

그 넓은 거실의 피아노 앞에 고개를 숙이고 있는 가나데를 상상했다. 그 뒤에 우두커니 서 있는 도시마 씨의 모습도 그려졌다.

"가나데를 만나보실래요? 전 지금부터 가나데에게 줄 머핀을

굽고 유치원에 마중하러 갈 거예요. 1시쯤 갈 건데, 그때까지 기다리실 수 있어요?"

"아니요, 오늘은."

"아, 그렇군요."

"저, 조금 물어볼 게 있습니다만."

"네?"

"사토 씨 이전에 베이비시터를 해주셨던 분에 대해 혹시 아는 거 있으십니까?"

"아, 엔도 씨. 아니요, 전 아무것도 몰라요. 엔도 씨가 못 오게 돼서 제가 들어왔으니까요. 만난 적도 없는데요."

"성이 엔도입니까? 이름은 모릅니까?"

"글쎄요, 거기까지는. 성도 도시마 씨가 실수로 저를 그렇게 부른 적이 있어서 알았을 뿐인걸요." 그러다가 사토 씨가 문득 생각이 난 듯 고개를 들었다. "아, 타에입니다. 맞아요, 가나데가 그렇게 말했어요. 이전 사람을 타에라고 불렀다고. 네, 그렇게 들은 적이 있습니다. 타에 씨인지, 타에코 씨인지, 아니면 아예 다른 이름인지는 모르지만 가나데는 타에라고 했어요."

엔도 타에. T·E.

"그렇습니까." 유타로는 고개를 끄덕였다. "죄송합니다, 이상한 걸 물어봐서. 감사했습니다."

유타로는 사토 씨에게 가볍게 목례를 하고 걷기 시작했다.

"아, 저기. 정말로 꼭 와주세요. 도시마 씨에게 얘기해둘게요. 가나데의 피아노 연주, 꼭 들어주세요."

유타로는 돌아보며 다시 고개를 숙였다.

"알겠습니다. 꼭 오겠습니다."

웃으면서 말했지만, 유타로의 가슴속에는 어두운 그림자가 드리워져 있었다.

사무실로 돌아온 유타로는 사토 씨에게 들은 이야기를 케이시에게 전하고, 자신의 생각을 말했다.

"비어 있는 게 맞는 거다?" 케이시가 물었다.

"그렇다고 생각해." 유타로는 고개를 끄덕였다. "아스카 씨는 그 폴더에 데이터를 넣을 생각 같은 건 없었어. 그 폴더는 도시마 씨를 괴롭히려고 만들었을 뿐이야. 아마도 도시마 씨와 엔도라는 베이비시터가 주고받은 문자를 본 아스카 씨는 불륜을 의심했겠지. 하지만 확신은 없었기 때문에 그 폴더를 만든 거야. 만약 엔도 씨와 아무 일도 없었다면 T·E는 의미 없는 알파벳일 뿐이지만 엔도 씨와 무언가가 있었다면 T·E는 특별한 의미를 갖겠지. T·E라는 폴더에 무언가가 들어 있었다. 빈 폴더를 발견한 도시마 씨는 그렇게 생각해서 무슨 내용이 들어 있었을지 고민하게 될 거고. 그렇잖아? 삭제하고 싶은 데이터가 있다면 폴더째로 삭제하면 그만이야. 폴더는 남겨두고 내용만 삭제하는 건 의미가 없잖아?"

"그건 그렇지." 케이시가 수긍했다.

"그러니까 그건 단지 T·E라는 이름을 보여주기 위해 만든 폴더야. 오로지 도시마 씨를 괴롭히기 위해 만든 폴더였던 거지. 그래서 마지막 순간에 이 스마트폰의 전원을 끄지 말아달라고 유언을 남긴 거야. 그렇게 하면 도시마 씨는 스마트폰에 신경을 쓸 거고, 언젠가 그 폴더를 발견하겠지."

"우리는 거기에 이용당했다?"

"아마도 아스카 씨는 오래전에 도시마 씨에게 들었던 우리 회사를 떠올리다가 퍼뜩 아이디어가 생각났을 거야. 아스카 씨에게는 삭제를 의뢰했다는 사실이 도시마 씨에게 전해지는 것이 중요했어. 아스카 씨가 이 폴더에서 무엇을 삭제했을지, 도시마 씨는 계속 고민하겠지."

"만약 그렇다면, 무서운 이야기네."

"그렇지."

도시마 씨가 되도록 오랫동안 이 폴더를 발견하지 못하기를. 유타로는 그렇게 비는 수밖에 없었다.

도시마 씨가 자택으로 초대한 것은 다음 날 저녁의 일이었다.

"알겠습니다. 기쁜 마음으로 찾아뵙겠습니다."

그렇게 전화를 끊은 케이시에게 무슨 전화였는지 묻자, 도시마 씨가 초대했다고 대답했다.

"내일 오후 3시에 도시마 씨 집으로 가기로 했어. 딸의 피아노 연주를 들으러."

"케이도?"

"그때는 미안했다고 사과하면서 초대를 하는데 거절할 수도 없는 노릇이지. 도시마 씨는 아직 마이의 고객이기도 하고."

"그래."

"이것도 업무의 일환이다. 내일만은 그 지저분한 파카를 입는 건 참아줘."

다음 날 유타로는 버튼다운 셔츠에 카디건을 걸치고 치노 바지를 입고 사무실에 출근했다. 예전에 할머니가 사주신 옷이었다. 할머니가 살아계실 때는 몇 번 입었지만, 자신에게 안 어울리는 것 같아서 할머니가 돌아가신 뒤로는 거의 입지 않았다.

"제대로 갖춰 입을 줄도 아네."

평상시와 마찬가지로 단정하게 재킷을 입은 케이시가 조금 놀란 듯 말했다.

"평상시보다 조금은 사회인 같군."

"평상시에도 이렇게 입는 게 좋겠어?"

"그런 말은 안 했어. 네 옷차림 같은 건 어떻든 상관없어."

약속 시간이 가까워오자 두 사람은 차를 타고 도시마 씨의 집으로 향했다. 현관에서 도시마 씨와 사토 씨가 맞아주었다.

"진심으로 애도의 뜻을 전합니다. 고인의 명복을 빕니다."

고개를 숙인 케이시에게 도시마 씨도 깊숙이 고개를 숙였다.

"나야말로 실례했네. 그 후 아스카의 의뢰는……."

도시마 씨는 그렇게 묻다가 고개를 흔들었다.

"대답하지 않겠지. 아니, 됐네. 끝난 일에 대해 다시 말을 꺼낼 생각은 없어. 오늘은 느긋하게 있어주게."

"가나데는요?" 유타로가 묻자 도시마 씨는 "아" 하고 말끝을 흐리며 두 사람에게 들어오라고 재촉했다. 케이시가 들어가도록 도와주고 바닥이 더러워지지 않도록 휠체어 바퀴에 덮개를 씌웠다.

도시마 씨와 사토 씨의 뒤를 따라 거실로 가자, 가나데가 소파에 푹 엎드려 있었다.

"가나데. 유타로 씨는 알지? 이쪽은 케이시 씨야. 사카가미 케이시 씨."

나른하게 몸을 일으킨 가나데는 휠체어에 탄 케이시를 보고 놀란 듯 얼굴이 굳었다.

"안녕." 케이시가 먼저 인사를 건넸다.

"아, 안녕하세요." 가나데가 대답했다.

테이블에는 샌드위치와 샐러드 등의 가벼운 식사가 차려져 있었다.

"와인이라도?" 도시마 씨가 물었다.

"저는 술버릇이 안 좋아서 사양하겠습니다." 케이시가 말했다. "이 녀석은 운전을 해야 하고."

"아, 그럼 커피를 가져오죠."

도시마 씨가 주방으로 들어가자 사토 씨도 돕기 위해 주방으로 향했다.

가나데가 어떤 태도를 취해야 할지 몰라 당황하는 게 눈에 보였다. 케이시가 분위기를 바꾸기는 힘들겠지. 그렇게 생각한 유타로가 말을 꺼내려는 순간, 케이시가 먼저 가나데에게 질문을 했다.

"넌 100미터 달리기 세계 신기록이 얼만지 아니?"

"아, 네?"

"음, 나도 자세히는 몰라. 9초 5, 얼마였더라. 그러면 휠체어의

100미터 달리기 세계 신기록은? 몰라? 나도 자세히는 몰라. 아마 13초 얼마였을 거야. 200미터도, 400미터도, 비장애인을 이기지는 못해. 하지만 800미터부터는 휠체어가 더 빠르단다. 그 차이는 점점 벌어져서, 풀코스 마라톤은 1시간 20분이면 끝까지 달리지. 그런데 비장애인이 풀코스를 2시간 안에 달리는 건 생리학적으로 불가능하대."

가나데의 머리 위에 물음표가 잔뜩 떠 있었다.

"저기, 생리학적으로 같은 말은 모를 텐데." 유타로가 케이시에게 속삭였다. "유치원생이라고."

예상대로 가나데는 너무나도 고민스러운 얼굴로 고개를 갸웃거리고 있다.

케이시는 신경 쓰지 않고 말을 이었다.

"그러니까 나를 불쌍하다고 생각하지 않아도 돼. 그렇게 생각하는 건 반갑지 않아. 너도 그렇지?"

"아, 네?"

갑자기 질문이 자신에게 향하자 가나데는 깜짝 놀랐다.

"너는 자신이 불쌍하다고 생각해?"

가나데는 세차게 고개를 흔들었다.

"그래. 너는 슬픈 거지 불쌍한 게 아니야. 슬퍼하는 너를 보고 불쌍해하는 어른이 있으면, 그건 어른이 틀린 거지, 네가 슬퍼하는 게 잘못이 아니야. 너는 충분히 슬퍼하면 돼. 실컷 슬퍼하면 되는 거야."

"아, 네." 가나데가 고개를 끄덕였다.

"응." 케이시도 같이 고개를 끄덕였다.

눈이 마주친 두 사람이 동시에 웃었다.

"어?" 유타로가 놀라서 물었다. "그걸로 통한 거야? 아니, 케이, 어린애들 괜찮아? 불편해할 줄 알았는데."

케이시가 어이없다는 듯 유타로를 올려다봤다.

"불편할 리가 있겠어? 이 높이에서 거리를 다니면, 나와 눈을 마주치는 건 대부분 아이들이야."

"아, 그렇군."

"어른들보다 솔직하게 반응하고. 자주 말도 걸어와."

"말을? 아, 그래?"

"안 아파? 또는 구석으로 다녀, 등. 반응도 다양해서 재미있어."

"그렇구나."

음료를 담은 쟁반을 들고 도시마 씨와 사토 씨가 주방에서 나왔다. 테이블 쪽에 모여 앉아 음식을 먹으면서 잠시 이야기를 나눈 후 도시마 씨가 말했다.

"가나데, 피아노 연주해주지 않을래?"

가나데는 난처한 듯 아버지를 바라보고는 눈을 내리깔았다.

"한 번 더 들려줘." 유타로도 말했다. "오늘 가나데의 연주를 기대하고 온 건데."

가나데는 유타로를 보고, 그러고는 케이시를 바라봤다.

"억지로 치지 않아도 돼." 케이시는 샌드위치를 먹으면서 말했다. "억지로 씩씩한 척할 필요도 없어. 그런 건 하고 싶은 대로 하면 되는 거야."

가나데가 다시 눈을 내리깔았다. 마침내 엉덩이를 스르륵 미끄러뜨리듯 의자에서 내려와 피아노 쪽으로 걸어갔다.

"아, 연주해줄 거야?"

사토 씨가 자리에서 일어나 가나데를 위해 의자를 맞춰주고 건반 뚜껑을 열었다. 그러고는 피아노 위에 있던 스마트폰을 집었다.

"녹음할까?"

"됐어. 엄마가 들어주지도 않는데 뭐."

"하지만 이전에는 녹음하라고 했잖아……."

"이젠 됐어. 들어주지 않잖아."

사토 씨는 스마트폰을 든 채 테이블로 돌아왔다. 한참 동안 건반을 응시하던 가나데는 두 손을 건반에 올리고, 마침내 건반을 치기 시작했다. 유타로는 가나데의 연주에 대해 케이시에게 주의를 주지 않았다는 것을 떠올렸다. 케이시가 웃음을 터뜨리지 않을까 걱정스러워서 슬쩍 봤지만 웃음을 터뜨릴 것 같지는 않았다. 처음에는 가볍게 미소를 지으며 한 음 한 음을 듣던 케이시의 표정이 서서히 굳어갔다.

"이건……."

그다음에 중얼거린 케이시의 말을 유타로는 제대로 알아듣지 못했다.

— 트라움, 운트, 에어바헨.

유타로에게는 그렇게 들렸다.

"응?"

작은 목소리로 되물었지만, 케이시는 다시 말해주지 않고 "꿈과 깨어남인가" 하고 중얼거렸다.

"응. 맞아.「인형의 꿈과 깨어남」이라는 곡이래."

유타로가 속삭였지만 케이시는 대꾸하지 않았다. 가나데를 보면서 가만히 무언가를 생각하고 있는 듯했다. 마침내 가나데가 연주를 끝냈다. 유타로는 일어나서 박수를 쳤고 케이시도 박수를 보냈다. 의자에서 내려온 가나데가 고개를 숙였다.

"방금 그 곡, 엄마한테 배웠니?"

케이시가 묻자 가나데는 고개를 끄덕였다.

"녹음한다는 건 무슨 말이죠?"

이번에는 사토 씨에게 물었다. 사토 씨가 손에 들고 있던 스마트폰을 내밀었다.

"여기에 녹음하는 거예요. 예전에 사모님이 사용하셨던 스마트폰입니다. 문병을 갈 때 가나데가 직접 가져가기도 했고 도시마 씨가 가져가시기도 했어요. 최근에는 용태가 좋지 않으셔서 도시마 씨가 가져가실 때가 많았죠. 사모님이 연주를 다 들으시면 녹음한 걸 지우고 다시 도시마 씨에게 맡기셨고, 가나데가 다시 새롭게 녹음하는 겁니다."

"지운다고?"

"아, 네. 사모님이 들으셨다는 걸 가나데에게 알려주기 위해서."

"그거, 봐도 됩니까?"

"네, 여기 있습니다."

케이시가 스마트폰을 받아 들고 화면을 터치했다.

"녹음 방법은?"

"그 앱이요. 사모님이 그 앱을 사용하라고 정해주셔서."

"난 그런 기기는 잘 몰라. 아스카가 퇴원해서 집에 있었을 때 사토 씨에게 그대로 맡겼어." 도시마 씨가 끼어들었다. "무슨 문제라도?"

"아, 잘못된 건 없습니다." 케이시는 대답하면서 계속 스마트폰을 조작했다.

"언제까지고 들어준다고 했어!"

갑자기 날아온 날카로운 외침에 놀라서 유타로는 그쪽을 돌아봤다. 의자에서 내려온 자세 그대로 가나데가 작은 몸을 떨고 있었다.

"엄마가 항상 들어주겠다고 했어. 그러니까 계속 피아노를 치라고 했단 말이야. 그런데 안 들어주는걸. 약속해놓고. 엄마는 거짓말쟁이."

"가나데……."

사토 씨가 달려가더니 떨고 있는 작은 몸을 껴안았다.

"엄마는 거짓말쟁이가 아니야. 거짓말 같은 거 안 하셔. 하지만 엄마도 어쩔 수 없는 거야. 진심으로 가나데의 피아노 소리를 계속 듣고 싶으셨을 거야. 하지만 그럴 수 없게 된 거야. 가나데가 이해해줄래?"

사토 씨는 울음 섞인 목소리로 말하면서 가나데의 몸을 끌어안고 달래듯 등을 쓰다듬었다. 두 사람의 모습을 보는 도시마 씨의 얼굴이 슬픔으로 일그러졌다.

"엄마, 거짓말쟁이."

가나데는 몸을 비틀며 사토 씨의 품에서 빠져나오려고 했다.

"아니야." 사토 씨는 필사적으로 가나데를 껴안았다. "그렇지 않아."

"거짓말쟁이, 거짓말쟁이, 거짓말쟁이, 엄마, 싫어, 미워."

마침내 가나데는 사토 씨를 밀쳐내고 뛰어갔다. 유타로와 도시마 씨는 의자에 앉아 있었던 탓에 곧바로 움직일 수 없었다. 그런데 케이시가 가나데 앞을 막았다. 자신의 눈앞으로 뛰어든 휠체어에 가나데는 놀라서 미끄러졌고 엉덩방아를 찧었다. 새빨개진 눈으로 케이시를 보면서 가나데는 넘어진 채 휠체어를 발로 찼다.

"비켜!"

다시 한번 발길질을 한다.

케이시는 움직이지 않았다. 몸을 앞으로 내밀고 가나데에게 손을 뻗었다.

"엄마는 죽었단다."

"케이!"

자신도 모르게 소리를 지른 유타로를 무시하고, 케이시는 멍하니 앉아 있는 가나데에게 손을 뻗은 채 이야기했다.

"사람이 죽으면 어디로 갈까?"

홀린 것처럼 케이시를 바라보며 가나데는 고개를 도리도리 흔들었다.

"그래. 모르겠지. 나도 모른단다. 모르지만 분명 먼 곳일 거야. 그렇게 생각하지 않니?"

가나데는 생각하는 듯 잠시 멈칫하다가 고개를 끄덕였다.

"그래." 케이시도 고개를 끄덕였다. "그래서 시간이 걸린단다. 엄마가 네 연주를 들으러 오려면 굉장히 많은 시간이 걸려. 그래도 엄마는 네 연주를 들으러 올 거야. 너랑 그렇게 약속했으니까 아무리 시간이 걸려도, 아무리 멀어도 가나데의 연주를 들으러 꼭 올 거야."

"꼭?"

"응, 꼭. 난 알 수 있단다."

"정말로?"

케이시는 다시 단호하게 고개를 끄덕였다.

"처음이잖아. 그러니까 시간이 걸리는 거야. 두 번째부터는 그런 일 없어. 그러니까 처음에만, 조금 더 엄마를 기다려줘. 할 수 있지?"

한참 동안 케이시를 뚫어지게 바라보던 가나데가 고개를 끄덕였다. 자, 하면서 케이시는 내민 손을 가볍게 흔들었다. 가나데가 자신의 손을 뻗어 케이시의 손을 잡았다. 케이시는 가나데의 손을 잡아 일으켰다.

"세수하고 오렴." 케이시가 부드럽게 말했다.

가나데가 다시 고개를 꾸벅하고 숙였다. 사토 씨와 함께 가나데가 거실에서 나갔다. 케이시가 그 모습을 확인하고는 휠체어를 테이블 쪽으로 돌렸다.

"도시마 씨, 사모님이 스마트폰을 맡기셨다고 들었습니다만, 맞습니까?"

"아, 응. 마지막에 건네줬어."

"그리고 그 스마트폰의 전원을 끄지 말아달라고 하셨다고요."

도시마 씨는 유타로를 한 번 쳐다본 후, 다시 케이시에게 시선을 돌리고 끄덕였다.

"응, 그랬어."

"그게 왜?" 유타로가 물었다.

"「인형의 꿈과 깨어남」이야. 독일의 음악가 테오도어 외스텐 ^{Theodor Oesten}이 작곡한 곡. '꿈과 깨어남'은 독일어로 Träumen und Erwachen."

"뭐?"

"T 앤드 E야. T · E"

"아, 그 폴더!"

"폴더 제목은 사람 이름의 이니셜이 아니었어. '꿈과 깨어남'의 약자. 그건 「인형의 꿈과 깨어남」의 연주를 담기 위한 폴더였어."

케이시는 사토 씨에게 받은 스마트폰을 조작했다.

"이 녹음 앱을 이용해서 녹음한 데이터는 모두 이 폴더로 가도록 설정되어 있었어."

케이시는 유타로에게 스마트폰을 내밀었다. 화면에는 'T · E'라는 제목이 붙은 폴더가 있었다.

"응? 같은 제목의 폴더?"

"그보다는 같은 폴더라고 봐야지."

"다른 스마트폰에? 같은 폴더?"

"클라우드상에 있기 때문에 실질적으로는 같은 폴더야. 이 스마트폰은 통화는 안 되지만 집 와이파이로 인터넷에 연결되어 있어. 이 폴더는 클라우드를 통해 의뢰인의 스마트폰과 동기화되지."

"아, 응" 하고 유타로는 고개를 끄덕이고는 잠시 생각한 후, 결론만 듣기로 했다. "그래서 어떻다는 거야?"

"이 스마트폰의 T·E 폴더에 데이터를 저장하면 의뢰인의 스마트폰에 있는 T·E 폴더에도 데이터가 저장돼. 그리고 의뢰인의 스마트폰에 있는 T·E 폴더에서 데이터를 삭제하면 이 스마트폰의 T·E 폴더에서도 데이터가 삭제되지."

"그러면……."

"가나데에게, 연주 데이터가 지워지는 건 엄마가 들었다는 증거야."

"아!" 유타로는 탄성을 질렀다.

가나데가 연주를 녹음한다. 그리고 예컨대 이 스마트폰을 가슴에 품고 잠들었다가 다음 날 아침 눈을 뜬다. 그러면 스마트폰에서 연주 데이터가 사라져 있다. 마치, 자고 있는 동안에 엄마가 들어주기라도 한 것처럼.

케이시는 T·E 폴더를 열었다. 그곳에는 음악 데이터가 저장되어 있었다. 엄마가 돌아가시고 사흘 후에 딱 한 번 했다던 가나데의 피아노 연주일 것이다. 지금 모구라를 통해서 의뢰인의 스마트폰 속을 보면 그 T·E 폴더에도 같은 데이터가 저장되어 있을 터다.

"아스카 씨가 의뢰한 건 미래의 데이터 삭제였나." 유타로가 말했다.

"죽음을 앞둔 의뢰인은 자신이 죽은 후 딸에게 무엇을 해줄 수 있을지 생각한 거야. 하지만 의뢰인은 오해했어. 우리 회사의 앱이 지정한 위치에 있는 데이터를 저절로 삭제한다고 생각한 거지. 새롭게 데이터가 들어와도 몇 번이고 자동적으로 삭제한다고, 그렇게 생각했던 거야."

"홈페이지에 그렇게 오해하도록 적어둔 건 아니고?"

"그럴 생각은 없었지만, 책임은 저야지."

그렇게 말하고 케이시는 도시마 씨를 바라봤다.

"사모님이 맡긴 스마트폰, 전원이 꺼지지 않도록 해주십시오. 아, 되도록 가나데가 보지 않도록 숨겨두는 편이 좋겠군요. 새롭게 녹음된 걸 확인하면 저희가 삭제하겠습니다. 앞으로 영원히라고는 말씀드리지 못하겠지만, 가능한 한 계속할 생각입니다. 어차피 어느 정도의 시간이 흐르면 가나데는 엄마의 죽음을 극복할 겁니다. 아주 총명한 아이니까요."

"잘 모르겠지만, 아스카가 당신들에게 가나데의 연주 데이터를 삭제하도록 의뢰했다는 건가?"

자신은 그것까지 설명할 생각은 없다는 듯 케이시가 유타로에게 시선을 던졌다.

"아, 그렇습니다. 그런 것 같습니다." 유타로가 고개를 끄덕였다. "그 이야기를 도시마 씨에게 하지 않은 이유는, 아마도 아스카 씨의 단순한 장난기였다고 생각합니다. 아스카 씨는 그런 분 아니셨습니까?"

도시마 씨는 천장을 올려다보며 코를 문질렀다.

"아, 맞아. 그랬어. 장난기 많은, 귀여운 사람이었지."

비밀이야.

도시마 씨에게 그렇게 말하며 미소 지었던 것은, 말하지 않아도 언젠가 알게 될 일이었기 때문이다. 녹음할 때마다 사라지는 연주 데이터. 가나데는 놀라서 도시마 씨에게 그 이야기를 한다. 'dele. LIFE'에 의뢰했다는 사실을 알고 있는 도시마 씨라면, 무슨 일이 있었는지 알게 될 터다. 아내가 무엇을 원했는지를. 그리고 아내가 자신에게 무엇을 전하려고 했는지도.

혼자가 아니야.

죽음을 향해 다가가던 의뢰인은 남편에게 분명 그렇게 전하고 싶었을 것이라고 유타로는 생각했다.

나도 가나데를 열심히 지켜주고 있어. 당신은 혼자가 아니야, 라고.

"바보 같은 사람."

천장을 올려다보던 도시마 씨는 다시 고개를 돌리고 흐르는 눈물을 주먹으로 훔치면서 미소 지었다.

"정말로 바보야."

눈물 흔적을 씻어낸 가나데가 이내 돌아왔다. 그리고 모두 모여 다시 한참 이야기를 나눈 후, 유타로와 케이시는 도시마 씨의 집을 나왔다. 집을 나서기 전, 유타로는 케이시가 건네줬던 스마트폰을 다시 피아노 위에 올려뒀다.

차를 타고 사무실로 돌아가던 중, 뒷좌석에 고정된 휠체어에서 케이시가 불쑥 말했다.

"우리는 너무 과거에 얽매여 있었는지도 모르겠군."

"응?" 하고 물으면서 유타로는 백미러를 통해 케이시를 쳐다봤다. 케이시는 창밖 풍경을 바라보고 있었다.

"죽음을 앞둔 사람도 미래를 보고 있었어. 그런 당연한 사실을 깨달았다면, 좀 더 일찍 대응할 수 있었을지도 모르지. 가나데가 상처를 입기 전에."

"그랬을지도 모르겠네." 유타로는 고개를 끄덕였다. "하지만 늦지 않았어. 그렇지?"

두 명이 생활하기에는 너무 넓은 거실. 하지만 가나데가 그곳에서 피아노를 연주할 때, 듣고 있는 사람은 도시마 씨 혼자가 아니다. 스마트폰도 그 멜로디를 듣고 있다. 남의 눈에는 쓸쓸하게 보일지라도 그 역시 하나의 따뜻한 가족 풍경이다.

유타로는 그렇게 생각했다.

잃어버린 기억 Lost Memories

외관을 보면 평범한 주택 같았다. 부지도 넓고 건물도 크지만, 저택의 느낌은 아니다. 예전에는 단독주택 하면 보통 이 정도의 규모로 지었었죠. 최근에 두세 개로 나뉜 주위의 택지를 곁눈질하면서 그렇게 변명하는 듯한 모습의 집이었다.

택지는 돌담으로 둘러싸여 있고 문기둥도 있다. '히로야마'라는 문패가 걸려 있는 그 문기둥을 지나자 미닫이로 된 현관문 앞에 이르렀다. 초인종 같은 건 보이지 않는다. 실내에서 인기척이 느껴져, 유타로는 마음을 굳히고 미닫이문을 열었다.

순간 열기가 덮쳐와 유타로는 눈을 크게 떴다.

15평쯤 되는 마루방에 기다란 책상이 줄줄이 늘어서 있다. 일정한 간격으로 앉은 스무 명 정도의 아이들이 각자 자신의 교재를 보며 열심히 공부하고 있었다. 아이들은 유타로 쪽에서 봤을 때 오른쪽을 향해 앉아 있다. 아이들의 시야 구석에 유타로가 들어왔을 터다. 부근에 있던 몇 명이 흘깃 시선을 던졌지만, 거의 아무런 반응도 보이지 않고 다시 책상을 향했다. 그 집중력에 감탄하면서 유타로는 실내를 돌아봤다. 대부분은 중, 고등학생. 초등학생도 몇몇 섞여 있는 듯했다. 스무 살 전후의 남녀 세 명이 아이들 사이를 걸어 다니면서 그들의 질문에 대답하기도 하고 조언을 해주기도 한다. 그 가운데 한 명, 안경을 낀 남성이 유타로를 쳐다봤다. 유타로가 고개를 숙이자 그는 미소를 지으며 다가왔다. 콧날 중간이 활처럼 솟아올라 있었고, 그 부분에 안경 코받침이 닿아서인지 안경이 본래의 위치보다 위로 떠 있는 듯 보였다. 덕분에 그를 보는 사람에게 조금 맹한 듯한, 유머러스한 인상을 주었다. 파란색 줄무늬 와이셔츠에 검은색 슬랙스를 입고 있다.

"전화 주셨던 마시바 씨입니까?"

열심히 공부 중인 아이들에게 방해가 되지 않도록, 남자는 목소리를 낮춰 물었다.

"그렇습니다. 히로야마 씨입니까?"

남자는 유타로에게 고개를 끄덕여 보이고는, 히로야마 데루아키라고 자신을 소개한 후 유타로에게 들어오라고 권했다. 유타로는 신발을 벗었다. 신발을 그대로 두고 들어가려고 하자 히로야마가 옆에 있는 신발장을 가리켰다. 유타로는 벗은 신발을 신발장에 넣었다.

"2층으로 가시죠."

히로야마는 여전히 작은 목소리로 말하고 앞장서서 걷기 시작했다. 공부하는 아이들의 뒤를 지나 방을 가로질러 문을 열자 복도였다. 왼쪽 앞에 있는 문은, 집의 구조상 화장실일 터다. 히로야마를 따라 왼쪽으로 걸어간 후 그 끝에 있는 계단을 오른다. 올라가자마자 바로 나타난 문을 열자, 분위기가 다른 개인 주택이 된다. 마룻바닥으로 된 주방, 그 안쪽에 카펫이 깔린 거실이 있었다. 1층의 넓이를 생각하면, 2층에는 적어도 방이 두 개는 있을 터였다.

히로야마는 주방에 있던 식탁 의자 하나를 끌어당겼다.

"이쪽에 앉으세요." 히로야마는 자연스러운 음량으로 말했다. "아, 다시 소개하겠습니다. 전 히로야마 데루아키입니다. 이전에 뵌 적이 있을까요?"

와이셔츠 주머니에서 명함을 꺼내 유타로에게 내민다.

NPO법인 모두의 학교 히로야마 데루아키

의뢰인인 히로야마 다쓰히로 씨의 외아들이다.

"아, 글쎄요" 하고 유타로는 말했다.

의뢰인인 다쓰히로 씨는 외자계 투자고문회사에 근무하는 한편, 오랫동안 자택에서 무료 학원 겸 공부방을 운영하고 있었다. 유타로는 예전에 그곳에 다녔던 학생 중 한 명이라는 설정이다.

"이곳에 다니셨던 건 언제죠?" 히로야마가 물었다.

"11년이나 12년쯤 됐을까요. 제가 중학생 때였으니까."

"그러면 저는 초등학교 3, 4학년이었겠네요. 역시 기억이 나지 않는군요. 아마도 몇 번은 얼굴을 마주쳤겠죠. 이야기를 나눴을지도 모르고요."

당시의 히로야마에게 공부방 학생들은 자신의 집을 드나드는 수많은 낯선 형과 누나에 지나지 않았겠지만, 학생들에게 히로야마는 자택을 개방해서 무료 학원을 열어준 히로야마 다쓰히로 선생님의 외아들이다. 기억 한편에는 남아 있어야 자연스럽다. 하지만 눈앞에 있는 청년이 초등학교 3, 4학년이었을 때 어떤 얼굴을 하고 있었을지 유타로는 좀처럼 상상이 가지 않았다. 함부로 상상하느니 건드리지 않는 편이 무난했다.

"저는 중학생 때 조금 무뚝뚝했던 편이어서. 아마 말도 걸지 않았을 테고, 말을 걸기도 어려웠을 거라고 생각합니다."

"조금, 입니까?" 하고 히로야마가 웃었다. "11년이나 12년 전이라고 하셨죠? 그 당시 교실에 왔던 사람들은 상당히 통명스러운 사람들뿐이었다고 생각합니다만. 지금과 달리, 불량청소년 느낌의 사람들이 많았어요. 아, 죄송합니다."

"아니, 아닙니다."

"제가 어렸기 때문에 그렇게 보인 부분도 있었겠지만, 전부 무서워 보이는 사람들뿐이어서 저는 되도록 아래층에는 내려가지 않았습니다. 하지만 아버지는 그때를 그리워하셨고, 최근에도 그때 이야기를 자주 하셨죠."

히로야마는 그렇게 말하고 싱크대로 향했다.

"커피, 괜찮으세요? 인스턴트입니다만."

"아, 아닙니다. 금방 돌아갈 거라서. 분향만 하고."

"다시 한번 말씀드리겠습니다만, 인스턴트입니다." 히로야마는 웃으면서 주전자에 수돗물을 담아 가스레인지에 올렸다. "불단은 저쪽에 있습니다."

히로야마의 말에, 유타로는 방금 앉았던 의자에서 일어났다. 카펫이 깔린 거실의 벽 쪽에 허리 높이 정도 되는 목제 서랍장이 있었고, 그 위에 불단이 놓여 있었다.

"선향이랑 라이터는 아래 서랍에 들어 있으니 사용하시면 됩니다."

그렇게 말하고 히로야마는 싱크대로 돌아갔다.

불단은 서서 향을 올리기에는 너무 낮고, 앉아서 올리기에는 너무 높은 위치에 있었다. 유타로는 불단 아래 서랍을 열어 선향을 꺼냈다. 법식에 따르려면 먼저 양초에 불을 켜고 그 양초에서 선향에 불을 붙여야 한다. 할머니는 그렇게 가르쳐주셨지만, 양초가 보이지 않았다. 어쩔 수 없이 라이터로 선향에 불을 붙여 엉거주춤한 자세로 향로에 꽂고, 엉거주춤한 자세로 합장했다.

"언제 돌아가셨습니까?"

유타로는 만난 적도 없는 다스히로 씨의 위패에 충분히 합장을 한 후 히로야마를 돌아봤다.

"2주일 전입니다. 연락드리지 못해 죄송합니다. 아버지 스마트폰의 연락처에 있는 분들께는 일단 연락을 드렸습니다만, 예전 학생들에게는 연락하기가 힘들었습니다. 연락처를 알 수 없는 분도 많았고……."

"아, 아닙니다. 당연하시겠죠."

의뢰인이 2주일 전에 사망했다는 사실은 전화로도 확인했다. 하지만 모구라에 신호가 온 것은 어제의 일이었다. 의뢰인의 설정에 따르면, 스마트폰과 컴퓨터 둘 다 24시간 동안 사용되지 않았을 때 신호가 오게 되어 있었다. 의뢰인은 정말로 죽은 걸까. 만약 죽었다면, 신호가 오는 데 시간이 걸린 것은 무엇을 의미할까. 그 부분을 확인하기 위해 유타로가 온 것이다. 방금 히로야마의 말을 듣고서야 의뢰인의 스마트폰을 히로야마가 만졌기 때문에 신호가 오지 않았다는 걸 알 수 있었다.

히로야마의 권유에, 유타로는 다시 식탁 의자에 앉았다. 커피를 타온 히로야마가 맞은편에 앉는다.

"저는 계속 선생님을 뵙지 않았으니까요. 요전에 우연히 만난 지인에게 선생님이 돌아가셨다는 이야기를 듣고 깜짝 놀라서 전화를 드렸습니다."

실제로 의뢰인인 다쓰히로 씨는 겨우 쉰셋이었다.

히로야마는 유타로와 시선을 맞추며 쓸쓸한 미소를 지었다.

"심근경색으로 갑작스럽게 돌아가셔서, 저도 어머니도 많이 당황했습니다. 아니요, 사실은 지금도 아직 받아들이지 못하고 있습니다."

어머님께서는, 하고 물으려다 유타로는 단어를 바꿨다.

"사모님은?"

이곳을 다녔던 학생에게 그 사람은 선생님의 부인이다. 그렇게 부르는 편이 적당할 거라고 생각했다.

"어머니는 어제부터 할머니 댁에 계십니다. 여기에 있으면 아버지의 체취가 느껴진다고, 당분간 그 체취에서 멀어지고 싶으시다며."

"그렇습니까."

"전 오히려 그 체취를 느끼고 싶습니다만. 사람은 다 다른 모양입니다."

"아, 이해합니다." 유타로는 말했다.

"네?"

"아, 아니. 돌아가신 분의 체취를 느끼고 싶다는, 그 기분을 알 것 같습니다."

"그러십니까."

히로야마는 고개를 끄덕였다. 그리고 두 사람은 한동안 커피를 마시면서 옛날이야기를 했다. 하지만 유타로가 할 수 있는 이야기는 아무것도 없었다. 유타로는 히로야마의 이야기를 오로지 듣기만 하는 모양새가 됐다.

다쓰히로 씨가 자택을 개조해서 무료 학원을 운영하기 시작한 건 결혼 후 아이가 태어난 지 얼마 되지 않았을 때였다. 다쓰히로 씨는 아직 서른둘, 셋의 나이였다. 당초에는 토요일과 일요일에만 운영했으며 선생님은 다쓰히로 씨 한 사람뿐이었다. 이윽고 그가 쏟은 노력이 입소문으로 퍼졌고, 학생들과 자원봉사 선생님들이 모여들었다. 초기에는 학교에서 퇴학당한 아이들이 억지로 부모에게 끌려오는 경우가 많았지만, 지금은 경제적인 사정으로 학원에 갈 수 없거나 더 심도 있는 공부를 하고 싶어 하는 의욕적인 아이들이 모이게 됐다.

"그래서 가르치는 게 편합니다."

그렇게 말한 히로야마는 자신이 대학에 들어간 직후인 2년 전부터 공부방 선생님으로서 학생들을 가르치고 있다고 한다.

"지금 선생님은 몇 분이나 계십니까?"

"전부 해서 열다섯 명쯤 됩니다. 평일에는 저를 포함해 대학생 서너 명이 돌아가면서 봐주고 있습니다. 주말에는 사회인인 분들도 와주셔서 늘 대여섯 명은 있을 겁니다. 아, 11년이나 12년 전이라면 사토미 씨가 계셨겠네요? 모두의 아이돌 사토미 씨. 지금도 가끔 와주시죠."

"아, 사토미 씨. 그렇네요." 유타로는 기억나는 척하며 맞장구를 쳤다.

"만나보시겠습니까? 전화해보죠."

"하지만 이제는 완연한 아줌마가 되셨겠죠. 실망할 것 같아서 사양하겠습니다."

유타로는 웃으며 말하면서 속으로는 이제 그만 가야 할 때라고 느꼈다.

"아, 잠시 화장실 좀 쓸 수 있을까요?"

일어설 계기를 만들 생각으로 유타로가 말했다.

"네, 편하게 쓰세요."

일어서서 눈빛으로 위치를 묻는 유타로에게 히로야마는 미안한 듯 웃었다.

"죄송합니다. 화장실이 아래층에만 있어서. 아래층으로 가시면 됩니다."

유타로는 계단을 내려갔다. 똑바로 걸어가 끝에 있는 문을 열었다. 분명 화장실일 거라고 생각했지만 좁은 창고였다. 문을 연

순간 불안정하게 쌓여 있던 플라스틱 상자가 바로 앞에 떨어졌다.

"어이쿠."

황급히 하나는 잡았지만 다른 하나는 떨어져버렸다. 잡은 상자를 다시 안으로 밀어 넣고, 바닥에 떨어진 상자도 원래 위치에 돌려놓은 후 문을 닫았다. 그러면 화장실은 어디일까 하고 뒤를 돌아본 순간, 위층에서 히로야마가 내려왔다.

"괜찮으십니까? 아, 화장실은" 하며 교실 안을 가리킨다.

"아, 저쪽이군요. 고맙습니다."

교실로 들어가니 출입문과 대각선을 이루는 위치에 화장실이 있었다. 볼일을 마치고 돌아오자 계단 가장 아래 칸에 히로야마가 앉아 있었다.

"감사했습니다. 그럼 전 이만 실례하겠습니다."

"그러시겠습니까?" 히로야마가 고개를 끄덕이며 일어섰다. 그 얼굴에 웃음기는 없었다. "마시바 씨, 라고 하셨죠. 그건 본명입니까?"

"네?"

"아니면 그 이름도 가짭니까? 당신, 누구죠?"

"아, 그러니까, 예전에 이 공부방의 도움을 받았던……."

"그런 사람이 화장실이 어디 있는지 모른다? 그럴 리가 없죠."

"그게 아니라, 저쪽 화장실은 알고 있었지만, 이쪽도 화장실이었다는 생각이 들어서요. 아주 오래전 일이라서."

"그 아주 오래전 일도, 저만 이야기할 뿐 그쪽은 아무 말도 안 했던 것 같다는 기분이 듭니다만?"

"아니, 그건……."

변명하려는 유타로를 제지하듯 히로야마가 말을 이었다.

"이 공부방에 다녔던 사람이라면 신발을 벗고 들어올 때 반사적으로 신발을 신발장에 넣었을 겁니다. 항상 그래왔으니까요. 그리고 무엇보다" 하고 히로야마는 말했다. "사토미 씨는 나이가 들어도 아줌마는 되지 않습니다. 아저씨는 됐지만요. 사토미 준페이 씨. 불룩 나온 배가 지금도 매력적인, 우리 모두의 아이돌입니다."

히로야마가 갑자기 똑바로 응시하는 바람에, 유타로는 소리를 내어 웃었다.

도저히 얼버무릴 방법이 없다. 그렇다면 도망치는 수밖에. 이곳이 바깥이었다면 유타로도 곧바로 도망쳤을 것이다. 도망치는 데에는 자신도 있고 정평도 나 있다. 하지만 이곳은 실내다. 출입구의 신발장에서 신발을 꺼내 신는 동안에 붙잡힌다. 신발만 집어 들고 일단 뛰자.

유타로가 그렇게 결심한 순간, 히로야마가 큰 소리로 말했다.

"간바야시!"

교실로 이어지는 문이 열리고 남자 선생님이 얼굴을 내밀었다. 햇볕에 잘 그을린, 매끈한 몸매가 옷 위로도 느껴졌다.

"응? 무슨 일이야?"

"이쪽은 예전에 이곳을 다녔다고 주장하는 마시바 씨. 저쪽은 간바야시. 체육대학 럭비부에서 스리쿼터백이라고 했던가?"

"아, 응." 고개를 끄덕인 남자는 유타로를 향해 말했다. "센터를 맡고 있습니다."

남자는 럭비 이야기를 하는가 싶어서 다음 말을 기다리듯 히로야마를 봤다.

"아, 그뿐이야. 고마워."

"아, 응." 남자는 히로야마에게 그렇게 대답하고는 "실례하겠습니다" 하며 유타로에게도 고개를 숙이고 교실로 돌아갔다.

"럭비에 대해 잘 아십니까? 저는 전혀 모르지만, 저 사람 특기가 태클이라고 합니다."

"아." 유타로는 고개를 끄덕였다.

"발도 빠르다고."

"그렇습니까."

"가르쳐주십시오. 아버지의 돈에 대해 알고 있습니까?"

유타로는 영문을 몰라 히로야마를 바라봤다. 히로야마는 아까부터 같은 자세와 표정으로 유타로를 응시하고 있었다.

"돈?" 유타로가 되물었다. "돈이라니 무슨 말입니까?"

어차피 거짓말은 들통났다. 등 뒤에는 스무 명 가까운 아이들이 있으니 난폭한 짓은 하지 않을 것이다. 그렇게 생각하고 대담하게 파고들었다.

"공부방의 돈을 누가 훔쳐가기라도 했습니까?"

히로야마는 유타로를 응시한 채 표정의 변화를 살피듯 말했다.

"아버지가 돌아가신 후 은행계좌를 확인했습니다. 월급이 입금되던 계좌와 여러 가지 투자에 사용하던 계좌. 두 개를 합쳐도 생각했던 액수에 한참 못 미쳤습니다. 적어도 2,000만 엔 이상의 돈이 어딘가로 사라졌습니다. 치사하다고 생각할지 모르겠지만 이 공부방을 유지하려면 돈이 듭니다. 사망보험금은 들어왔지만, 그것도 앞으로 들어갈 제 학비와 어머니의 생활비 전부를 해결할 수 있는 액수는 아니죠. 저희로서도 그 돈을 몽땅 공부방에 사용할 수는 없습니다. 공부방을 유지하기 위해서는 사라진 돈이 필요합니다. 아버지의 돈이 어디로 사라졌는지, 뭔가 알고 있지 않습니까?"

"아니요, 모릅니다. 그런 건 정말로."

"신분까지 속이고 남의 집에 찾아와서 모르는 사람에게 향까지 올려가면서, 그럼 대체 뭘 하려던 겁니까? 이곳에 무언가를 살피러 온 거 아닙니까?"

히로야마의 눈빛은 날카로웠지만 위태로워 보이기도 했다. 화가 났다기보다는 상처를 받은 것처럼 느껴졌다. 무엇에 상처를 받았는지 알지 못한 채, 유타로는 그 자리에 털썩 앉았다.

"확실히 전 이 공부방에 다니지 않았습니다. 그렇지만 이 공부방에 다녔던 녀석을 압니다. 그 녀석은 한부모 가정 출신이었고 경제적으로 어려웠죠. 머리는 좋은 녀석이었는데 사설 학원에 다닐 수가 없어서. 그래서 이곳을 알게 되어 다녔는데, 굉장히 즐거운 듯 이곳 이야기를 하곤 했습니다."

히로야마는 유타로를 내려다보며 물었다.

"그 사람은 지금은?"

"죽었습니다. 이곳에 다닌 후 제법 괜찮은 고등학교에 합격했지만 미래가 보이지 않았죠. 섣불리 좋은 학교에 들어갔더니 주변에는 온통 전도양양한 친구들뿐이었어요. 하지만 그 녀석에게 는 미래가 없었습니다. 장학금을 받는 것도 생각해봤지만, 학비 가 해결된다고 해도 생활비를 감당할 방법이 없었죠. 모친은 한 심한 사람이었습니다. 녀석은 자포자기한 듯 양아치 흉내를 내더 니 양아치처럼 죽었습니다. 거짓말을 해서 죄송합니다. 오늘 전 그 녀석을 대신해서 선향을 올렸습니다."

"그렇습니까."

그대로 가만히 유타로를 내려다보던 히로야마는 마침내 자신 도 복도에 주저앉았다.

"그 말이 거짓인지 아닌지도, 이제 모르겠습니다."

고개를 숙인 히로야마는 갑자기 한 아름은 줄어든 것처럼 보 였다. 그렇게 보고 있으니, 아직 앳됨조차 남아 있는 대학생 남자 아이였다. 유타로는 그가 자신보다 다섯 살이나 어리다는 사실을 새삼 떠올렸다.

"어머니께는 여쭤봤습니까? 어머니라면 뭔가 알고 계시지 않 을까요?"

"어머니 역시 아무것도 모르십니다. 돈 관리는 거의 아버지가 다 하셨거든요. 정해진 생활비를 정기적으로 어머니의 계좌로 입 금하셨습니다. 우리 집은 그런 식으로 돌아갔죠. 어머니가 아버 지의 체취를 느끼고 싶지 않다고 하신 건, 돌아가신 아버지를 믿 을 수 없게 되었기 때문입니다. 저도 이제는."

히로야마는 다음 말을 잇지 못하고 고개를 흔들었다.

"그 일에 대해 달리 알 만한 사람은? 아, 부친의 부모님은 이미 돌아가셨습니까? 친척이라도. 대체로 집에서 돈이 없어지는 경우는 여자라거나 도박, 그런 게 아니면 질 나쁜 친척의 갈취. 그런 것들 때문이죠."

히로야마는 계속 고개를 저었다.

"조부모님은 이미 오래전, 아버지가 아직 고등학생이었을 때 사고로 돌아가셨습니다. 어머니도 조부모님은 사진으로밖에 뵙지 못하셨죠. 조부모님 두 분 모두 외동이어서 가까운 친척은 없을 겁니다. 적어도 교류를 하던 친척은 한 명도 없었습니다. 장례를 지낼 때도 부고를 전한 건 대부분 지금 회사 사람들입니다."

"회사 사람들은 뭔가 알고 있지 않던가요?"

"대부분이 외국인이라서요. 사적인 교류도 있었던 모양인데, 신뢰하는 친구라고 할 만큼의 관계는 아니었던 것 같습니다."

"다른 친구분은? 그분에게 빌려줬다거나."

"아버지는 형편이 어려워서 스물둘에야 간신히 대학에 들어가셨어요. 그래서 학생 시절에도 친한 친구를 만들지 못하셨던 것 같고, 그 이전 친구에 대해서는 이름조차 들어본 적이 없습니다."

"그러면, 저기, 말하기 좀 뭐하지만 여자나 도박 같은 건?"

"절대 그럴 리는 없다고 말하고 싶지만, 이제는 모르겠습니다. 그랬을지도 모르죠. 이제 아버지에 대해서 자신 있게 말할 수 있는 것이 하나도 없다는, 그런 기분이 듭니다."

울음을 터뜨릴 듯 얼굴을 찡그리며 히로야마는 말했다.

"컴퓨터는?" 유타로는 최대한 자연스럽게 물었다. "한번 조사해보면 어떨까요?"

"열어보려고 했지만 비밀번호가 걸려 있습니다. 아버지는 애초에 컴퓨터를 잘 쓰지 않으셔서 아마 아무것도 없을 겁니다. 인터넷서점에서 책을 살 때 정도일까, 공부방의 사이트 관리도 제가 해왔거든요."

의뢰인은 컴퓨터를 아주 가끔 사용할 뿐이어서 그것만으로는 생사 확인이 어려울 거라고 판단하고 스마트폰도 같이 설정해두었던 것이다. 그런 이유에서였구나, 하고 납득했다. 하지만 의뢰인이 자신이 죽은 후 삭제되길 원했던 데이터는 그 컴퓨터에 있다. 그 사실을 유타로는 알고 있었다.

"그렇군요."

뭐라고 말해야 할지 알 수 없었다. 위로도 되지 않을 위로의 말을 하고, 유타로는 무거운 마음을 안은 채 의뢰인의 집을 나왔다.

유타로가 사무실로 돌아오자 케이시는 자신의 책상에서 책을 읽고 있었다.

"사망 확인은 됐나? 시간 차이가 난 이유는?"

"아, 그게."

유타로가 말을 머뭇거리자, 케이시는 책을 책상 위에 놓고 수상하다는 듯 미간에 주름을 세웠다.

"가짜 설정이 들통나는 바람에."

"걸렸어?" 케이시는 비웃듯 입꼬리를 올렸다. "그건 됐고. 그래서 사망 확인은?"

"아, 응. 그게 있지, 히로야마 선생은 학원을 운영하고 있었어.

가정형편은 어렵지만 의욕이 있는 아이들을 모아서 가르치는 무료 학원. 대학생이나 사회인 자원봉사자도 모집해서."

"'모두의 학교'였던가. 그 사이트도 확인했잖아. 그런데?"

"응. 사실은 내 지인 중에 한 명도 그런 곳에 다닌 적이 있어. '모두의 학교'는 아니지만, 비슷한 느낌의 그런 학원을 중학교 무렵에 다녔어. 그 녀석 나중에는 불량배가 돼서 불법 마약 같은 걸 했다가 그게 잘 안 돼서 아산화질소인가 뭔가를 팔았는데."

"웃음가스 말이냐? 한심한 장사를 했군. 그런데?"

"응. 한심한 장사를 했던 한심한 녀석이지. 하지만 그 녀석이 그 학원 이야기를 자주 했었어. 자기를 사람 취급해준 곳은 평생 그곳밖에 없었다고."

"평범한 사람들은 그냥 사람답게 살면 당연히 사람 취급을 받아. 그 녀석은 남을 탓하기 전에 자신의 행동을 반성해야 해."

"그럴지도 모르지. 그 녀석, 한심한 싸움에 휘말려서 이미 죽어버렸지만."

케이시는 기가 막힌다는 듯 혀를 찼지만, 유타로는 신경 쓰지 않고 이야기를 계속했다.

"녀석이 사람 취급을 해줬다고 말한 건 이런 거였어. 자신의 현재를 자신의 미래를 위해 쓰라고 말해줬대. 자신의 미래를 위해 자신의 현재를 소중하게 여겨야 한다는 뜻이라고."

그 이야기를 할 때 녀석은 늘 조금은 의기양양한 듯한, 조금은 쓸쓸한 듯한 표정을 짓고 있었다. 유타로는 그런 일들을 떠올렸다.

"그래서 사망 확인은 한 거야, 못 한 거야?"

"히로야마 선생이 남긴 그 학원이 유지될 수 있도록 해주었으면 해."

"남겼다? 그러면 의뢰인은 사망했다는 뜻이네?"

"히로야마 선생의 은행계좌를 확인했더니 있어야 할 돈이 사라졌대. 어디로 사라졌는지는 몰라. 어딘가에 있다면 되찾았으면 해. 학원을 유지하는 데 필요한 돈인가봐. 선생이 삭제해달라고 의뢰한 데이터, 보여주면 안 돼?"

"안 돼."

예상했던 대답이었다. 케이시가 손을 뻗기 전에, 유타로는 책상 끝에 있던 모구라를 끌어당겨 그대로 가슴에 꺼안는다.

"어이."

케이시가 낮은 목소리로 부르며 유타로를 노려봤다.

"도가 지나치다. 내놔."

"돈이 사라졌다니까. 히로야마 선생은 그 돈이 없어도 된다고 생각했겠지. 자신이 벌어서 집도 학원도 꾸려갈 수 있을 거라고. 그래서 그 정도의 돈은 괜찮다고 어디론가 가져갔어. 하지만 자신이 생각했던 것보다 훨씬 일찍 세상을 떠난 거야."

"우리와는 관계없는 얘기다. 내놔."

케이시가 손가락을 까닥까닥하며 손짓했다.

"알았어."

유타로는 모구라를 머리 위로 올리고 그대로 두 발짝 뒷걸음질을 친다.

"이 녀석을 부숴버리면 시간을 벌 수 있겠지. 그동안 아들이랑 의논해서 케이가 데이터를 삭제하지 못하게 하는 방법을 찾아낼 거야. 변호사를 고용해서 뭐든 하면 어떻게든 되겠지."

흥분해서 떠드는 유타로를 케이시는 차갑게 올려다볼 뿐이었다.

"그러면 의뢰인의 유지遺志는 어떻게 되지? 뜻밖의 죽음이야. 바로 이런 경우를 대비해서 의뢰인은 우리에게 의뢰한 거다. 그 뜻을 무시하면서 무슨 좋은 일을 한다고 생각하나? 넌 대체 무슨 생각이야?"

"부술 거야."

"그러든가. 이쪽 컴퓨터로도 삭제할 수 있으니까. 시간을 벌어? 웃기고 있네. 2분이면 끝나."

"학원 문제만이 아니야. 이런 상황이다 보니 부인도 아들도 히로야마 선생을 믿지 못하게 됐어. 데이터를 삭제하면 히로야마 선생이 무엇을 지키려고 했는지 알 수 없게 돼. 하지만 자신이 운영해온 학원도 없어지고, 아내에게도 아들에게도 신뢰를 잃게 되는데, 그럼에도 지켜야 할 게 뭐가 있다는 거지? 히로야마 선생의 인생이 정말로 아무것도 없는 게 되어버리잖아."

갑자기 케이시의 시선이 흔들렸다. 미세하게 흔들렸던 시선이 어느새 책상 위에 놓인 책을 향했다. 유타로도 따라서 책에 시선을 던졌다. 이전에 유타로가 책장에서 꺼냈던 책이었다.

그때 케이시는 『민사소송법』이라는 그 책이 '아버지의 책'이라고 말했었다.

적어도 읽기 재밌는 책은 아니었다. 케이시가 책 내용을 이해한다고 해도, 그 점은 마찬가지일 터다.

"지워서 지킬 수 있는 것도 있지만, 남겨서 지킬 수 있는 것도 있다고 생각해. 확인만 해주면 돼. 그것이 사라진 돈과 관계없는 데이터라면 그때는 그냥 지워도 돼."

한동안 책상 모서리를 보고 있던 케이시는 마침내 한숨을 쉬고는 다시 오라는 듯 손가락을 까닥까닥했다.

"가져와."

"해줄 거야?"

"데이터는 모구라를 통해서만 볼 수 있어. 망가뜨리면 아주 곤란해져. 그러니까 이번만 해준다. 가져와."

"고마워."

그렇게 말은 했지만 완전히 믿지 못해서인지 유타로는 책상 끝에 내려놓은 모구라에서 손을 떼지 못했다. 케이시는 그런 유타로를 흘끗 쳐다보면서 언짢은 표정으로 손을 뻗어 모구라를 끌어당겼다. 화면을 열고 키보드와 터치패드를 두드린다. 유타로는 체념하고 그 모습을 지켜봤다. 어차피 데이터를 건드릴 수 있는 사람은 케이시뿐이다. 어찌 됐건 케이시에게 맡기는 수밖에 없다.

"신호가 늦게 온 이유는 뭐였어?"

모구라를 조작하면서 케이시가 물었다.

"아, 스마트폰 때문이었어. 아들이 만지는 바람에."

"그렇군. 24시간 동안 스마트폰과 컴퓨터를 모두 사용하지 않았을 때 컴퓨터의 폴더를 삭제하는 설정이었으니까 신호가 안 온 거였어. 스마트폰에 비밀번호를 안 걸어뒀다는 건 문제 될 데이터가 없었기 때문이겠지."

그렇게 말하면서 손을 움직이던 케이시는 손을 멈추고 쯧쯧 혀를 찼다.

"아무래도 예상대로인 거 같군."

화면을 유타로에게 돌린다.

"폴더 안에는 인터넷은행의 계좌를 관리하는 앱이 있어. 이걸 지우면 계좌의 존재 자체를 알 수 없게 돼."

"그런 거야?"

"통장과 현금인출카드가 없으면 그 은행에 계좌가 있다는 사실을 제삼자가 알 수 있을까? 마찬가지야."

"그 계좌 내용을 볼 수 있어?"

"무리야."

케이시가 앱을 열었다. ID와 패스워드 입력을 요구하는 화면이 나왔다.

"ID도 패스워드도 몰라."

"그건 어떻게 못 하나? 텔레비전 같은 거 보면 나오잖아. 숫자들이 모니터를 가득 채우면서 막 변하고 그런 거. 그러다가 앗, 찾았다! 하잖아."

"무작위 대입 공격 말이야? 그게 언제 적 얘긴데. 최소한의 보안 의식이 있는 사이트라면, 패스워드 몇 번 틀렸다가는 당분간 그 ID에 접속하지도 못해. 게다가 그 ID 자체도 모른다고."

"아, 하지만 전에도 얘기했었잖아? 정보 누출은 시스템이 아니라 사람이 문제가 되어 일어난다, 뭐 그런 얘기. 그렇다면 히로야마 선생의 컴퓨터를 뒤져서 뭔가 찾을 수 있는 거 아냐?"

"ID와 패스워드라."

케이시는 그렇게 중얼거리면서 몇 번인가 고개를 가볍게 끄덕였다.

"해볼까. 시험당하는 것 같아 기분은 안 좋지만."

"시험하는 거 아닌데." 유타로는 말했다. "그런 생각은 전혀 안 했어."

그 말에는 대답하지 않고 케이시는 모구라를 조작했다. 한참 동안 케이시가 키보드를 두드리는 소리만 실내에 울려 퍼졌다. 그 소리를 들으면서 유타로는 자신의 어떤 말이 케이시를 움직였을지 생각하고 있었다. 하지만 생각하기 전부터 답은 알고 있었고, 생각해봐도 답은 바뀌지 않았다.

— 아내에게도 아들에게도 신뢰를 잃게 되는데, 그럼에도 지켜야 할 게 뭐가 있다는 거지? 히로야마 선생의 인생이 정말로 아무것도 없는 게 되어버리잖아.

케이시는 그 말에 동요했다. 유타로는 동요했던 그 감정에 말을 걸었다.

— 지워서 지킬 수 있는 것도 있지만, 남겨서 지킬 수 있는 것도 있다고 생각해.

본능적으로 케이시의 약점을 노려서 내뱉은 말이었다.

케이시는 아마도 부친의 죽음 후, 부친의 디지털 단말기에서 어떤 데이터를 지웠을 것이다. 마이가 의심한 대로.

유타로는 그렇게 생각했다.

케이시가 삭제한 건 어떤 데이터였을까. 케이시는 언젠가 그 사실을 마이에게 고백하게 될까. 그리고 무엇보다, 케이시는 자신이 삭제했다는 것을 후회하고 있을까.

"시끄러워."

마뜩잖은 목소리에 유타로는 케이시를 돌아봤다.

"벽 치기, 시끄럽다고. 정신이 산만해져."

케이시의 말을 듣고서야 유타로는 자신이 어느새 야구공을 들고 벽에 던지고 있었다는 사실을 깨달았다.

"아, 전염됐나봐." 유타로가 말했다. "미안, 이제 안 할게."

"됐어. 이미 끝났어."

"끝났다고? 벌써 찾은 거야?"

유타로는 공을 그 자리에 내던지고 케이시의 책상 앞으로 돌아왔다.

"보안 시스템 기술자가 판사라면 의뢰인은 그 자리에서 종신형이야. 이런 사용자가 많으니까 보안 관리자가 고생하는 거지."

"무슨 말이야?"

"인터넷서점과 같은 ID와 패스워드를 사용하고, 게다가 인터넷서점 ID와 패스워드를 브라우저에 저장해뒀어. 종신형 정도가 아니라 사형일지도."

"내용은 뭐야?"

케이시는 유타로에게 화면을 돌렸다.

"이 계좌는 꽤 오래전부터 사용됐어. 개설은 12년 전. 개설 직후에는 몇 번에 나눠 의뢰인 자신이 꽤 큰돈을 입금했어."

"얼마 정도야?"

"다섯 번에 걸쳐서 총 800만 엔. 자세한 건 알 수 없지만, 가족 몰래 숨겨놨던 돈을 인터넷은행에 계좌를 개설하면서 한군데에 모았을 거다."

"비밀금고를 사서, 여기저기 조금씩 꿍쳐놨던 돈을 전부 금고로 옮겼다는 뜻?"

"그런 느낌이지. 그 후로는 부정기적으로 계좌에 돈을 입금했어. 입금인은 의뢰인 자신. 현금입출금기를 통해 입금된 것도 있는데 아마 그것도 의뢰인이 했을 거다. 입금 총액은 초기에 한꺼번에 했던 것과 합치면 2,200만 엔 정도."

적어도 2,000만 엔 이상의 돈이 계좌에서 사라졌다고, 의뢰인의 아들도 그렇게 말했었다.

"이만큼의 돈을 빼돌리면서 가계도 꾸리고 무료 학원도 운영해왔다니 대단한걸."

"투자고문회사란 곳이 월급을 많이 주나?"

"회사에 따라 다르고 개인에 따라서도 달라. 무엇보다 시기가 중요하지. 시장 전체가 침체된 시기에는 자금에 한계가 있어. 그럴 때는 가져갈 수 있는 수입이 줄어들 거고, 구조조정도 심각해지지. 그래도 뭐, 일반 기업보다는 훨씬 높은 수입일 거다. 실제로 의뢰인은 이만큼이나 되는 개인 돈을 만들었으니."

"하지만 이런 큰돈을 대체 왜? 어디다 쓴 거야?"

"처음 계좌를 개설하고 5년 동안은 돈을 전혀 쓰지 않았어. 오로지 모으기만 했지. 그런데 7년 전부터 돈이 빠져나가고 있어. 매번 같은 상대에게 돈이 입금되고 있지."

"누군데?"

여자, 라고 순간 생각했지만, 케이시가 띄운 화면에 나타난 '받는 분'은 남자도 여자도 아니었다.

해피니스케어 단풍나무의 마을

"해피니스케어 뭐라고?"

"여기야."

케이시는 모구라와는 다른 컴퓨터에 연결된 세 대의 모니터 중 하나를 유타로에게 돌렸다. 모니터에는 '해피니스케어 단풍나무의 마을'이라는 간호 서비스를 겸한 유료 노인요양원의 홈페이지가 열려 있었다. 40개 정도의 방이 있는 시설로, 소재지는 지바현 지바시.

"의뢰인은 매번 '미카사 유키야'라는 이름으로 입금을 해왔어. 7년 전에 처음으로 150만 엔. 그 후로는 매달 딱 20만 엔씩."

"7년 전이라고? 그리고 매달 20만 엔? 그렇다면⋯⋯."

"대략 1,500만 엔 정도. 거기에 처음의 150만 엔. 계좌 잔액은 이거야."

케이시는 다시 모구라를 자신에게 돌린 후 계좌 잔액을 화면에 띄웠다.

"540만 엔? 2,000만 엔 이상이 있었는데 이것뿐?"

"매달 20일에 20만 엔이 자동이체 되도록 해놨어."

"이게 대체 뭐지?"

"상식적으로 생각하면 이용료겠지. 이 노인요양원에 있는 누군가를 위한 이용료를 의뢰인이 지불해왔어. 처음 입금한 150만 엔은 입소 비용일 거고."

케이시는 '해피니스케어 단풍나무의 마을' 사이트에서 이용 요금 안내 페이지를 클릭했다. 방과 계약 형태에 따라 액수는 다양했지만, '입소 일시금'은 '0~250만 엔'이고, '매월 비용'은 '14~25만 엔'으로 되어 있다.

"하지만 누구를 위해? 히로야마 선생의 부모님은 돌아가셨을 텐데. 선생이 고등학생일 때 사고로 돌아가셨고, 친척들과의 교류도 없었다던데."

"정상적인 관계에 있는 사람이라면 가족에게 숨기지 않았겠지. 그리고 다른 이름으로 보낸 것도 이상해. 의뢰인은 미카사 유키야를 대신해서 이용료를 지불하고 있다고도 생각할 수 있어."

"미카사 유키야에게 협박을 받고 있다거나?"

"글쎄, 그런 것까지는 알 수 없지."

"이거 정지할 수 있어? 그대로 두면 이번 달에도 이체될 거 아니야."

히로야마가 기대한 액수에는 한참 못 미치지만, 지금 있는 것만이라도 되찾아주고 싶었다.

"그건 안 해."

케이시는 화면을 들여다보고 있던 유타로의 코앞에서 모구라를 닫아버리고 자신 쪽으로 끌어당겼다.

"계좌에서 출금되는 건 정기적인 자동이체뿐이다. 의뢰인이 삭제 의뢰를 한 건 이 자동이체가 이어지기를 바랐기 때문이야. 이 걸 막는 건 용납 못 해."

케이시의 손은 여전히 모구라 위에 놓여 있었다. 케이시의 운동신경을 고려했을 때 간단히 모구라를 빼앗을 수 없을 터였고, 유타로도 설마 그렇게까지 할 생각은 없었다.

"누구를 위해, 왜 입금을 하고 있는지, 그걸 알고 싶어." 유타로는 말했다. "만약 그 이유가 충분히 납득할 만한 것이라면 부인과 아들에게 알려줘야 한다고 생각해. 지금 두 사람의 마음속에는 히로야마 선생에 대한 불신감이 커지고 있어. 커진 불신감은 두 사람의 마음속에 있는 히로야마 선생을 망가뜨리고 쫓아낼 거야. 그걸 보고만 있을 수는 없어."

유타로로서는 다시 케이시의 마음을 흔들어볼 생각이었다. 그러나 같은 곳을 찔려 두 번이나 동요할 정도로 케이시는 약하지 않았다.

"네가 어떻게 생각하는지는 중요하지 않아. 의뢰 내용은 분명하고, 우리는 그 의뢰를 받아들였어. 그렇다면 남은 건 수행하는 것뿐이다."

케이시는 담담하게 말하며 다시 모구라 화면을 열고는 재빠르게 터치패드를 조작했다.

"미안하다."

케이시는 조그맣게 중얼거렸다. '타닥' 하고 케이시의 손가락이 마지막으로 터치패드를 두드렸다. 그걸로 의뢰 수행이 끝난 듯했다. 케이시는 화면을 닫은 모구라를 책상 위로 밀고, 휠체어를 돌려 유타로를 외면했다.

집으로 돌아오자 현관문이 잠겨 있지 않았다. 유타로가 현관의 미닫이문을 열자 다마 씨와 조림 냄새가 맞아주었다.

"다녀왔어."

다마 씨를 안고 안으로 들어가자 주방을 향해 있던 하루나가 돌아보며 몸을 젖혀 보였다.

"왜 이렇게 빨리 와? 지금부터 모처럼 맛있는 거 잔뜩 만들 생각이었는데~"

"빨리 왔다고 그 계획을 바꿀 필요는 없어. 맛있는 거? 기대하지. 여기서 기다리고 있을게."

유타로는 밥상을 가리켰다.

"하지만 그럴 거면 유타로가 만드는 편이 빠르고 맛있잖아? 아, 정말이지 아쉽네."

걷어 올렸던 소매를 내리고 "부탁해~" 하며 하루나는 손으로 주방을 가리켰다. 유타로는 다마 씨를 놓아주고 소매를 걷은 후 손을 씻으면서 주방을 둘러봤다. 하루나의 말과 달리 닭고기야채 조림은 이미 완성되어 있었다. 그다음에 미소양념생선구이를 만들 생각이었던 모양이다. 미소양념을 발라둔 삼치가 있었다. 그렇다면 미소시루에는 녹색 채소가 필요하겠다고 생각하며 냉장고를 열어 소송채를 꺼낸다.

"일이 엄청 빨리 끝나네." 하루나가 말했다.

시간은 겨우 5시를 넘어서고 있었다.

"아, 응."

유부는 찾았지만 만들어둔 다시물이 보이지 않았다. 오늘 아침에 다 써버렸다는 게 생각나서 유타로는 작게 한숨을 쉬었다.

"설마, 벌써 잘린 거야?"

한숨 소리 때문에 오해했나 하고 쓴웃음을 짓다가, 오해가 아닐지도 모른다고 생각을 바꿨다. 유타로 자신도 지금의 한숨이 어디를 향한 건지 확실히 알지 못했다.

유타로는 케이시가 의뢰를 수행한 후 둘이 있기가 거북해서 일찍 퇴근했다. 유타로가 그만 퇴근하겠다고 하자 케이시도 말리지 않았다.

"잘린 건 아닌데, 조만간 그만둘지도."

냉장고를 닫고 선반에서 다시물 재료가 담긴 팩을 꺼내면서 유타로는 대답했다.

"왜? 사장님이랑 싸웠어?"

"싸운 건 아닌데, 아무래도 좀 다른 거 같아."

"다르다니 뭐가?"

"음, 그러니까 일에 대한 사고방식?"

"오호~"

"케이에게는, 아, 우리 사장을 케이라고 부르는데, 여하튼 케이에게는 신념이랄까, 아니, 그거와는 좀 다른데. 일관성 있는 논리, 아니 그것도 아니고, 그래, 누름돌 같은 느낌이야. 이렇게 위에서 꾸욱 누르고 있는 것이 있어. 그 누름돌이 있어서 굉장히 냉정하고 확실하게 일을 해내는데, 그 누름돌이 내게는 역시 무겁게 보이거든. 힘겨워 보인다고 해야 하나. 그렇지만 또 그 누름돌이 있기 때문에 케이는 케이로 존재한다는 느낌도 들어."

소송채와 유부를 자르면서 유타로는 말했다.

"그래서 그 누름돌을 잠시 내려놓고 편하게 이야기해보고 싶을 때도 있어. 하지만 케이는 그러질 않아. 안 한다기보다, 자신을 그러도록 내버려두지 않는달까. 흠, 그런 느낌 알겠어?"

조용해서 돌아보니 히죽히죽 웃고 있는 하루나와 하루나의 손에 들려 뒷발로 서 있는 다마 씨가 유타로를 보고 있었다.

"뭔데?" 유타로가 물었다.

"나와 다마 씨가 질투하는 중이잖아."

"뭐?"

"유타로가 그런 식으로 다른 사람의 이야기를 하는 거 처음 들었어. 그렇지, 다마 씨?"

"아니거든."

"맞거든. 지금까지 그런 식으로 열심히 누군가에 대해 이야기한 적이 없었어. 유타로는 친근한 성격인데도 친구가 없어 보여서 걱정했거든."

"그랬어?"

유타로는 대꾸하고 다시 요리로 돌아갔다. 소송채와 유부를 냄비에 넣고, 미소양념을 바른 삼치를 그릴에 굽기 시작한다.

"그래서? 사장은 어떤데?"

"뭐?"

유타로는 미소양념이 타지 않도록 지켜보면서 되물었다.

"사장은 유타로를 어떻게 평가하냐고."

"글쎄, 어떨까. 잔심부름꾼이 필요할 뿐이니 아무라도 상관없다고 생각하지 않을까. 누구라도 상관없으니까 이 녀석이라도 괜찮겠지, 하는."

"아, 삐졌구나."

"그런 게 아니야. 그쪽은 고용주, 난 고용인. 업무적인 관계지 친구가 아니니까."

음식이 완성되자 두 사람은 밥상에서, 다마 씨는 그 옆에서 이른 저녁을 먹기 시작했다.

"그러면 사장에게 맡기면 되는 거 아냐?"

"뭐?"

"언제까지 일할지는 상대방이 정하게 두면 돼. 그만두라고 할 때까지 있으면 되는 거야. 그래도 월급은 제대로 주잖아?"

닭고기, 연근, 우엉, 당근을 차례차례 입으로 가져가면서 하루나는 말했다.

"아, 응. 그리 대단한 액수는 아니지만."

"이전에 했던 것처럼, 무슨 일인지도 알 수 없는 일용직 같은 일보다 안심이 돼. 거기서 일하면서 유타로도 조금은 좋아졌다는 기분이 들어."

"좋아졌다고?" 유타로는 되물었다. "좋아졌다니, 뭐가?"

"뭘까?"

하루나는 자신이 말해놓고도 젓가락 끝을 입에 문 채 고개를 갸웃하며 유타로를 말끄러미 바라봤다.

"표정이랄까, 전체적인 분위기? 그런 거."

"아하, 그 말인즉슨 그런 것이 이전에는 나빴다?"

유타로가 되묻자 하루나는 흐흐흐 웃으면서 얼버무렸다. 그제야 유타로도 그 화제가 여동생과 관련된 것이로구나 하고 깨달았다. 하루나의 눈에는 동생을 떠나보낸 후의 유타로가 계속 무언가를 망가뜨리고 있는 것처럼 보였던 모양이다. 그런 의미일 것이다. 그것이 무엇인지 유타로는 알지 못했고, 아마 하루나도 모르고 있을 터였다. 케이시 밑에서 계속 일하면 무언가가 회복될까, 무언가를 되찾을 수 있을까. 그것도 알 수 없었다. 하지만 '프리랜서 잔심부름꾼'으로 음지의 일을 할 때보다는 훨씬 나은 기분을 느꼈던 것도 사실이다.

"그러면 조금 더 다녀볼까." 유타로가 말했다.

"그러는 게 좋아." 하루나가 대답했다.

'동감!'이라고 말하는 듯한 얼굴로 다마 씨가 고양이 사료를 오독오독 먹고 있었다.

다음 날 유타로가 사무실에 나가자, 케이시는 모구라가 아닌 다른 컴퓨터를 보고 있었다.

"좋은 아침." 유타로가 인사하자 케이시는 힐긋 본 후 턱으로 프린터를 가리켰다.

"그거."

인쇄된 몇 장의 종이가 트레이 위에 쌓여 있었다. 가져오라는 말인가 하면서 유타로는 종이를 들었다. 케이시에게 건네주려던 순간 인쇄된 글자에 눈길이 멈췄다.

미카사 유키야

왜 눈길이 갔는지 의식하지 못한 채 소리 내어 읽었다.

"미카사 유키야."

자신의 목소리를 귀로 들은 기분이 들었다. 미카사 유키야. 의뢰인 히로야마 다쓰히로가 노인요양원에 돈을 입금할 때 사용했던 이름이다. 들고 있던 종이를 황급히 읽어본다. 인쇄된 건 지방신문의 짧은 기사였다. 기사 자체를 복사한 게 아니라, 파일 형태로 변환된 텍스트였다.

"그래. 미카사 유키야. 지금으로부터 32년 전에 바다에서 익사했다. 당시 21세. 밤새 검색했지만 달리 눈에 띄는 '미카사 유키야'는 없었어."

"찾아봐준 거야?"

"딱히 일도 없어서." 케이시는 그렇게 대답하고는 이내 원래 이야기로 돌아왔다. "그 기사에 나온 대로, 32년 전 8월에 미카사 유키야는 시즈오카의 해안에 해수욕을 갔다가 익사했어."

기사에는 확실히 그렇게 나와 있었다. 친구와 해수욕을 왔던 시즈오카시 거주의 21세, 무직, 미카사 유키야 씨가 해수욕 중 바다에 빠져 사라졌다. 구조대원이 바닷속에서 발견해 구조했지만, 이송된 병원에서 사망이 확인되었다. 기사는 사망자의 과실을 은근히 탓하듯, 사고 당시 미카사 씨는 만취 상태였다고 덧붙이고 있었다.

"히로야마 선생이 32년 전에 바다에서 사고로 익사한 미카사 유키야 이름으로 누군가의 요양원 비용을 지불하고 있었다는, 그런 말이야?"

"그래, 그런 말이다."

케이시가 유타로의 손을 보며 턱짓을 했다. 유타로는 손에 든 종이를 넘겼다. '모두의 학교' 사이트에서 내력을 소개한 부분을 인쇄한 것이었다. 창설자는 히로야마 다쓰히로. 그의 간단한 이력도 적혀 있었는데, 출신지는 시즈오카현 시즈오카시로 되어 있었다.

"두 사람이 아는 사이?"

"의뢰인은 2주일 전에 쉰셋의 나이로 사망했어. 32년 전이면 스물한 살. 미카사 유키야와 같은 나이지. 의뢰인이 언제까지 시즈오카에 있었는지는 모르지만, 미카사 유키야가 살았던 시즈오카시 출신. 두 사람의 관계에서 지금 알 수 있는 건 그것뿐이다."

뭔가 걸리는 말투였다.

"두 사람의 관계에서? 또 뭐가 있어?"

"'단풍나무의 마을'이라는 그 노인요양원에 전화했었다. 유키야 씨의 일로 아주 급하게 미카사 씨와 연락을 하고 싶으니 전해 달라고."

"미카사 씨라니?"

"미카사 유키야의 이름으로 이용료를 지불하고 있잖아. 분명 미카사 유키야의 모친이나 부친이 입소 중이려니 짐작했지."

"그래서?"

"입소 중인 사람은 미카사 야스오미 씨. 시설 측에서 해온 대답은, 이야기는 전했지만 미카사 씨는 전화를 받을 수 없다는 거였다. 아마 말을 제대로 못 하는 상태일 거야."

그렇게 말하고 케이시는 유타로를 봤다.

"대체적인 스토리가 보이지 않나?"

"미카사 유키야 씨의 친구였던 히로야마 선생은 죽은 친구의 부모님을 위해 노인요양원의 비용을 지불하고 있다. 그런 건가?"

"단순한 친구가 그렇게까지 한다고 보기는 힘들지. 그 친구가 죽은 지는 32년이나 됐어. 평범한 우정이라면 이미 시효는 끝났겠지."

"그러면 왜?"

"미카사 유키야는 친구와 해수욕을 갔다가 익사했고, 당시 만취 상태였다. 당연히 친구와 함께 술을 마셨겠지."

"그 친구가 히로야마 선생?"

"그렇게 생각하면 앞뒤가 맞아. 의뢰인은 미카사 유키야의 사고에 죄책감을 느끼고 있었다. 술을 마시라고 강요했다거나, 반은 장난삼아 미카사 유키야에게 수영하러 가자고 부추겼다거나, 또는 강요했다거나. 익사 원인을 제공한 사람이 의뢰인이었는지도 모르지."

"그래서 미카사 유키야 씨의 아버지를 위해 돈을?"

젊었을 때 히로야마 다쓰히로는 친구의 죽음에 대해 깊은 죄책감을 느끼고 있었다. 나이가 들어 결혼도 하고 아이도 태어났다. 좋은 직장을 구해 남보다 훨씬 많은 돈을 벌고 있다. 누구나 부러워할 만한 만족스러운 삶. 하지만 그런 삶이 지속될수록 히로야마 다쓰히로의 마음속 죄책감은 커져만 갔다. 어느 순간부터 히로야마 다쓰히로는 친구에게 보상하기 위해 가족 몰래 돈을 모으기 시작했다. 그리고 친구의 아버지를 찾아내 노인요양원의 입소 비용을 대신 지불했고, 지금도 매달 이용료를 납부하고 있다. 자신에게 무슨 일이 일어나더라도 이용료가 연체되지 않도록 아무도 모르게 인터넷은행 계좌를 만들어뒀다.

"하지만" 하고 유타로는 문득 생각이 나서 말했다. "미카사 야스오미 씨라고 했던가? 미카사 유키야 씨의 부친이겠지?"

"응, 아마도."

"야스오미 씨는 노인요양원 비용을 누가 지불한다고 생각할까? 만약 그 사람이 아들의 옛 친구라는 사실을 안다면 설마 그냥 받지는 않을 텐데? 아무리 생각해도 이상한 이야기야."

"의뢰인이 미카사 야스오미 씨에게 32년 전에 일어난 사고는 자신에게 책임이 있다고 고백하고 허락을 구했다면?"

"흐음." 유타로는 생각에 빠졌다.

자신의 아들을 죽음에 이르게 한 사람이 사죄하러 왔고, 경제적인 지원을 자청했다. 일반적으로는 받지 않을 터다. 설령 어떤 사정으로 받게 됐다고 해도 그 사람이 아들의 이름을 사용하는 것을 부친이 허락할까.

유타로가 그렇게 말하자 케이시도 생각에 잠긴 표정으로 "확실히 좀 그렇지" 하고 인정했다.

"지바라고 했지?" 유타로가 말했다.

무슨 생각을 하는지 안다는 듯 케이시가 코웃음을 치며 유타로를 바라봤다.

"더 이상 알아내서 뭘 어쩌려고?"

"아들과 부인에게 알려줄 수 있는 일이 있으면 알려주고 싶어. 물론 의뢰했던 건 들키지 않도록 잘할게."

"말을 제대로 못 할 거라고 했다. 대화가 안 될 수도 있어."

"필담을 나누는 건 가능할지도 모르지. 시설 사람들이 뭔가 알고 있을 수도 있고."

"지바……."

"차로 가면 한 시간 안 걸려. 가서 이야기를 듣고 돌아올게. 세 시간 후면 돌아와서 보고할 수 있어."

"보고할 필요 없어." 이렇게 말하고 케이시는 핸드림을 밀었다. "가자."

'해피니스케어 단풍나무의 마을'은 지바시 외곽의 좁은 지방도로 옆에 있었다. 밋밋한 3층 건물은 엉뚱한 곳에 세워진 시티호텔* 같았다. 맨션이 아닌 호텔로 보이는 이유가 뭘까, 하고 유타로는 잠시 생각하다가 베란다가 없기 때문임을 깨달았다.

주차장에 차를 세우고 뒷문으로 슬로프를 내리고 있자, 건물에서 중년 남성이 나왔다. 도와주러 온 듯했지만, 슬로프만 있으면

---

* 도시 중심부나 역 근처에 있는 호텔. 비즈니스호텔에 비해 쾌적하고 다양한 편의시설을 갖추고 있다.

케이시는 혼자 차에서 내릴 수 있다. 남성의 가슴에는 '하야시'라는 명찰이 달려 있었다. 시설 사무원인 듯했다.

방에 베란다가 없는 건 안전상의 문제 때문인지 유타로가 묻자 남자는 새삼 건물을 바라봤다.

"아니요, 아닙니다. 모든 요양원에 베란다가 없는 건 아닙니다. 저희 시설에서 베란다가 있는 곳은 2층의 레크레이션 룸뿐입니다만, 그러네요, 듣고 보니 저희 시설엔 베란다가 없군요."

눈썰미에 감탄했다는 듯 말하며 사무원은 웃었다.

그를 따라가듯 건물로 향했다. 입구 옆에 있는 단풍나무가 요양원 이름의 유래인 듯하다. 키는 컸지만 그다지 볼품 있는 나무는 아니었다.

자동문 안으로 들어가자 정면에 작은 안내데스크가 있었다. 옆에는 몇 개의 소파가 있었다. 역시 시골 마을의 호젓한 시티호텔 느낌이었다.

"그런데 무슨 일로 오셨습니까?"

안내데스크 안쪽으로 돌아간 사무원이 말했다.

"미카사 야스오미 씨를 만나고 싶어서요."

"병원이 아니라서 면회 시간 내에는 자유롭게 만나실 수 있습니다만." 사무원은 무척이나 죄송해하는 듯한 표정으로 말을 이었다. "요즘은 여러 가지로 말이 많아서, 우선 확인을 먼저 해도 되겠습니까. 미카사 씨와는 어떤 관계시죠?"

유타로가 어떤 설정으로 할지 고민하기 전에 케이시가 말했다.

"우리는 야스오미 씨가 아닌 유키야 씨의 지인입니다."

사무원은 두 사람이 숨을 죽이고 몰래 반응을 살피고 있음을 눈치채지 못한 듯했다.

"유키야 씨라면" 하며 생각하듯 잠시 시선을 허공에 두던 사무원은 "아!" 하고 크게 고개를 끄덕였다.

"아드님이시죠?"

"아십니까?"

"네. 야스오미 씨가 입소하실 때 뵀습니다."

유타로와 케이시는 짧게 눈빛을 교환했다. 32년 전에 죽은 미카사 유키야가 이곳에 왔었을 리가 없다. 의뢰인 히로야마 다쓰히로는 미카사 야스오미 씨와 함께, 아들로 위장해서 입소 수속을 하러 왔던 것이 된다. 갑자기 생각난 듯 케이시가 고개를 들었다.

"사이트에서 봤습니다만, 이곳에 입소하려면 신원보증인이 필요하죠? 야스오미 씨의 신원보증인이 유키야 씨겠군요."

"그야 물론 그렇죠."

사무원은 그렇게 대답하고, 조금 수상쩍다는 듯 케이시를 바라봤다.

"거기에 무슨 문제라도 있습니까?"

"네. 그 건으로 약간의 문제가 있어서……" 하며 케이시가 말끝을 흐렸다.

"약간이라면?"

"죄송합니다. 더 이상은 두 사람의 사적인 일이어서 말씀드리기가."

"아, 흠. 그렇습니까."

애매하게 대답한 사무원은 마음을 바꾼 듯 프런트에서 몸을 내밀어 두 사람의 오른쪽을 가리켰다.

"저 안쪽에 있는 엘리베이터를 타고 2층으로 가세요. 지금은 방이 아니라 레크레이션 룸에 계시려나. 미카사 씨는 시간이 있을 때마다 그곳에 계세요. 둘 다 2층에 있습니다. 필요하시면 담당자에게 얘기해두겠습니다. 평상시 생활하는 모습이 보고 싶으시다면……."

"아니요, 그럴 필요까지는 없습니다. 본인과 이야기를 나눌 수만 있으면 됩니다."

"말을 하면 이해하시는 것 같기는 합니다만, 대답은 하지 않으세요. 일상생활이 곤란할 정도는 아닌데 어디까지 이해하고 계시는지는 저희도 뭐라고는."

언어장애만 있는 게 아니라, 가벼운 인지기능장애도 있는 듯했다.

"그렇군요. 알겠습니다. 감사합니다."

케이시는 유타로를 재촉하며 휠체어를 앞으로 움직였다. 사무원의 눈길이 닿지 않는 곳까지 가서 유타로는 말했다.

"신원보증인이었어. 그래서 히로야마 선생은 미카사 유키야의 이름을 썼던 거지?"

"그래. 그래서 이용료 입금도 미카사 유키야 명의로 했겠지."

아무도 마주치지 않고 엘리베이터 앞에 도착했다. 유타로는 위층 버튼을 눌렀다.

"히로야마 선생이 돌아가셨다는 건?"

"알려야겠지. 야스오미 씨 입장에서는 앞으로 2년 조금 지나면 입금되던 돈이 갑자기 끊기게 되니까. 달리 수입원이 있다면 다행이지만, 그렇지 않으면 여러 가지로 힘들어져. 아, 너, 남은 500만 엔은 포기해."

"아, 응."

유타로는 케이시와 함께 엘리베이터를 탔다.

레크레이션 룸에는 많은 노인이 있으리라고 유타로는 이름으로 미뤄 짐작했다. 그 속에서 미카사 씨를 어떻게 찾을지가 문제겠다고 생각했지만 레크레이션 룸에는 아무도 없었다.

"어라?"

마루가 깔린 휑한 방이었다. 체조를 하거나 노래를 부르는 방일 터다. 한쪽 구석에는 오르간이 있고, 파이프의자도 접힌 채 벽에 기대어 있다. 아무도 없는 방을 둘러보며 고개를 갸웃거리는 유타로의 손을 케이시가 툭 쳤다.

"저기 같은데."

케이시의 시선을 따라가자, 유리문 너머의 베란다에 노인이 한 명 서 있었다. 와이셔츠에 얇은 스웨터와 슬랙스를 입고 있다. 지팡이를 쥔 오른손 쪽으로 아주 살짝 몸을 기울이고 있었다.

방 입구에는 문지방이 없었다. 유타로는 신발을 벗고, 케이시는 그대로 휠체어를 전진시켰다. 방을 가로질러 베란다 앞까지 가서 유리문을 열었지만, 노인은 여전히 먼 곳을 응시하고 있었다. 유타로는 노인이 보는 방향을 바라봤다. 별것 없었다. 좁은 지방도로. 한참 멀리에 골프장. 그다음은 공장 같은 낡은 건물. 나무로 뒤덮인 낮은 언덕. 잔뜩 찌푸린 하늘. 볼 것이 너무 없는 탓에 노인이 어디를 보고 있는지 짐작이 가지 않았다.

"미카사 야스오미 씨 되시죠?"

바로 옆에 휠체어를 멈춘 케이시가 말을 걸었다. 그러나 노인은 아무런 반응도 보이지 않았다. 두 사람을 돌아보지도 않았다. 매부리코에 야윈 볼. 고집스러운 얼굴이었다.

"안 되겠는데." 유타로가 말했다.

그럼에도 케이시는 개의치 않고 말을 계속했다. "알려드릴 것이 있습니다. 히로야마 다쓰히로 씨가 돌아가셨습니다."

아무런 반응도 없겠지. 그렇게 생각했던 유타로는 예기치 못한 상황에 깜짝 놀랐다. 눈을 부릅뜬 노인이 케이시를 노려보고 있었다.

"정말로 유감입니다만" 하고 말하는 케이시도 역시 기가 눌린 듯했다. 노인은 잡아먹을 것 같은 표정으로 케이시를 쏘아보고 있었다. "2주일쯤 전에 심근경색으로."

노인의 입이 벌어졌다. 하지만 그 입에서 말은 나오지 않았다. 노인의 손에서 빠져나온 지팡이가 '타앙' 하고 메마른 소리를 내며 쓰러졌다. 노인은 두 손을 케이시의 가슴을 향해 뻗었다. 허리를 굽히고 케이시의 재킷 깃을 잡는다.

방금 한 말 취소해. 취소해줘.

분노와 간절함이 뒤섞인 표정이었다. 유타로가 말리려는 순간 노인이 무릎을 꿇었다. 후우후우, 하고 힘겹게 숨을 내쉬고 있었다.

"사람을 불러와!"

케이시는 유타로에게 지시하고는 멱살을 잡힌 채 노인의 등을 쓰다듬으며 말을 걸었다.

"정신 차리세요."

유타로가 상황을 깨닫고 베란다를 뛰어나간 것과 동시에 여성 직원이 슬리퍼를 벗어 던지고 레크레이션 룸으로 뛰어 들어왔다.

"미카사 씨, 괜찮으세요?"

마흔 살 정도로 보이는 체구가 작은 여성이었다. 유타로에게는 눈길도 주지 않고 베란다까지 뛰어가 노인 옆에 무릎을 꿇는다.

"어떻게 된 겁니까?"

여성은 비난하듯 케이시를 보고, 똑같은 눈빛으로 뒤따라온 유 타로를 쳐다봤다.

"충격적인 소식이 있었습니다." 케이시가 말했다. "조심스럽게 전해드렸어야 했는데, 죄송합니다."

노인은 케이시의 무릎에 몸을 기댄 자세로 맥없이 주저앉아 있었다. 그녀는 노인의 손목을 잡고 맥을 짚었다. 잠시 후 고개를 한 번 끄덕이고는 노인에게 말을 걸었다.

"미카사 씨, 걸을 수 있겠어요?"

대답은 없었지만, 노인의 호흡이 조금 안정됐다.

"거기, 좀 도와줘요."

유타로는 여성과 함께 양쪽에서 노인을 어깨로 받친 채 걷기 시작했다. 케이시는 떨어진 지팡이를 주워 뒤따라왔다. 복도를 걷다가 엘리베이터 홀을 지났을 때 여성이 턱짓을 했다.

"저기, 206호."

206호실 문에는 '미카사 야스오미'의 이름이 한자로 적혀 있었다. 미닫이문은 잠겨 있지 않았다. 유타로는 문을 밀고, 여성과 함께 노인을 안으로 옮겼다. 침대와 작은 책상이 하나. 가구는 그것뿐이었다. 여성은 노인을 침대에 눕힌 후 셔츠의 목 부분을 느슨하게 풀었다.

"미카사 씨. 제 말 들리세요?"

노인은 성가신 듯 팔을 들어 여성을 밀어내면서 몇 차례 고개를 끄덕였다.

"약을 드셔야 할 정도는 아닌 것 같네."

여성은 노인의 이마에 손을 대고 중얼거렸다. 노인은 그 손도 성가시다는 듯 뿌리쳤다.

"괜찮으시죠?"

여성의 목소리에 노인이 다시 고개를 끄덕인다.

"알겠습니다. 조금이라도 상태가 나빠지면 바로 불러주세요. 아셨죠?"

노인이 다시 고개를 끄덕였다.

여성은 유타로와 케이시를 재촉해 노인의 방을 나왔다. 따라오는 게 당연하다고 생각했는지 여성은 두 사람을 돌아보지도 않고 종종걸음으로 걷기 시작했다.

"전 후쿠시마라고 해요. 미카사 씨의 호실 담당입니다. 아, 그러니까 미카사 씨를 수발하고 있습니다."

유타로와 케이시는 각자의 이름을 밝혔다. 여성은 두 사람을 1층 식당으로 데려갔다. 식당에는 노인 몇몇이 각자의 가족인 듯한 사람들과 담소를 나누고 있었다. 그 온화한 분위기를 피하려는 듯 여성은 가장 구석진 자리로 두 사람을 이끌었다.

"그래서 무슨 일이 있었죠?"

보온통에서 내려 받은 녹차를 두 사람에게 권하고, 여성은 단도직입적으로 그렇게 물었다. 대답하는 것이 당연하다는 말투였다. 케이시는 유타로와 시선을 맞춘 후 입을 열었다.

"얼마 전, 아드님인 미카사 유키야 씨가 돌아가셨습니다. 저희는 그 사실을 전하기 위해 왔습니다."

여성이 숨을 삼켰다.

"어쩌다 그런 일이."

마침내 그녀는 천천히 숨을 내뱉었다.

"저런, 안타깝게도."

"심근경색으로, 급작스러운 일이었습니다." 케이시가 말했다.

"아직 젊은 분이시죠?"

"네. 쉰셋입니다. 만나신 적이 있습니까?"

"입소할 때 한 번. 그리고 아주 가끔이었지만 면회도 오셨습니다. 전 두 번 정도 뵈었고요. 이미 오래전 일이지만, 아드님이 가신 후 미카사 씨가 애틋하게 말씀하신 적이 있어요. 녀석에게 고생만 시켰다고, 아픈 상처를 줬다고."

그 말에 유타로는 무언가 말하려고 했지만, 케이시가 눈빛으로 제지했다.

"아픈 상처라는 건, 어떤 걸 말씀하신 걸까요?"

"자세한 사정까지는 듣지 못했지만, 금전적인 문제가 아닐까요. 녀석은 어렸을 때부터 머리가 좋았는데 제대로 공부도 못 시켜줬다, 그런데도 혼자 노력해서 길을 열었다고. 아드님은 스물두 살에 대학에 입학해서 졸업한 게 스물여섯 살 때였다던가. 알고 계세요? 나이가 많아서 일본 기업에 들어가기가 힘들어지자 외국계 회사에 들어갔다죠? 그리고 지금은 엘리트가 됐다고. 네, 대단한 녀석이라고, 그렇게 말씀하셨어요."

상황이 전혀 이해가 되지 않았다. 의뢰인 히로야마 다쓰히로는 야스오미 씨의 신원보증인이 되기 위해 32년 전에 죽은 미카사 유키야의 이름을 빌렸다. 이용료 입금도 아들 명의로 했었다. 그렇다면 직원이 말한 상황은 있을 수 없다. 왜 야스오미 씨가 히로야마 다쓰히로의 성공에 진심으로 감동해야 한다는 건가.

유타로가 케이시를 바라보자, 케이시도 혼란스러운 표정을 짓고 있었다.

"야스오미 씨와 아드님은 사이가 좋았습니까?"

"사이가 좋다는 게 어떤 건지는 모르겠습니다만." 그녀는 고심하는 표정으로 말했다. "적어도 사이가 나빠 보이지는 않았어요. 서로를 걱정해주는 그런 관계였다고 생각해요."

다른 입소자가 여성을 부르는 틈을 타서 두 사람은 식당을 나왔다.

"어떻게 된 거지?" 유타로가 물었다. "뭐가 어떻게 된 건지 모르겠어. 이러면 야스오미 씨를 만나러 온 사람은 미카사 유키야 씨 본인이었다는 거 아냐? 미카사 유키야 씨가 살아 있다? 그런 거야? 아니면 야스오미 씨가 이미 치매에 걸려서 히로야마 선생과 아들을 구분하지도 못하게 됐다?"

"그게 말이 되냐." 케이시는 짜증 난다는 듯 대답했다. "야스오미 씨는 히로야마 다쓰히로 씨가 죽었다는 말에 그렇게까지 거친 반응을 보였는데."

"아, 어디 가?"

유타로의 물음에 대답하지 않고 케이시는 휠체어를 빠르게 전진시켰다. 엘리베이터를 타고 2층으로 올라가 미카사 야스오미 씨의 방으로 되돌아갔다. 방문을 두드린 후 "들어가겠습니다" 하고 말하고는 대답도 기다리지 않고 문을 열었다.

야스오미 씨는 침대 위에 누운 채 눈을 감고 있었다. 순간 죽은 건가 싶었지만, 가슴이 위아래로 천천히 움직이고 있었다. 케이시는 그런 야스오미 씨를 슬쩍 보더니 휠체어를 앞으로 움직여서 구석에 있는 책상으로 향했다. 긴 서랍과 함께, 오른쪽에는 삼단 서랍이 달린 쪽소매책상이었다. 컴퓨터는 없고, 스마트폰은커녕 휴대폰조차 보이지 않는다. 책상 위를 대충 훑어본 케이시가 서랍으로 손을 가져갔다.

"어? 그래도 돼?" 유타로가 작은 목소리로 물었다.

케이시는 대답하지 않고 긴 서랍을 뒤졌다. 그러더니 바로 닫고는 오른쪽에 달린 삼단 서랍을 뒤졌다. 마침내 가장 아래쪽 서랍에서 무언가를 꺼냈다. 종이 끈으로 묶은 편지 다발이었다. 망설임 없이 가장 바깥쪽 봉투를 꺼낸다. 꽤나 낡은 봉투였다. 봉투를 한차례 살펴본 케이시는 안에서 편지지를 꺼내고 봉투를 유타로에게 건넸다. 수신인 미카사 야스오미. 주소는 지바현 지바시. 발신인은 시즈오카현 시즈오카시의 미카사 히토미.

편지지를 대충 훑어본 케이시가 이마를 찡그리며 스마트폰을 꺼냈다.

"봉투."

유타로는 케이시에게 봉투를 돌려줬다. 케이시는 봉투를 보면서 스마트폰을 조작했다. 이윽고 케이시는 그 스마트폰을 유타로에게 향했다. 화면에는 지바교도소의 정보가 나와 있었다.

"응?" 유타로가 물었다. "지바교도소?"

"내용이 조금 이상하다 했더니, 수신인 주소가 지바교도소의 주소야. 미카사 히토미라는 여성이 지바교도소에서 복역 중인 남편에게 쓴 편지였어."

"뭐? 앗, 그런 일반 편지도 가는 거야?"

"나도 몰랐다. 내용은 검열하겠지만, 겉은 평범하군."

케이시는 편지 다발을 묶고 있던 종이 끈을 풀고 봉투를 옆으로 나열했다. 전부 열두 통. 수신인은 전부 지바시의 미카사 야스오미였지만, 마지막 두 통은 필체가 확연하게 달랐다. 케이시는 그중 하나를 집어서 뒤집어본다. 발신인이 '미카사 히토미'에서 '미카사 유키야'로 바뀌어 있었다. 발신인의 주소는 적혀 있지 않다.

케이시가 처음에 읽었던 편지지를 유타로에게 내밀었다. 유타로가 받아 들자, 케이시는 다음 봉투를 들어 편지지를 훑어본다. 잠시 망설였지만, 유타로도 받아 든 편지지를 훑어본다. 가장 먼저 자극적인 글자가 눈에 들어온다.

"살인……." 유타로가 중얼거렸다.

한참 동안 두 사람은 말없이 오래된 날짜순으로 편지를 읽어갔다.

사건이 일어난 건 지금으로부터 40년 전. 미카사 야스오미 씨는 당시 시즈오카 시내에서 식품가공공장을 운영하고 있었다. 살해된 사람은 인근에 사는 사람으로, 야스오미 씨가 그 사람에게 돈을 빌렸던 모양이다.

살해 의도가 없었다는 걸 재판에서 받아주지 않아 무척 억울하겠죠. 단지 변제 기한을 사흘만 연장해달라고 할 생각이었는데, 이런 일이 벌어지다니.

살인죄로 징역 13년. 아내 미카사 히토미는 주위의 차가운 시선에서 도망치기 위해 외아들을 데리고 도쿄로 간다. 하지만 그로부터 2년 뒤, 야스오미 씨의 부친이 쓰러진다. 야스오미 씨의 모친은 이미 돌아가셨고 의지할 사람도 없다. 미카사 히토미는 시아버지의 간병을 위해 시즈오카로 돌아온다. 그 후 미카사 히토미는 2년 동안 간병 생활을 보내고 시아버지의 임종을 맞이한다.

당신이 부탁한 아버님을 지켜드리지 못했어요. 부디 용서해주세요.

미카사 히토미의 편지를 통해 알아낸 건 여기까지였다. 그 후의 일은 미카사 유키야의 편지에 이어져 있다.

2년이 흘렀지만 살인자의 가족을 보는 주변 사람들의 시선은 여전히 차가웠다. 해코지를 당하고 험담을 들으면서 2년의 간병 생활을 보낸 끝에 시아버지의 임종을 지켜본 미카사 히토미는, 남편에게 편지를 보낸 직후에 자살하고 만다.

할아버지의 임종으로, 마침내 당신에게서도 이 마을에서도 해방된다. 그렇게 생각했습니다.

열일곱 살이었던 유키야는 아버지에게 그렇게 쓰고 있었다.

하지만 그렇지 않았습니다. 이 마을에서 당신 아버지를 간호했던 2년의 시간은 어머니를 좀먹고 있었습니다. 살인자로 교도소에 있는 당신과, 살인자의 아내로 이 마을에 남았던 어머니. 어느 쪽이 힘들었을까요?

열일곱 살의 분노가 그대로 담긴 듯한 거친 필체였다.

나도 당신의 아들이라는 사실을 견딜 수 없을 때가 있습니다. 나 자신을 지워버리고 싶다는, 그런 강렬한 충동에 종종 휩싸입니다.

미카사 히토미의 편지가 남편을 위로하고 격려했던 것에 비해, 유키야의 편지는 더없이 공격적이었다.

지금은 시내의 복지시설에서 신세를 지고 있습니다. 하지만 이곳에 있을 수 있는 건 열여덟 살 때까지입니다. 열여덟 살이 됐을 땐 무엇을 하고 있을지 전혀 상상이 가질 않습니다. 그 대신에 당신의 아들이 아니었다면 무엇을 하고 있었을까, 하는 생각을 자주 합니다. 고등학교는 끝까지 다니고 싶었습니다. 대학도 가고 싶었습니다. 이런 비참한 생활 속에서도 내가 죽지 않는 건 당신 때문에 죽는 게 싫기 때문입니다. 당신 탓으로 죽는 게 싫기 때문입니다.

그 한 통의 편지 이후 미카사 유키야의 편지는 끊어졌다. 다음 편지가 온 건 그로부터 4년 뒤다. 짧은 편지였다.

마침내 당신의 자식으로 사는 걸 끝낼 수 있을 것 같습니다. 난 드디어 자유입니다. 두 번 다시 만날 일은 없을 겁니다. 안녕히 계세요.

그것이 마지막 편지였다. 편지의 소인은 7월로 되어 있다.
"미카사 유키야 씨가 죽은 건……."
"응, 그해 8월이야."
아들에게 편지를 받고 한 달 후, 야스오미 씨는 교도소 안에서 아들이 해수욕 중 익사했다는 소식을 들었다는 것이 된다. 얼마나 깊이 절망했을까. 유타로는 등 뒤에 누워 있는 야스오미 씨를 돌아봤다.

"나가자." 케이시가 말했다.

두 사람은 편지를 봉투에 넣고 종이 끈으로 묶어 서랍에 다시 돌려놓은 후 야스오미 씨의 방을 나왔다.

"미카사 유키야 씨는 역시 죽었구나." 유타로는 복도를 걸으면서 말했다.

"그런 거지. 두 사람은 분명 그곳에서 미카사 유키야의 이름을 묻어버리기로 했을 거야."

"두 사람?" 유타로가 되물었다. "두 사람이라니 누구랑 누구?"

"미카사 유키야와 히로야마 다쓰히로."

"히로야마 선생?"

"네가 말하는 히로야마 선생은 여기에 등장하는 히로야마 다쓰히로가 아니야."

"무슨 뜻이야?"

그대로 입을 다물어버린 케이시를 따라가다 보니 레크레이션 룸에 돌아와 있었다. 베란다로 나가자 케이시가 이야기를 이어갔다.

"32년 전에 바다에서 익사한 사람은 히로야마 다쓰히로야. 그때 미카사 유키야는 익사체를 미카사 유키야라고 했고, 자신을 히로야마 다쓰히로라고 말한 거야. '마침내 당신의 자식으로 사는 걸 끝낼 수 있을 것 같습니다'는 그런 의미다."

"바뀌었다고? 두 사람은 그때 바뀐 거야? 어? 그러면 히로야마 선생, 아니, 미카사 유키야는 진짜 히로야마 다쓰히로 씨를 익사로 위장해 살해했다는 거야?"

"아마 그건 아닐 거야. 살인범이 된 부친에게 그렇게까지 혐오

감을 보였던 청년이, 어떤 이유가 있다 한들 같은 죄를 범하지는 않았을 거다. 하지만 한 달 전에 미카사 유키야의 죽음을 예언한 이상, 익사는 우연한 사고일 리가 없어. 그렇다면 답은 하나."

"뭔데?"

"히로야마 다쓰히로의 자살이야. 엇나간 인생을 살던 미카사 유키야는 자살을 갈망했던 히로야마 다쓰히로를 알게 된다. 아니면 원래 알던 사이였고 재회했는지도 모르지. 죽고 싶어 했던 히로야마 다쓰히로는 자신의 이름 따위에 관심이 없었어. 미카사 유키야는 죽고 싶은 게 아니라 단지 미카사 유키야로 살고 싶지 않았을 뿐이었고."

약간의 속임수가 필요했을지도 모른다. 그러나 히로야마 다쓰히로는 어렸을 때 부모님을 사고로 잃었고, 친척과 교류하지도 않았다. 아마 친한 친구도 없었을 터다. 마찬가지로 어머니를 잃고 황폐하게 살고 있었을 '무직'의 미카사 유키야와 바꾸는 것은 어렵지 않았을 것이다. 원래라면 미카사 야스오미가 시신의 신원 확인을 해야 했지만 그는 교도소에 있었다. 그런 상황에서 함께 있던 친구가 미카사 유키야의 시신이라고 증언하는 이상, 그것을 뒤집기는 불가능했을 터다.

"미카사 유키야는 히로야마 다쓰히로로서 인생을 다시 시작했다. 히로야마 다쓰히로는 고등학교를 졸업했겠지. 그 자격을 이용해서 대학에 들어가고 공부를 했다. 원래 머리가 좋았던 미카사 유키야는 대학을 졸업하고 외자계 투자고문회사에 입사한다. 이윽고 결혼을 하고 아이도 생긴다."

이 아이에게는 앞으로 많은 것을 해주겠다. 히로야마 다쓰히로가 된 미카사 유키야는 기쁨에 전율했을 것이다. 그리고 문득 깨달았다. 지금의 자신이라면 더 많은 아이에게 많은 것을 해줄 수 있다고.

유타로는 멀리 골프장을 바라보며 중얼거렸다.

"히로야마 다쓰히로가 된 미카사 유키야 씨는 자택을 개방해서 무료 학원을 시작했다. 자신처럼 불우한 환경에 처해 있던 아이들을 위해. 또는 자신처럼 한때 나쁜 길로 빠졌던 아이들이 새 삶을 시작할 수 있도록."

"그랬을 거야." 케이시 역시 먼 곳을 바라보며 동의했다. "한편 야스오미 씨는 형기를 마치고 출소한다. 물론 아들이 살아 있다는 생각은 꿈에도 하지 않았다. 아내를 힘들게 했던 고향으로 돌아가고 싶지 않아서 교도소가 있었던 이 지역에 머무르기 시작했다."

그대로 시간이 흐르고, 미카사 유키야도 나이가 들어간다. 부친에 대한 시선이 바뀌기 시작한 건 언제부터였을까. 인터넷은행에 계좌를 개설한 건 지금으로부터 12년 전. 그 이후 12년 동안에 1,400만 엔을 저축했다. 단순하게 생각하면 원래 있던 800만 엔을 모으는 데에 7년 정도 걸렸다는 계산이 된다. 그렇다면 미카사 유키야가 무언가를 위해 돈을 모으기 시작한 건 19년 전. 미카사 유키야가 서른넷일 때다. 미카사 유키야는 그때 이미 부친을 용서하기 시작했다. 언젠가 부친에게 쓸 생각으로 돈을 모으고 있었다면 그렇게 된다. 시기적으로 보면 아이가 태어나고 얼마 지나지 않았을 무렵. 학원을 열었을 때와 같은 시기다. 많은 아이를 접하게 되면서 이전까지 검게 덧칠해버렸던 부친과의 기억이 되살아났다. 그런 것이 아닐까 하고 유타로는 짐작했다. 나쁜 일만 있었던 건 아닐 터였다. 작은 빛을 발하는 소소한 기억이 미카사 유키야의 마음속에서 되살아났다.

"미카사 유키야는 출소 후의 부친을 찾아냈다." 케이시가 이야기를 이어갔다. "곧바로 화해를 했는지, 그 후에 어떤 교류가 있었는지는 모른다. 하지만 마침내 야스오미 씨를 돌봐줄 사람이 필요해지자 미카사 유키야는 이 시설에 야스오미 씨를 맡기고, 신원보증인이 되고, 그 비용을 지불했다."

신원보증인, 미카사 유키야. 가족관계, 장남.

이 노인요양원 서류에는 그렇게 기재되어 있을 것이다. 그 서류가 지금에서는 두 사람의 올바른 관계를 보여주는 유일한 존재다.

"이제 어떻게 해?" 유타로가 물었다.

"2년 후에는 돈이 다 떨어져. 그 사실을 알려야겠지."

"응."

그로부터 한참 동안 두 사람은 볼 것도 없는 풍경을 그냥 멍하니 바라보고 있었다. 베란다에 비쳐 드는 저녁 해가 서서히 기울기 시작했다. 따분한 풍경이 옅은 어둠에 삼켜져 간다.

미카사 야스오미 씨가 다시 베란다에 모습을 보인 건, 두 사람이 온 지 한 시간 정도 지났을 때였다. 지팡이를 짚으며 베란다로 나온 미카사 야스오미 씨는 마치 아무 일도 없었다는 듯이 두 시간 전의 자세로 되돌아와 멍하니 먼 곳을 응시했다.

"조금 전에 말씀드렸듯이, 아드님이 돌아가셨습니다." 케이시는 조용히 말하고 고개를 숙였다. "삼가 조의를 표합니다."

아까와는 다르게 노인은 표정을 바꾸지 않았다. 먼 곳에 시선을 둔 채, 입속으로 무언가를 중얼거렸다.

"뭐라고 하셨습니까?" 케이시가 되물었다.

"없어." 멀리 시선을 둔 채 노인은 말했다. "아들 같은 건 없어."

"없을 리가 없죠. 미카사 유키야. 당신의 아들입니다." 유타로가 말했다.

"죽었습니다. 아주 오래전 이야기입니다. 아주 오래전에 죽었습니다."

노인은 허공에 이야기하듯 중얼거렸다.

노인이 그대로 껍데기를 만들고 그 속에서 딱딱하게 굳어갈 것처럼 느껴졌다.

이 사람에게 인지기능장애 따위는 없다고, 유타로는 생각했다. 껍데기에 들어가 우둔함을 가장함으로써, 안에서 생겨나는 아픔에도 외부에서 가하는 고통에도 견디어온 것이다.

케이시가 그 껍데기에 균열을 만들었다.

"손자를 보고 싶습니까?"

후읍, 하고 노인의 입에서 숨결이 새어 나왔다. 깊숙한 곳에서 올라온 숨결은 어떤 감정에 밀려 나온 것일까. 노인은 고개를 움직여 광채 없는 눈으로 케이시를 바라봤다.

"아드님이 돌아가셨고, 이곳에 지불되는 돈은 앞으로 2년 조금 넘으면 끊어지게 됩니다. 당신을 돌봐야 할 이유가 있는 사람이라면 이제 손자 정도밖에 없을 겁니다."

"없습니다. 손자 같은 건 없습니다."

"그렇게 말씀하신대도 상관없습니다. 하지만 2년 후에 당신은 이곳에서 쫓겨날 상황에 처할 겁니다. 갑자기 그런 일이 생기면 당신도 곤란할 테고, 저도 뒤가 개운치 않아서 드리는 말씀입니다. 여하튼 전 분명히 알려드렸습니다."

케이시는 휠체어의 핸드림을 밀고는 유리문을 열었다.

"가자."

유타로는 케이시의 말을 무시하고 노인 앞에 섰다.

"만나보시지 않겠습니까? 돈 문제는 제쳐두고라도, 손자를 만나보시지 않겠습니까?"

"손자 같은 건 없습니다."

눈을 부릅뜨고 바라보는 그 얼굴에, 머릿속으로 안경을 끼워봤다. 코받침이 매부리코에 걸려 안경은 조금 들뜬 것처럼 보일 것이다.

"손자분이 당신을 많이 닮았습니다." 유타로는 말했다.

노인이 어금니를 꽉 깨물었다. 노인은 쥐고 있던 지팡이를 들어 올렸다가 아래로 내리쳤다. 지팡이는 유타로의 위팔에 정확하게 맞았다. 다시 말없이 들어 올려진 지팡이가 말없이 팔에 부딪힌다. 다시 한번, 또 한 번.

으으윽, 하는 신음이 노인의 입술에서 새어 나오고 있었다. 으으윽, 하고 떨리는 숨을 토해내며 노인은 지팡이로 유타로를 계속 내리쳤다. 어느새 노인의 눈가에 눈물이 흐르고 있었다. 몇 번인가 내리쳐진 지팡이를 유타로는 옆구리에 끼고 팔로 눌렀다.

"너무 흥분하시면 또⋯⋯."

유타로는 지팡이를 누른 팔의 힘을 천천히 풀었다. 노인이 다시 지팡이를 들어 올리는 일은 없었다.

"아들은 죽었습니다. 아주 오래전에 죽었습니다. 아주아주 오래전입니다."

더 이상 유타로를 보지도 않고 노인은 그렇게 말했다. 죽은 아들의 명예를 지켜주고 싶다. 손자가 있다면 그 생활에 파란을 일으키고 싶지 않다. 노인의 마음은 둘 다일 것이다.

"그렇습니까." 유타로가 말했다.

"가자."

다시금 케이시가 재촉하자 유타로는 베란다를 나왔다. 레크레이션 룸을 나오면서 돌아보니, 노인은 그곳에 놓인 조각상 같았다. 지팡이를 짚고, 아주 살짝 몸을 기울인 채 먼 곳을 바라보고 있었다. 그 모습을 어둠이 삼키기 시작했다.

노인요양원의 안내데스크에서 아까 봤던 사무원을 붙들고, 미카사 유키야 씨가 사망했고 2년 남짓 후에는 야스오미 씨의 이용료가 지불되지 않을 수 있다는 사실을 전했다.

"그렇게 되면 미카사 씨는 어떻게 됩니까?" 케이시가 물었다.

"이용료를 지불할 수 없게 되면 퇴소를 요청하게 되겠죠. 아, 하지만 신원보증인도 없어진 상황이 된 거군요."

"신원보증인이 없으면 어떻게 됩니까?"

"원래라면 다른 보증인을 세워야 하지만, 이용료가 입금되는 동안에는 문제가 없을 겁니다. 그 이후는 글쎄요. 특별보호 노인 요양원에 입소하는 게 가장 좋겠지만, 전부 포화 상태라서 그것도 어렵겠죠. 기초생활수급자를 수용하는 시설을 찾아서 성인후견제도를 이용해 신원보증인을 구하는 수밖에 없습니다. 조금 문제가 있는 방식이지만."

한차례 고개를 갸웃거린 사무원은 두 사람에게 웃어 보였다.

"뭐, 그때 상황에 따라서 어떻게든 해보겠습니다. 제도보다 현실입니다. 그때그때 난처한 상황에 처한 어르신이 계시면 함께 어떻게든 합니다. 노인수발 현장이란 게 그런 겁니다. 여하튼 2년 이후의 이야기죠? 저희 입장에서 보면, 고민하는 게 무색할 만큼 먼 미래의 일입니다. 일단은 오늘. 그것만으로도 힘겹거든요."

그렇습니까, 하고 고개를 끄덕인 케이시는 사무원에게 '사카가미 법률사무소'의 명함을 내밀었다.

"뭔가 예기치 못한 사태가 일어나면 이쪽으로 연락해주십시오. 미리 얘기해두겠습니다."

"아, 네."

두 사람은 사무원에게 목례를 하고 요양원을 나왔다. 유타로는 케이시의 휠체어를 뒷좌석에 고정하고 운전석으로 돌아와 거의 아무런 대화도 하지 않고 사무실로 돌아갔다.

"이번 일, 의뢰인 아들에게 얘기할 생각인가?"

늘 앉는 책상 안쪽에서 케이시가 유타로에게 물었다. 유타로는 늘 앉는 소파에서 스마트폰을 꺼냈다. '모두의 학교' 전화번호는 이미 저장되어 있다.

"얘기하면 어떻게 되는데?"

다시 묻는 케이시를 유타로는 매섭게 돌아봤다.

"미카사 야스오미 씨는 히로야마 선생의 친부야. 그 사실을 알면 히로야마 선생의 부인도 아들도, 분명 야스오미 씨를 받아줄 거야. 근처에 원룸을 빌려주거나 함께 살거나. 그렇게 되면 아직 사용하지 않은 500만 엔도 학원을 위해 사용할 수 있어."

어린애 같은 소리를 하고 있다는 걸 자신도 알고 있었다. 분명 화를 낼 거라고 생각했지만 케이시의 목소리는 온화했다.

"의뢰인의 아들은 혼자가 아니야. 같은 생각으로 학원을 도와주고 있는 사람이 많아. 그런 사람들의 힘을 빌려가며 학원을 유지할 수 있을 거다."

케이시는 타이르듯 천천히 말했다.

"부인도 시간이 흐르면 분명 진정될 거야. 두 사람이 미카사 유키야의 이름을 알 필요는 없어. 의뢰인도 그걸 원했고."

유타로는 고개를 숙였다.

"우리가 할 수 있는 건 없을까?"

"아무것도 안 하는 것. 그뿐이야."

대답 같지도 않은 그 대답이 정답이라는 건 유타로도 알고 있었다.

미카사 유키야로서의 32년은 오로지 야스오미 씨 안에만 존재한다. 두 사람이 재회했을 때, 아들은 아버지에게 어떤 식으로 말을 걸었을까. 아버지는 거기에 어떻게 반응했을까. 고인이 된 아내에 대한 기억을 아들과 나누며 눈물 흘린 밤도 있었을지 모른다. 시설에 들어가는 건 아들이 권했을 것이다. 아버지는 돈이 든다고 사양했을 터다. 그런 아버지를 아들은 어떻게 설득했을까. 입소를 위해 서류에 사인했을 때 '신원보증인 미카사 유키야, 가족관계 장남'이라는 글자를 보고 두 사람은 어떤 표정을 지었을까. 아주 가끔 찾아가 면회했을 때는 어떤 표정으로 어떤 대화를 나눴을까. 언젠가 찾아올 야스오미 씨의 죽음과 함께, 그 기억들은 모두 사라질 것이다.

"저기."

유타로는 스마트폰을 집어넣고 물었다.

"케이는 왜 이 일을 시작했어?"

"그냥. 특별한 이유는 없어." 케이시는 이렇게 대답하고는 되물었다. "왜?"

"아니, 그냥."

"그래."

"하지만 만약 내가 회사를 만든다면 분명 정반대의 일을 할 거 같아."

"정반대의 일?"

"당신이 죽은 후 이 세상에 남기고 싶은 것을 내게 맡겨달라고. 난 그것이 세상에 존재하도록 온 힘을 다해 지키겠다고."

"온 힘을 다해." 케이시는 유타로의 말을 되풀이하고 가볍게 웃었다. "너답네."

유타로는 바지 뒷주머니에서 지갑을 꺼냈다. 거기에 들어 있던 사진을 꺼내 잠시 바라봤다. 그리고 눈을 감는다. 익숙한 풍경이 떠오른다.

내리쬐는 태양. 한여름의 마당. 호스가 뿜어내는 물. 희미한 무지개. 모자를 쓴 소녀. 돌아보며 살포시 웃는다. 어깨 너머로 흔들리는 해바라기.

"케이, 부탁이 있어."

눈을 뜨고 유타로는 말했다.

"부탁?"

유타로는 소파에서 일어나 책상 앞에 섰다.

"내가 죽으면 이 사진을 맡아줘."

케이시는 순간 멈칫했지만, 사진을 받아 들여다봤다.

"누구?"

"여동생. 열세 살 때 죽은 내 여동생이야."

"열세 살이라." 케이시가 중얼거렸다. "어쩌다가?"

"아팠어. 어렸을 때 아주 힘든 병에 걸렸거든."

"그래."

"여동생이 죽고 1년쯤 후에 부모님이 이혼했어. 지금은 각자 다른 가정을 꾸려 행복하게 지내셔."

"못된 부모로군."

유타로는 놀라서 케이시를 바라봤다. 자신을 염려하는 마음에서 그렇게 말했다는 걸 깨닫는 데는 시간이 조금 필요했다. 유타로는 웃으며 고개를 저었다.

"괴로우셨던 거야. 겨우 오빠일 뿐인 나도 그렇게 괴로웠으니까. 두 분은 분명 팔다리가 뜯겨나가는 것처럼 괴로운 심정이었을 거야. 동생이 있던 곳으로부터 조금 떨어진 곳에서 두 사람이 행복해질 수 있다면, 그걸로 된 거야. 두 사람의 마음도 모아서 내가 기억해둘 거야."

"그래."

케이시는 고개를 끄덕이고는 사진을 유타로에게 돌려줬다. 유타로는 다시 그 사진을 바라보고 나서 눈을 감았다.

태양의 눈부심. 마당의 잔디 냄새. 흩뿌려지는 물의 반짝임. 흔들리는 무지개의 테두리. 모자의 색깔. 매끄러운 동생의 뺨. 해바라기가 발산하는 생명력.

모든 것이 이전보다 바래 있었다.

"내가 죽으면 말이지." 유타로는 눈을 뜨고 말했다. "케이가 가장 먼저 달려와줘. 이 사진은 분명 내가 갖고 있을 테니까 찾아서 나 대신에 간직해줘. 그렇게만 해주면 돼. 버리지 말아줘. 혹시라도 나와 함께 태워버리거나 하지 말아줘."

유타로는 사진 속 여동생의 뺨에 손가락을 대어본다.

"점점 사라져가. 남겨두고 싶은데 날마다 날마다 내 기억에서 동생이 조금씩 사라져."

"나이를 생각하면 너보다 내가 먼저 죽어. 좀 더 젊은 놈에게 부탁해." 케이시가 말했다.

"이런 일을 부탁할 친구가 없어."

"넌, 정말로 속 빈 강정이야."

그 말만 하고 케이시는 입을 다물었다. 컴퓨터의 키보드에 손을 가져갔지만, 결국 아무것도 하지 않고 다시 손을 거둬들이더니 핸드림을 돌려 유타로를 등졌다.

"기억해둘게."

마침내 케이시가 불쑥 말했다.

"아, 부탁해." 유타로가 말했다.

"그게 아니라" 하고 케이시는 말했다. "내가 너를 기억해두겠다고."

"응?"

"네가 죽어도 난 너를 기억할 거다. 너와 오늘, 이런 분위기로 이야기를 나눴던 것도 기억해둘게. 네 여동생 이야기도."

"응."

유타로는 고개를 끄덕이고 사진을 지갑 속에 넣었다.

모구라가 책상 위에서 조용히 잠들어 있었다. 유타로는 거기에 연결되어 있는 다양한 데이터들을 생각했다. 삭제되기를 기다리고 있는 다양한 데이터. 그것들은 각각 어떤 사람의 일부이기도 할 터였다. 그렇다면 그것들은 언젠가 사라질 운명인 걸까. 영원히 남길 수 있는 기술을 얻게 된 탓에 인간은 더 많은 것을 생각하고 고민하는 걸까.

유타로는 깊게 숨을 내쉬고, 다시 눈을 감았다.

생각지도 못한 뚜렷함으로, 동생이 살포시 웃었다.

디리1

펴낸날	**초판 1쇄 2021년 4월 1일**

지은이	**혼다 다카요시**
옮긴이	**박정임**
펴낸이	**심만수**
펴낸곳	**(주)살림출판사**
출판등록	**1989년 11월 1일 제9-210호**

주소	**경기도 파주시 광인사길 30**
전화	**031-955-1350** 팩스 **031-624-1356**
홈페이지	http://www.sallimbooks.com
이메일	book@sallimbooks.com

ISBN	978-89-522-4288-4 04830
	978-89-522-4290-7 04830 (세트)